RADIO RAFINS

Radio Rafins

Dafydd Meirion

Argraffiad cyntaf: Tachwedd 2003

Ⓗ *Dafydd Meirion*

*Cyhoeddir o dan gynllun comisiwn
Cyngor Llyfrau Cymru.*

*Cedwir pob hawl.
Ni chaniateir atgynhyrchu unrhyw ran o'r cyhoeddiad hwn,
na'i gadw mewn cyfundrefn adferadwy, na'i drosglwyddo mewn
unrhyw ddull na thrwy unrhyw gyfrwng, electronig, electrostatig
tâp magnetig, mecanyddol, ffotogopïo, recordio, nac fel arall,
heb ganiatâd ymlaen llaw gan y cyhoeddwyr, Gwasg Carreg Gwalch,
12 Iard yr Orsaf, Llanrwst, Dyffryn Conwy, Cymru LL26 0EH.*

*Rhif Llyfr Safonol Rhyngwladol:
0-86381-863-3*

Clawr: Sion Ilar, Adran Ddylunio Cyngor Llyfrau Cymru

*Argraffwyd a chyhoeddwyd gan Wasg Carreg Gwalch,
12 Iard yr Orsaf, Llanrwst, Dyffryn Conwy, LL26 0EH.
☎ 01492 642031
🗎 01492 641502
✉ llyfrau@carreg-gwalch.co.uk
Lle ar y we: www.carreg-gwalch.co.uk*

*Dychmygol yw holl gymeriadau
a digwyddiadau'r nofel hon.*

Cynnwys

1. Yn ôl ar yr awyr 7
2. Tamaid i'w brofi? 17
3. O bydded i'r heniaith barhau 28
4. Côr bleimi 37
5. Pwyll pia hi 54
6. Babi Mam 71
7. Dwyn ffrwyth 82
8. Yn y cachu 96
9. Dros y dŵr 105
10. Hwyl yn yr ŵyl 118
11. Roial Radio'r Ardal 131
12. Carol, coc a chŵd 144
13. Lle crafa'r iâr 159
14. Diwedd y gân 174

1. Yn ôl ar yr awyr

'Lle uffar ti 'di bod? Dwi yma ers pum munud a does yna neb yma i dynnu peint i mi!' Roedd Huw Cris yn tynnu'n galed ar ei farf ag un llaw a bysedd y llall yn waldio'r bar fesul un.

'Sori, Huw,' meddai Rhys wrth frysio y tu ôl i'r bar ac ôl cwsg yn ei lygaid. Cydiodd mewn gwydr peint. 'Sonia. 'Di'm yn gall. Ma hi'n hollol gocwyllt. Ma hi isio hi bob blydi pum munud. Dwi'n nacyrd.'

'T'isio fi ddod draw i roi hoe bach i ti?' gofynnodd Huw gan gythru am beint cynta'r dydd.

'Esu, ia plîs, Huw. Rwbath i mi gael noson o gwsg.'

Ond roedd llun o Sonia wedi dod i feddwl Huw. 'Ym, ia. Cofia, dwi ddim mor ifanc ag oeddwn i. Dwi'm yn meddwl y bysa 'nghalon i'n gallu dal y straen. Ma Sonia'n hogan fawr yn tydi.'

Syrthiodd gwep Rhys. Bu'n byw efo Sonia ers tri mis. Ers iddo gael ei daflu allan o'i dŷ, i ddweud y gwir. A hynny am na allai dalu'r rhent. Ac ni allai dalu'r rhent am nad oedd ganddo arian a hynny am fod ei fusnes cysylltiadau cyhoeddus wedi mynd i'r wal. Ydy, mae hi'n stori hir dwi'n gwybod, ond roedd Gwendolyn Prydderch ei gyn-bartner busnes wedi'i adael yn y cachu ac wedi mynd i Baris efo rhyw Bwyliad hanner call – os call o gwbwl. Yn wir, doedd gan Rhys ddim dewis ond derbyn gwahoddiad Sonia Drws Nesa i symud i mewn ati. Pe bai o ddim yn yfed cymaint, mi fyddai wedi colli dwy stôn wrth geisio bodloni Sonia. Pe bai o ddim yn yfed cymaint, mi fyddai wedi gallu hel ceiniog neu ddwy i roi deposit ar fflat a thalu'r rhent yn rheolaidd a gadael Sonia. On'doedd o mewn cwmni drwg? N'doedd 'na sesiwn yn rhywle byth a beunydd, a n'doedd ei gyflog fel barman yn *Y Darian Fach* yn fawr i gyd?

'Be am i ti symud allan, Rhys?' gofynnodd Huw â'i wydr peint yn hanner gwag erbyn hyn.

'Alla i ddim fforddio, Huw. 'Dydy bob man mor ddrud dyddia yma?'

'Does gen ti ddim dewis felly. Un ai aros efo Sonia nes y bydd hi wedi dy ladd di, neu ffindio joban arall a chael rhywle arall i fyw.'

Bu Rhys yn ymchwilydd efo'r BBC cyn iddo fynd i fusnes efo Gwendolyn Prydderch ond mi fu raid i'r ddau ymddiswyddo ar frys wedi iddyn nhw alw Prif Weinidog Cymru yn gotsyn.

'Lle uffar ga i job arall? Cha i ddim mynd yn ôl i'r Bîb, mae hynny'n siŵr.'

'Ia, ond nid y Bîb ydy'r unig le y gallet ti ddefnyddio dy ddonia.'

'Be sgen ti dan sylw, Huw?' gofynnodd Rhys gan dynnu peint arall iddo.

'Mae 'na radio lleol yn dechra yn yr ardal 'ma'n fuan, ac ma'n siŵr y byddan nhw'n chwilio am bobol brofiadol.'

'Huw, ti'n jiniys!' atebodd Rhys. 'Blydi jiniys. Pasia'r *Utgorn* 'na sydd ar y gadar i mi.'

Tra oedd Huw yn gorffen ei ail beint o Stela, brysiodd Rhys i dudalennau cefn y papur lleol. Ond o fewn dim, waldiodd Huw ei wydr gwag ar y bar. 'Oes raid i mi aros eto am beint?' gofynnodd.

'Dal arni, Huw. Yli . . . Gorsaf radio lleol . . . Dechra mewn mis. Angen darlledwyr profiadol . . .' Ceisiodd Rhys dynnu peint ag un law gan ddal y papur i'w ddarllen efo'r llall. 'Jest be dwisio.'

'Sgin ti joclet fflêc ga i?'

'Fflêc? Bu uffar t'isio fflêc?'

'Ma'r blydi peint 'na'n debycach i eis crîm na pheint. Rho dy feddwl ar dy waith, myn uffar i. Mi gei di chwilio am job ar ôl i ti orffen tynnu peintia i dy gwsmeriaid.'

* * *

Rhoddodd Rhys bisin deg ceiniog ym mlwch y ffôn. 'Garym? Garym Lewis, BBC? Su mai? Rhys . . . Rhys Huws sy 'ma. Ti'n cofio, o'n i'n gweithio ar *Post Canol Dydd* o'r blaen?'

'Duw, Rhys, sut wyt ti? Sut mae Gwendolyn? 'Di'n dal i gael ei thrin gan y Pwyliad?'

'Ydy am wn i, er dwi'm 'di clwad dim oddi wrthi.'

'Rhy brysur yn halio Stanislav, mae'n siŵr. Clwad dy fod ditha'n brysur hefyd. Tynnu peintia fel diawl o'n i'n clwad . . . ac yn byw efo rhyw nympho yng Nghaernarfon 'cw.'

'Ym . . . ia, Garym. Isio help dwi.'

'Efo'r ddynas 'na sgen ti?'

'Ia . . . na. Ymm . . . teimlo y dylwn i ailafal yn . . . yn fy ngyrfa ydw i.'

'Esu, sgen ti'm gobaith mul dod yn ôl 'ma, sti was. Ar ôl y llanast wnest ti a Gwendolyn . . . '

'Na, na, Garym. Isio reffryns ydw i. Ffansi trio am joban efo'r orsaf radio newydd sy'n dechra ffor 'ma'n o fuan.'

'O, duw ia iawn, was. Mi sgwenna i rwbath heno i ti. Tyrd draw 'ma fory i'w nôl o, os ti isio.'

'Ym . . . fasa fo'n beth call i mi ddangos fy ngwynab yn y Bîb, da?'

'Na, o bosib. Yli, mi fyddan ni'n mynd am beint amser cinio fory i'r *Llong*. Tyrd draw. Mi fyddwn ni i gyd yno.'

'Ew, grêt, Garym, diolch . . . ' Ond roedd yr arian wedi gorffen cyn i Rhys allu gorffen dweud pa mor ddiolchgar roedd o.

* * *

Drwy lwc, shifft gyda'r nos oedd gan Rhys yn *Y Darian* ac ar drawiad hanner dydd drannoeth roedd yn parcio'r MR2 yn weddol daclus y tu allan i dafarn leol hogia'r Bîb. 'Be gymi di, wa?' gofynnodd llais cyfarwydd wrth iddo gerdded i mewn.

'Ew, Rhun Wa. Sut wyt ti erstalwm? Peint o feild, os ca i.'

Eisteddodd Rhys ynghanol gwŷr y gorfforaeth. 'Dim rhaglenni heddiw, hogia?'

'Oes, ond ma 'na lwyth o stiwdants cwrs newyddiaduraeth acw'r wsos yma. Does 'na'm byd fel rhoi cyfle hands-on iddyn nhw 'n nag oes?' meddai Alwyn Rhys ag ewyn y cwrw'n dew ar ei fwstásh.

'Fyddan nhw ddim gwaeth nag oedda chdi, Rhys,' ychwanegodd Rhys Wyn wrth danio ffag.

'Esu, hold on, hogia. Anlwcus o'n i. A dim fi alwodd Rhodri Michael yn gotsyn, beth bynnag. Gwendolyn wnaeth.'

'Wel o leia fydd 'na ddim prif weinidog ar y radio cachu dêr 'ma ti'n gobeithio cael job arni,' ychwanegodd Rhys Wyn.

'Esu, gadwch i'r hogyn. 'Dan ni'm 'di weld o ers misoedd a 'dach chi'n tynnu arno,' meddai Dylan Siôn gan godi rownd arall.

'Diolch, Dyl. Ond ma'n neis bod yn ôl yn eich canol chi'r ffernols, hyd yn oed os 'dach chi'n dal i 'mhryfocio i.'

Nid rownd Dylan Siôn oedd un ola'r pnawn. Aeth yr yfed a'r cymdeithasu ymlaen am rai oriau. Edrychodd Rhys allan drwy'r ffenest a gwelodd y lleuad yn wincio arno.

'Esu, faint o'r gloch ydy hi?' gofynnodd gan lygadrythu ar ei watsh. 'Dwi fod i ddechra gweithio am chwech.'

'Be, bore fory, wa?' gofynnodd Wa.

'Na . . . na . . . heno,' meddai Rhys drwy'r igian oedd wedi'i daro.

'Ma hi'n saith o'r gloch a dwi'n mynd i orffen golygu'r rhaglen,' meddai Garym gan godi ar ei draed.

'Sut uffar dwi'n mynd yn ôl i Gaernarfon?' gofynnodd Rhys.

Pwysodd y barman dros y bar. 'Dwi'n mynd draw 'mhen dau funud. Dwi isio nôl peis hôm-mêd o'r ffatri 'na'n y dre.'

* * *

Bu Rhys yn cysgu ymysg bocsys gwag peis yr *Happy Pig* yr holl ffordd i Gaernarfon. Stopiodd y fan y tu allan i'r *Darian Fach* a chafodd Rhys help i ddod allan. Gwthiodd i mewn drwy ddrws y dafarn. Yno roedd Sam y barman yn tynnu peintiau i resaid o gwsmeriaid sychedig.

'Lle uffar ti 'di bod? Ti dros awr yn hwyr, a dwi 'di bod wrthi'n fan'ma'n hun bach. Cadw ci a chyfarth fy hun, myn uffar i.' Stagrodd Rhys tuag at y bar. 'A ti'n blydi chwil, hefyd. Wedi bod yn yfed cwrw rhywun arall!'

Ceisiodd Rhys bwyso ar y bar, ond roedd ei fraich gryn dair modfedd yn rhy fyr a syrthiodd yn glewt ar y llawr.

'Huw Cris! Dos â'r basdad meddw allan, a deud wrtho fo i fynd i chwilio am waith yn rhywle arall. Tydi o'n da i ffyc-ôl i mi.'

* * *

Chafodd Sonia mo'i ffordd y noson honno. Roedd Rhys yn cysgu'n drwm pan gariodd Huw Cris o allan o'r tacsi. Cafodd Huw help Sonia i'w roi i orwedd ar y soffa.

'Mi fasa'n well i mi dynnu'i ddillad o rhag ofn iddo dagu,' meddai Sonia a golwg bryderus arni.

'Rarglwydd, wneith tynnu'i drwsus mo'i stopio fo rhag tagu, siŵr dduw!'

'Ti byth yn gwybod, Huw. Ma natur yn beth rhyfadd iawn, sti . . .'

Gadawodd Huw Cris ar frys. Doedd o ddim eisiau gweld Rhys yn cael ei gam-drin gan Sonia.

* * *

Deffrôdd Rhys ag arogl cig moch yn ffrio yn ei ffroenau. Erbyn iddo agor ei ddwy lygad, roedd yna hambwrdd wrth ei ochr a phlataid o frecwast poeth arno. Safai Sonia gan edrych i lawr arno.

'Ti'n well, Rhys? Mi roedda chdi wedi cael dipyn neithiwr. Mi wnest di chwydu ar y coco-matin eto. Dwi am fynd i lawr i'r dre pnawn 'ma i edrych alla i gael hyd i rwbath haws ei llnau.'

'O,' meddai Rhys gan daro llygad ar y bacwn ac ŵy.

Roedd *Yr Utgorn* yn llaw Sonia. 'Pam bo chdi wedi rhoi lein goch rownd yr adfyrt yma, Rhys?'

Cododd Rhys yn araf ar ei eistedd. 'Gad i fi weld. O, meddwl trio am job arall o'n i.'

'Be, ar radio? Ti'n mynd i weithio ar y weiarles eto? Wyt ti'n mynd i fod yn di-jê ne darllan niws?' gofynnodd Sonia gan wasgu'i breichiau'n dynn o flaen ei bronnau mawrion. 'Mi fydd raid i mi ffonio Mam i ddeud . . . '

Daeth rhyw gryndod dros Rhys wrth glywed am fam Sonia. Doedd o ddim wedi anghofio'r chwip din gafodd o efo'r celyn 'na ddydd Nadolig wedi iddi ei ddal o a Sonia yn y gwely. 'Esu, dwi ddim 'di cal y job eto. Rhaid i mi gael intyrfiw, siŵr.'

'Ond, ti'n siŵr o'i chael hi . . . a chditha wedi bod yn prodiwsyr efo'r BBC.' Erbyn hyn roedd hi wedi neidio i'w lin a'i gofleidio gan droi'r ŵy meddal drosto.

'Esu, Son, do'r gora iddi. Yli golwg sydd arna i.'

'Dim ods, Rhys. Gei di brynu dillad newydd ar ôl cael job ar y weiarles.'

Daeth gweithgareddau'r pnawn yn ôl yn raddol i Rhys. Ceisiodd gofio sut yr oedd wedi landio yng nghwmni bois y BBC. Reffryns, myn uffar! Roedd wedi anghofio cael geirda gan Garym Lewis.

'Yli, Son. Mae'n rhaid i mi ffonio'r BBC. Wnes i anghofio cael reffryns ganddyn nhw ddoe.'

Aeth Sonia i'w bag llaw. 'Dyma chdi, iwsia fy mobail i . . . '

* * *

Roedd mam Sonia – Meri – wedi dod draw i helpu'i merch i sicrhau bod Rhys ar ei orau ar gyfer y cyfweliad. Roedd llythyr Radio'r Ardal wedi cyrraedd y diwrnod cynt a chynnig i Rhys fod yn eu swyddfa ddau ddiwrnod yn ddiweddarach. Chafodd Rhys fawr o gyfle i geisio meddwl be oedd o am ei ddweud yn y cyfweliad ond bu'n darllen geirda Garym drosodd a throsodd. Prin y gallai adnabod yr un y sonnid amdano yn y llythyr, cystal oedd y canmol. Roedd y siwt nad oedd wedi gweld golau dydd ers dyddiau Seiont PR wedi ei llnau a'i smwddio ac roedd coler ei grys wedi'i startsio nes oedd fel llafn pladur. Gwthiodd Meri gadach gwlyb i'w glustiau a'i sgriwio nes bron tynnu tu mewn ei glust allan. Yna, poerodd ar ei law a rhwbio'r llysnafedd ar draws ei wallt gan wneud gwell job nag unrhyw jèl. Chwythodd Sonia gwmwl o bersawr rhad drosto o un glust i'r llall . . . ac roedd Rhys yn barod am ffau'r llewod.

Roedd prin ddigon o betrol yn yr MR2 i fynd yn ôl ac ymlaen i swyddfa Radio'r Ardal a gyrrodd Rhys yn bwyllog i wneud yn siŵr na fyddai raid gadael y car ar ochr y ffordd. Cyrhaeddodd y swyddfa'n brydlon a chafodd ei dywys ar unwaith i'r stafell gyfweld. Roedd pedwar yn eistedd yr ochr arall i'r bwrdd – rhai diarth i gyd ar wahân i Dic Llwynog y Maer. Typical, meddai Rhys wrtho'i hun. Ma gin hwn fys ymhob dim sy'n digwydd yn y dre 'ma. Roedd gwên ar wyneb Dic.

'Rhys, 'ngwas i. Sut ydach chi erstalwm?' gofynnodd gan estyn ei law iddo.

Cymaint oedd dychryn Rhys fel nad oedd o'n siŵr beth i'w wneud. Roedd ganddo ofn i'r Llwynog ei lusgo dros y bwrdd gerfydd ei law ac edliw iddo beth wnaeth ei hen gwmni – Seiont PR – o'i le. Ond na, cafodd ei gyflwyno i'r tri arall fel un o feibion disglair y dre.

Estynnodd Rhys eirda Garym iddo. Gwenodd y Llwynog cyn pasio'r darn papur i'r tri arall. Trodd y pedwar i wynebu ei gilydd a nodio. Pesychodd y Llwynog. 'Pryd ellwch chi ddechra, Rhys?'

Doedd Rhys ddim yn barod am y cwestiwn a chafwyd ennyd o ddistawrwydd. 'Fory?' gofynnodd cochan dew i'r dde i'r Llwynog. 'Am naw,' ychwanegodd Dic.

Nodiodd Rhys. Cododd y pedwar ac estyn eu dwylo iddo. Ysgydwodd pob un a cherdded allan o'r swyddfa heb yngan gair.

'Ff . . . ff . . . cin hel! Dwi 'di cael y job!'

'Da iawn. Marilyn ydwyf i,' meddai'r ferch wrth y ddesg ond chlywodd Rhys mohoni. Rhedodd allan o swyddfa Radio'r Ardal ac yn syth am yr MR2. Plannodd ei droed ar y sbardun a gwibiodd y car bach yn ôl tua thref Caernarfon.

* * *

Methodd Rhys â chyrraedd *Y Darian Fach* erbyn un ar ddeg. Rhedodd y car yn sych ar gyrion y dref a bu raid iddo'i adael ar ochr y ffordd. Cyrhaeddodd y dafarn yn chwys diferyd a'i dafod cyn syched â gafl porciwpein. Roedd Huw Cris wedi'i weld drwy'r ffenest ac wedi gofyn i Sam godi peint iddo.

'Chdi'r diawl! Ti 'di sobri eto?' Doedd Rhys ddim wedi bod yn *Y Darian Fach* ers iddo gael y sac.

'Duw, gad iddo, Sam. Gest ti'r job, Rhys?'

'Do, Huw. Blydi do!' A chythrodd Rhys am y peint gan yfed ei hannar ag un llwnc.

'Da iawn! Da iawn, Rhys,' meddai Huw gan ei daro ar ei gefn nes iddo boeri cegaid o'r cwrw oedd heb eto gael cyfle i fynd i'w stumog ar draws y bar.

'Reit – allan! Dwi'm isio llanast yma!'

'Gad iddo, Sam. Dim ei fai o oedd hynna, a beth bynnag 'dan ni'n mynd i gael sesiwn heddiw . . . 'dan ni'n mynd i ddathlu ac os wyt ti isio i ni wario'n pres yn rhywle arall . . . iawn . . . '

'Na, iawn, hogia. Cariwch ymlaen . . . '

'Reit, 'ta, peint a glasiad mawr o rỳm bob un . . . '

* * *

Arhosodd y tacsi y tu allan i dŷ Sonia. Stryffagliodd Huw allan, rhoddodd bapur decpunt i'r gyrrwr cyn codi Rhys ar ei ysgwydd a'i gario tuag at y drws. Roedd Sonia wedi clywed y cerbyd y tu allan ac roedd wedi agor y drws er mwyn dod â Rhys i'r tŷ. Rhoddwyd o i orwedd ar y soffa.

'Gest ti'r job weiarles, Rhys?'

Chafwyd dim ateb. Dechreuodd Sonia'i ysgwyd.

'Do, do, mi gafodd o'r job, ac mae o'n dechra bora fory am naw,' atebodd Huw cyn i Sonia ladd Rhys.

'Hwrê!' gwaeddodd Sonia gan neidio am Rhys a'i wasgu tuag ati. Clywodd Huw sŵn gyrglian yn stumog Rhys a phenderfynodd adael ar frys. Oedd, roedd Rhys ar fin chwydu dros Sonia unwaith eto . . .

* * *

Cafwyd cryn drafferth i gael Rhys yn barod i fynd i'w waith bore drannoeth. Allai o ddim defnyddio'i siwt, roedd hi'n chŵd drosti, a doedd ganddo ddim car i fynd â fo i Barc yr Afon i'w job newydd. Ffoniodd Sonia am dacsi a gwthiodd Rhys i mewn iddo ac yntau ond wedi cael arogl o'i frecwast gan na allai stumogi dim bwyd y bore hwnnw. Cadwodd ffenest y tacsi'n agored yr holl ffordd er mwyn ceisio cael cymaint o awyr iach ag oedd bosib, ac erbyn i'r tacsi droi i mewn i Barc yr Afon roedd Rhys yn dechrau teimlo'n well.

Edrychodd ar ei watsh. Blydi hel, deg o'r gloch! Camodd allan o'r tacsi ac am ddrws yr orsaf radio. Roedd golwg bryderus ar Marilyn.

'Ti'n hwyr,' meddai. 'Maen nhw yn yr ystafell fan yna,' ychwanegodd gan gyfeirio at y drws. Ond ar hynny daeth Dic Llwynog allan. Llyncodd Rhys ei boer.

Estynnodd Dic ei law. 'Croeso, 'ngwas i. Croeso i Radio'r Ardal. Tyrd i mewn,' ac arweiniwyd Rhys tuag at y stafell gyfarfod. 'Tyrd i mewn i ti gael cyfarfod prif ohebydd yr orsaf.'

Camodd i mewn i'r stafell ar ôl Dic. 'Dyma hi . . . '

Agorodd ceg Rhys led y pen.
'... Gwendolyn Prydderch...!'

2. Tamaid i'w brofi?

'Miss Gwendolyn Prydderch, plîs. Rwm nain.'

Ysgydwodd y dyn y tu ôl i gownter Gwesty'r Brython ei ben. 'Weli di moni am rai oria, was. Roedd hi yn y bar yn fan'ma tan tua pump bora 'ma efo rhyw drafeiliwrs sgriws.'

Wedi rhoi rhyw fras drefn ar bethau ar y diwrnod cyntaf yn Radio'r Ardal, aeth Rhys a Gwendolyn adre'n gynnar gan addo dod yn ôl bore drannoeth i ddechrau ar y gwaith o gael trefn ar y rhaglenni. Gan fod Gwendolyn wedi gwerthu ei char cyn dilyn y Pwyliad i Baris, gofynnodd i Rhys a fyddai'n galw yn y gwesty i fynd â hi i'r gwaith y bore canlynol. Naw o'r gloch ar y dot, meddai, ond doedd dal dim golwg ohoni am chwarter wedi.

Syllodd Rhys ar goeden fananas a osodwyd fel addurn yn y cyntedd, gan geisio penderfynu a ddylai fynd i guro drws ei stafell. Yn sydyn, daeth cwmwl o bersawr drudfawr i'w gyfeiriad. Trodd rownd. Yno roedd Gwendolyn, â'i llygaid fel rhai panda – roedden nhw un ai'n dangos olion y noson cynt neu'n dioddef o ormodedd o fascara.

'Reit, ti'n barod!' meddai gan gerdded mor gyflym ag y gallai ar ei sodlau uchel tuag at y drws. Brasgamodd Rhys ar ei hôl gan frysio i agor drws yr MR2 iddi.

'Gest ti hwyl efo'r dynion sgriws?' gofynnodd Rhys wedi iddo ymuno â hi yn y car a chydio yn y llyw. Syllodd Gwendolyn yn gas i'w lygaid. Yn amlwg doedd hi ddim am sôn am unrhyw fath o sgriw.

O fewn dim roedd y car bach ym maes parcio Radio'r Ardal.

'Mae Mr Llywelyn yn disgwyl amdanoch,' meddai Marilyn

wrth i'r ddau gerdded i mewn.

Eisteddai Dic Llwynog y tu ôl i ddesg yn y swyddfa gan wynebu Rhys a Gwendolyn. 'Dwi isio chi, Gwendolyn, fod yn gyfrifol am y newyddion.'

'Wrth gwrs,' meddai.

'Y bwletinau ar yr awr a'r cyfweliadau. Rhys, dwi isio chdi fod yn gyfrifol am y miwsig.'

Nodiodd Rhys.

'Digon o ryw John ac Alwyn a Iona a Gandi. Os gei di gyfla i chwara amball i gân gan Jac a Wil, iawn . . . ond dwi ddim isio'r nashi Dafydd Iwan yna ar fy radio i. Ti'n dallt?'

Nodiodd Rhys unwaith eto. 'Ga i chwara recordia Meic Stevens?'

''Dio'n canu mewn tiwn?'

Ond cyn i Rhys allu ateb, ychwanegodd Dic Llwynog at y rhestr. 'Ac ar ddydd Sul dwi isio emyna Pantycelyn ac Ann Griffis o saith y bora tan hannar nos. Dallt?'

'Dydd Sul braidd yn hir, yn tydi Mr Llywelyn?'

'Fel pob diwrnod arall, yndê, Gwendolyn.'

'Be, 'dan ni'n gweithio o saith y bora tan hannar nos?'

'Yn union – fel Radio Cymru.'

'Ond ma 'na . . . ma 'na gannoedd ohonyn nhw. Does 'na ond dau ohonon ni!'

'A Marilyn risepsion . . . '

Edrychodd Rhys a Gwendolyn ar ei gilydd yn gegrwth. Cododd Dic o'i gadair.

'Dyna chi bapur a phensel, gweithiwch ryw fath o drefn i'r dydd fath â sydd yn y Redio Teims . . . ' a gadawodd yr ystafell.

Gwendolyn oedd y gyntaf i siarad. 'Be uffar 'dan ni'n mynd i neud?' Cododd Rhys ei ysgwyddau. 'Sgin i ddim dewis,' ychwanegodd hi. 'Does gen i ddim dwy ddima goch i'w rhwbio'n ei gilydd ar ôl y blydi Pôl 'na . . . ym . . . tydi Paris yn lle drud i fyw'n tydi?'

'Dwi inna'n hollol sgint . . . a dwi angan chwilio am le i fyw . . . ar 'mhen fy hun.'

Ond doedd Gwendolyn ddim eisiau clywed am broblemau Rhys. Roedd wedi tynnu llyfr bach o'i bag llaw. Ei hen lyfr contacts yn y BBC. 'Reit, dwi am ddechra ffonio pobol ddylanwadol yr ardal 'ma, i ddeud ein bod ni'n dechra darlledu. Dos di i chwilio os oes 'na recordia yma . . . a s'na oes 'na rai, ffonia Sain. Mi fydd ganddyn nhw bob dim ti'n debyg o fod isio. Waeth i ti heb â ffonio'r cwmnïa bach 'na – chei di ond chwara stwff canol y ffordd gan Dic Llwynog.'

Daeth Marilyn i mewn â llond ei llaw o amlenni. 'Mae'r Post Brenhinol wedi cyrraedd.'

Cododd Gwendolyn ei llygaid o'r llyfr bach. 'Marilyn ydy dy enw di, 'nde?'

'Ie.'

'Be ti'n neud yma?'

'Fy ngwaith i yw edrych ar ôl y dderbynfa a gwneud gwaith papur.'

'Dim un o ffor 'ma wyt ti'n naci?' gofynnodd Rhys.

'Na, yr ydwyf i'n dod o Brestatyn.'

'Esu, do'n i'm yn gwbod bod 'na neb yn siarad Cymraeg yn fan'no.'

'Wedi dysgu Cymraeg yr wyf i.'

'O.'

'Ac mi gei di ddysgu darllen newyddion hefyd,' ychwanegodd Gwendolyn.

Nodiodd Marilyn.

'Dwi'm yn mynd i aros yma fwy nag wyth awr. Mi fydda i wedi sgwennu'r bwletinau newyddion cynnar i ti y noson cynt. Mi ddo i mewn erbyn bwletin naw ac mi gei di fynd i wneud dy waith papur. Ac wedyn cyn i mi fynd adre am bump, mi fydda i wedi sgwennu bwletinau gyda'r nos i ti.'

Nodiodd Marilyn unwaith eto.

'Elli di chwara recordia'n gynnar y bora a hwyr y nos i mi hefyd?' gofynnodd Rhys.

Ond cyn i Marilyn allu ateb, torrodd Gwendolyn ar ei thraws. 'Mi gei di chwara nhw dy hun. Rarglwydd, ti'm yn sylwi bod gan yr hogan ddigon i'w wneud?' Trodd at Marilyn. 'Mae'n siŵr bod gen ti ddigon o waith yn y dderbynfa. Gad y post efo ni a cher di'n ôl at dy waith.'

Aeth Gwendolyn drwy'r pentwr llythyrau tra ceisiai Rhys lunio rhestr o recordiau y byddai eu hangen. Yn sydyn, arhosodd Gwendolyn ynghanol yr orchwyl. Darllenodd lythyr drosodd a throsodd. Sylwodd Rhys fod rhywbeth yn ei phoeni.

'Be sy, Gwen?' gofynnodd.

'Ym . . . ym . . . mae . . . mae Rhodri Michael, Prif Weinidog Cymru . . . yn dod i'r ardal ymhen mis.'

'Ti'n credu ddaw o i fan'ma . . . i agor yr orsaf radio 'ma'n swyddogol.'

'Ddaw o ddim i fan'ma, siŵr dduw. Mae ganddo amserlen dynn ar y diwrnod. Ond allwn ni mo'i anwybyddu o. Mi fydd raid i mi ei gyfweld o ar gyfer y bwletinau newyddion.'

Ceisiodd Rhys leddfu ei phryderon. 'Neith o'm cofio bo chdi wedi'i alw fo'n gotsyn, siŵr. Does rhywun yn ei alw fo'n rwbath bob dydd.'

'Yli, dim rhyw gyw newyddiadurwr o'n i. Fi oedd cyflwynydd *Post Amser Cinio*. Roedd fy enw'n wybyddus i bawb drwy Gymru.'

'Iwsia enw arall . . . neu gyrra Marilyn yn dy le di.'

'Ti'm yn dallt, yn nacwyt? Dallt dim. Fi *ydy* Radio'r Ardal. Mae hi wedi bod yn eitha cŵ i'r orsaf fach yma allu denu rhywun o 'nhalent i. Mi fydd Dic Llwynog yn mynnu 'mod i'n gwneud cyfweliad egsglwsif â'r Prif Weinidog.'

Cytunodd Rhys fod ganddi broblem.

Cododd Gwendolyn. 'Dwi'n mynd allan i gael rhywfaint o awyr iach . . . mi a' i draw i weld rhai o fy hen gyfeillion . . . pobol amlwg y cylch yma . . . er mwyn iddyn nhw gael gwybod 'mod i'n ôl. Cer di mlaen i lunio dy raglenni cerddoriaeth.' Estynnodd am y ffôn, archebodd dacsi ac aeth allan o'r ystafell.

Syllodd Rhys ar y ddalen wag o'i flaen. Cyfyng iawn oedd chwaeth cerddoriaeth Rhys. Roedd yn well ganddo gerddoriaeth y gorffennol yn hytrach na'r hen bethau undonog, diflas, modern yma. Yn wir gallai gael rhaglen *Golden Oldies* heb drafferth, ond ni allai chwarae'r math yma o gerddoriaeth drwy'r dydd. Roedd angen rhywun fengach nag o i'w gynghori ar beth oedd chwaeth y dydd. Cofiodd am Marilyn ac aeth allan i'r dderbynfa.

Marilyn siaradodd gyntaf. 'Wyt ti eisiau tamaid?'

Cynhyrfodd Rhys drwyddo. Chafodd o erioed gynnig fel hyn, gan ferch ifanc, ddel beth bynnag. Cafodd atal-dweud mawr a chyn iddo allu ateb, estynnodd Marilyn fisged ddaijestif iddo. 'Does gennyf i ond un ar ôl,' meddai. 'Mi wna i ei rhannu hi efo ti.'

'Na, na, dwi'n iawn diolch,' meddai Rhys gan lacio'i goler.

'Wnei di fy helpu i efo dysgu Cymraeg, Rhys?' gofynnodd Marilyn gan wenu'n gariadus arno. 'Fi eisiau siarad fel pobol Caernarfon.'

'Y, ia . . . iawn, siŵr.'

'Wnei di roi dosbarth nos i fi?'

Bu raid i Rhys eistedd. Llyncodd ei boer cyn nodio'i ben.

'Wyt ti eisiau gweld pwdin fi?'

Dechreuodd corff Rhys ysgwyd yn afreolus. Methodd ag ateb, ond aeth Marilyn ymlaen i egluro.

'Fi yn arbenigwraig ar gwneud pwdin suryp. A wnei di ddod i fflat fi rhyw noson i dysgu treigladau i fi, Rhys? Ac mi gei di tamaid o pwdin fi.'

Yn amlwg, gallai Marilyn wneud efo rhywfaint o help efo'i threigladau. Cytunodd Rhys y dôi draw ryw noson ac yna aeth allan i gael ei wynt ato.

Allai o ddim mynd yn ôl i ofyn i Marilyn ei helpu efo'r gerddoriaeth rhag ofn iddi wneud cynnig arall tebyg. Penderfynodd fynd am y dre a galw i mewn i ambell dafarn i gael gwrando pa gerddoriaeth oedd yn cael ei chwarae yno.

Parciodd ei gar ger yr iard goed a cherddodd i gyfeiriad *Y Darian Fach*. Cerddodd heibio i hen swyddfa ei gwmni cysylltiadau cyhoeddus. Roedd arwydd Seiont PR wedi diflannu ac yn ei le arwydd *The Strait Lesbian and Gay Line.*

Ysgydwodd ei ben mewn digalondid.

Am unwaith roedd Huw Cris y tu allan i'r *Darian* yn hytrach na'r tu mewn. Eisteddai ar fainc yn siarad â dyn oedd wedi gweld dyddiau gwell.

'Rhys, sut wyt ti? Sut mae'r job newydd yn mynd?'

'Iawn. Grêt, 'sti. Be ti isio i yfad . . . a dy fêt?'

'Bando 'di hwn.'

'Pam bo nhw'n galwch chi'n Bando?' gofynnodd Rhys wedi i'r ddau archebu peint o Stela'r un.

'O, am 'i fod o'n *banned* o'r *Darian*, mae o'n *banned* o'r *Delyn*, mae o'n *banned* o'r *Brython* . . . i ddeud y gwir, mae o'n *banned* o bob man . . . '

Gwenodd Bando gan ddangos tri dant melyn. 'Ia, a chwara teg i Huw Cris 'ma am brynu peint i mi . . . a chditha rŵan . . . Dwi'n gorfod mynd cyn bellad â Stiniog am beint dyddia 'ma. Dydy'r gyfraith ddim yn cyrraedd mor bell â Stiniog,' meddai Bando gan syllu ar y gwydr gwag.

Cododd Rhys dri pheint a mynd â dau allan i'r yfwrs. 'Dwi'n mynd i yfad i mewn, Huw. Dwi isio gwrando ar y miwsig.'

'Be, sgin ti gwilydd yfad efo fi?' gofynnodd Bando'n sarrug.

'Na, na, ond dwi isio gwrando ar y jiwc bocs. Mae o'n rhan o 'ngwaith i.'

Eglurodd Huw mai gweithio ar y radio roedd Rhys.

'Ti'm yn cael digon yn dy waith heb wrando arno mewn pỳbs hefyd? Peth digon blydi sâl ydi o hefyd. Ti byth yn clwad Richie Thomas na David Lloyd na Bob Tai'r Felin na dim byd felly dyddia 'ma.'

Ond roedd Rhys wedi mynd yn ôl i mewn i'r *Darian*. Tynnodd o'i boced lond llaw o bisys hanner can ceiniog a beiro a darn o bapur a bu wrthi drwy'r pnawn yn cofnodi enwau rhai o'r caneuon a lanwai'r dafarn.

* * *

Pan gyrhaeddodd Rhys Barc yr Afon y bore canlynol, gwibiodd

fan wen tuag ato o gyfeiriad pencadlys Radio'r Ardal. Parciodd ei gar ond cafodd gryn drafferth i fynd i mewn i'r dderbynfa. Edrychodd drwy'r drws gwydr a gwelodd fod pentwr o offer stiwdio wedi'i osod yn un pentwr ar y llawr yno gyda Gwendolyn a Marilyn yn edrych mewn penbleth arno.

Gwthiodd Rhys y drws yn ôl a chamodd i mewn.

'O, Rhys, diolch dy fod ti wedi cyrraedd. Mae offer y stiwdio yma a chan mai cyflwynydd a newyddiadurwraig ydw i, mae'n rhaid i mi gyfaddef nad oes gen i'r un syniad sut i'w roi wrth ei gilydd.'

'Na fi chwaith,' ychwanegodd Rhys.

'Ond chdi oedd yn pwyso botyma a phetha yn stiwdio'r BBC.'

'Ia, ond doedd dim raid i mi roi'r petha wrth ei gilydd. 'Doedd yna beirianwyr i wneud hynny?'

'Ond does ganddon ni ddim peirianwyr yma.'

'Ti'n meddwl y bysa rhywun o'r BBC yn ein helpu ni, da?'

Rhoddodd Gwendolyn ei dwylo ar ei hochor. 'Wyt ti'n wirioneddol yn meddwl y bysan nhw'n ein helpu ni? A ninna'n mynd i ddwyn eu gwrandawyr nhw i gyd unwaith y byddan ni wedi dechra darlledu?'

'Na, mae'n siŵr, yn na fysan.'

'Tyrd, caria'r offer 'ma i mewn i'r stiwdio. A titha, Marilyn, helpa fo.'

Ymhen hanner awr, roedd yr offer wedi'i osod yn bentwr ar lawr y stiwdio gyda gwifrau fel sbageti'n gwthio i bob cyfeiriad.

'Wyt ti eisiau fi roi hwn i mewn yn rhywle?' gofynnodd Marilyn gan ddal plwg pigfain yn ei llaw.

'Na, na, well i ti beidio rhag ofn i ti wneud llanast,' atebodd Rhys gan geisio cadw'i feddwl ar yr orchwyl o'i flaen. Edrychodd ar gefn pob darn o offer rhag ofn bod rhyw fath o gyfarwyddyd yno ynglŷn â beth oedd i fod i ffitio i beth, ond doedd o fawr callach.

Agorodd drws y stiwdio. 'Ydy'r offer yn ei le?' Dic Llwynog

oedd yno.

'Yyy . . . dim eto, Mr Llywelyn.'

'Oes yna broblem? Mi wyt ti'n gwybod be mae o'n da, siawns?'

'Ym, ydw. Ond . . . ond mae isio peiriannydd i'w roi o wrth ei gilydd a'i fêntenio fo. Mae gan bob gorsaf radio beiriannydd, Mr Llywelyn. Be 'sa 'na broblem pan 'dan ni ar yr awyr?'

Crafodd Dic Llwynog ei ên. 'Ella bo chdi'n iawn. Ffindia un i mi reit sydyn, un rhad . . . yyy . . . rhesymol ei bris. Dwi'sio'r offer 'ma'n gweithio fory, 'dan ni'n mynd i gael test ryn.' Ac aeth allan gan gau'r drws ar ei ôl.

Eisteddodd Rhys ar gadair y cyflwynydd. 'Be dwi'n mynd i neud, Marilyn?'

'A wyt ti'n adnabod peiriannydd? A oes rhai wedi ymddeol o'r BBC?'

Ysgydwodd Rhys ei ben.

'A oes yna rai yn gweithio i'r cwmnïau annibynnol?'

Dechreuodd Rhys ysgwyd ei ben unwaith eto. Roedd yn adnabod un oedd yn dweud ei fod yn gweithio i gwmnïau annibynnol ond welodd o erioed mohono'n gweithio. Ac roedd byth a beunydd yn dweud sut roedd o wedi trwsio hen setiau teledu i hen ferched.

Cydiodd Rhys yn ffôn y stiwdio. 'Ydy Huw Cris yna?' Wedi rhai munudau daeth Huw at y ffôn.

'Ti'n dda efo electronics a phetha'n dwyt, Huw? Elli di ddod draw i roi petha wrth ei gilydd i ni yma? Ella bod 'na joban stedi yma os elli di edrach ar ôl y petha yma.'

Cytunodd Huw Cris ar unwaith ar yr amod bod Rhys yn dod i'w nôl o'r *Darian*.

Wedi iddo gyrraedd, fu Huw fawr o dro'n rhoi'r offer wrth ei gilydd. Dechreuodd goleuadau fflachio yma ac acw a dechreuodd Rhys deimlo'n reit gartrefol y tu ôl i'r ddesg a'r meic.

'Wan-tw . . . wan-tw . . . Croeso i Radio'r Ardal, gen i Rhys Huws. Ac mi rydw i efo chi am weddill y noson gyda chymysgedd o gerddoriaeth . . . '

Chafodd Rhys ddim gorffen y cyfarchiad. Neidiodd Marilyn ato a'i gofleidio.

'Mi rwyt ti fel troellwr Radio Un, Rhys. Mi rwyt ti'n wych.'

'Ddim yn ddrwg, Rhys, ond ei di fyth i sgidia Hywel Gwynfryn. Ew, mae'r hen waith 'ma wedi codi sychad uffernol arna i. Be am fynd i'r *Darian* i ddathlu?'

'Ro i lifft i chdi, Huw, ond mae'n rhaid i mi sortio'r recordia allan erbyn fory.'

'A ti'n dod i weld pwdin fi heno,' ychwanegodd Marilyn.

'Rarglwydd, o'n i'n meddwl bo chdi wedi cael digon o beth felly . . . '

'Na . . . na pwdin suryp sy gen Marilyn . . . '

Rhoddodd Huw Cris ei law dros ei lygaid ac ysgwyd ei ben. 'Tyd, ma gen i sychad.'

* * *

Curodd Rhys ar ddrws coch yn Stryd Menai ar union wyth o'r gloch. Agorwyd y drws ac arweiniodd Marilyn o i mewn i'r lolfa.

'Ew, ma 'na ogla da 'ma, Marilyn,' meddai wrth gerdded i mewn.

'Pwdin fi ydy o. Wyt ti'n hoffi arogl pwdin fi?'

Nodiodd Rhys. 'Os ti isio siarad fath â hogia dre, licio ac ogla 'dan ni'n ddeud yma, dim hoffi ac arogl.'

'Ti'n licio ogla pwdin fi?'

''Na, fo. Da iawn. Ond 'swn i'm yn mynd rownd dre yn gofyn hynna.'

'Pam, Rhys?'

'Ymmm . . y . . . bysa pawb isio peth, yn bysa.'

'Bysa, Rhys,' meddai wrth ddiflannu i'r gegin. Daeth yn ôl efo plât mawr ac arno anferth o bwdin a suryp yn ffrwtian ar ei ben. Rhoddodd Marilyn y pwdin ar y bwrdd o flaen Rhys. Llanwodd un ddysgl i'r ymylon gan roi llwyaid fechan yn y llall. Gwthiodd y ddysgl lawn at Rhys.

'Ti'm yn licio pwdin suryp?' gofynnodd Rhys.

'Ydwyf, ond rwyf i eisiau cadw fy nghorff yn lluniaidd,' atebodd Marilyn gan redeg ei dwylo dros ei chorff.

Er bod y pwdin suryp yn chwilboeth aeth ias oer i lawr ei gefn. 'C . . . c . . . call iawn . . . '

Cliriodd Rhys ei ddysgl ond llanwyd hi unwaith eto gan Marilyn . . . ac eto . . . ac eto . . .

'Esu, ma'r pwdin 'ma'n dda, Marilyn.'

'Diolch, Rhys. A elli di rŵan helpu fi efo Cymraeg Caernarfon?'

'Ia, iawn,' meddai Rhys a'i geg yn llawn o'r pwdin.

Symudodd Marilyn yn nes ato. 'Rhys, be 'di cont?'

Tagodd Rhys a ffrwydrodd lafa o bwdin suryp ar draws y bwrdd ac ar ben Marilyn.

'Sori . . . sori, Marilyn . . . sori . . .'

'A wyt ti'n iawn? Wedi cael gormod o pwdin wyt ti?'

Nodiodd Rhys wrth geisio sychu'r suryp oedd ar y lliain bwrdd o'i flaen.

'Beth yw ystyr y gair yna, Rhys?'

'Ym . . . ym . . . dyna ma nhw'n galw pawb yng Nghnarfon . . . rhyw *term of endearment* . . . Fatha del neu mêt. Dyna ydy o.'

'O, diolch, Rhys. A fuaset ti'n hoffi . . . yyy . . . licio paned o goffi. Mi rwyt ti wedi cael digon o bwdin rŵan.'

'Ia, diolch, Marilyn.'

* * *

Roedd Dic Llwynog yn trafod telerau efo Huw Cris pan gerddodd Gwendolyn i mewn i'r swyddfa.

'Mae gen i egsglwsif! Mae gen i egsglwsif!'

Erbyn hyn roedd Rhys wedi ymuno â nhw.

'Mae gen i egsglwsif! Mae Prif Weinidog Cymru, Rhodri Michael, wedi cytuno i ddod i'r stiwdio yma'r wythnos nesa pan mae o i fyny yn y gogledd i wneud cyfweliad egsglwsif efo fi . . . a Radio'r Ardal.'

'Da iawn, da iawn, Gwendolyn. A hynny ar ein diwrnod cyntaf ar yr awyr! Gwnewch yn siŵr fod popeth yn gweithio'n iawn yn y stiwdio, Huw,' a cherddodd y Llwynog allan i gyfarfod busnes arall.

'Sut . . . sut wnest di ei berswadio fo . . . ar ôl . . . ar ôl . . . ?'

'Doedd o'm yn cofio, siŵr. Dydy o'n cyfarfod miloedd mewn blwyddyn? Beth bynnag, mae o'n dod yma – a hynny dan drwynau bois y Bîb.'

* * *

Roedd y dderbynfa a'r stiwdio wedi'u haddurno â blodau drudfawr a hithau'n fore cynta'r orsaf ar yr awyr. Bu raid i Rhys wisgo siwt er mai gweithio ar raglen radio roedd o. Aeth y bore'n ddidrafferth gyda Rhys yn newid yn gelfydd o un record i'r llall gan roi cyflwyniad rhwng pob un o nodiadau roedd wedi'u codi o lyfr canu pop a fenthyciodd o'r llyfrgell.

Roedd Gwendolyn ar bigau'r drain. Roedd yn bum munud i un a dim golwg o Rhodri Michael. Roedd i fod ar yr awyr am un. Tarodd Rhys ei record olaf yn y peiriant.

'Ar ôl y record yma, mi fydd Prif Weinidog Cymru, Rhodri Michael, yma ar gyfer cyfweliad egsglwsif gyda'n gohebydd gwleidyddol Gwendolyn Prydderch,' darllenodd Rhys o ddarn o bapur yr oedd Gwendolyn wedi ei baratoi iddo.

Gydag ond munud i fynd, arhosodd car du, sgleiniog y tu allan i bencadlys Radio'r Ardal. Camodd y Prif Weinidog allan a cherdded drwy'r drws gwydr. Tra safai Dic Llwynog, ei wraig a'i gyd-gyfarwyddwyr yn barod i'w groesawu, camodd Marilyn ymlaen i'w gyfarch.

'Su'mai, cont . . .'

3. O bydded i'r heniaith barhau

Ni welwyd Marilyn am rai dyddiau wedi'r 'camgymeriad' wrth groesawu Prif Weinidog Cymru. Yn ffodus, doedd Dic ddim yn gwybod ble'r oedd hi'n byw neu mi fuasai wedi'i darnio hi'n union fel llwynog yn darnio iâr. Roedd Rhys wedi ei chynghori i fynd yn 'sâl' am rai dyddiau i ddisgwyl i'r storm ostegu. Am unwaith, roedd cydwybod Rhys a Gwendolyn yn glir er bod Dic yn methu'n lân â deall ble'r oedd Marilyn wedi dysgu'r fath air.

Roedd colled fawr ar ôl Marilyn yn y swyddfa. Nid i ateb ffôn ac agor llythyrau ond i wneud y bwletinau cynnar a hwyr i Gwendolyn.

'Rhys, picia draw i weld yr hogan. Mae'n siŵr ei bod hi'n teimlo'n well erbyn rŵan.'

'Lle dwi'n mynd i gael amsar? 'Dydw i'n chwara recordia'n fan'ma ddydd a nos?'

'Yli, pam na wnei di recordio dy raglan hwyr tra fydda i'n cyflwyno'r rhaglen newyddion cynnar ac mi elli di danio'r tâp a mynd draw i'w gweld hi.'

Bu raid i Rhys ddarllen y bwletin deg yr hwyr gan fod Gwendolyn wedi ymlâdd ar ôl dechra'n gynnar ddau ddiwrnod yn olynol. Yna, taniodd y peiriant a dechreuodd dwy awr o *Rhys yn y Tywyllwch*, ei raglen hwyr yn y nos.

Neidiodd i'w gar ac anelu am Stryd Menai. Parciodd y car y tu allan i rif wyth. Pwysodd ar fotwm fflat tri. Dim ateb. Pwysodd eilwaith ac yna cododd ei olygon tuag at ffenest y llawr uchaf. Gwelodd rywun yn ciledrych drwy ochr y llenni. Camodd yn ôl er mwyn i Marilyn ei weld. Eiliadau'n ddiweddarach, clywodd folltau lu'n cael eu hagor a gwthiodd Marilyn ochr ei phen rownd y drws. Gwthiodd ei braich allan a llusgo Rhys gerfydd ei grys i mewn i'r adeilad. Tra ceisiai Rhys gael ei wynt ato, gwthiodd Marilyn y bolltau'n ôl i'w lle.

'Rhys! O Rhys!' ebychodd a thaflodd ei breichiau am ei wddw. 'O Rhys, mae gennyf ofn i Mr Llywelyn fy lladd i . . .'

'Neith o ddim . . . mae o . . . mae o wedi tawelu rŵan. A beth bynnag, mae o'n cychwyn i Werddon fory am wylia golffio efo'i fêts.'

'A yw . . . a yw hi'n diogel felly i mi dychwelyd i'r . . . i'r gwaith?'

'Ydi . . . ac ma wir dy angan di. 'Dan ni wedi ymlâdd – rhwng gwneud rhaglenni ac atab ffôn a ballu. Ma Gwendolyn bron yn nerfys-rec.'

'Wyt ti wedi colli fi, felly?' gofynnodd Marilyn oedd erbyn hyn wedi llacio'i breichiau ac yn edrych i fyw llygaid Rhys.

'Ym . . . ym . . . d . . . d . . . ' Cafodd Rhys bwl o atal dweud.

'Yn wir?' gofynnodd Marilyn cyn rhoi ei gwefusau ar rai Rhys.

Ceisiodd Rhys nodio a chusanu'r un pryd. Ond doedd dim rhaid yngan gair, roedd y neges yn glir. Cydiodd Marilyn yn ei law a'i arwain i fyny'r grisiau i'w fflat. Eisteddodd y ddau ar soffa oedd yn hen yn y chwe degau. Credai Rhys am eiliad fod Marilyn wedi rhoi'i llaw dan ei din, ond wedi edrych gwelodd mai un o'r sbrings oedd yn gwthio i'w foch. Taflodd Marilyn ei choes dde drosto a gwthiodd ei gwefusau tuag ato. Cydiodd yn ei ben a'i dynnu tuag ati. Roedd Rhys bron â mygu, ond mae'n rhaid i bawb farw rywbryd ac mi roedd hyn cystal ffordd â dim.

Wedi iddo gael ei wynt ato, gwasgodd Rhys ei freichiau amdani. Yna ceisiodd agor ei blows ond roedd Marilyn yn gwthio cymaint tuag ato fel yr oedd yn dasg amhosib. Roedd balog ei jîns tyn hefyd allan o'i gyrraedd. Yn raddol, llithrodd y ddau fel dwy anaconda o'r soffa i'r llawr. Rowliodd y ddau fel dwy sosej mewn padell ffrio o un pen i'r stafell i'r llall.

O'r diwedd, cafodd Rhys gyfle i roi ei law ar dop ei choes. Neidiodd Marilyn ar ei heistedd. 'Na, Rhys! Mae'n ddrwg gen i. Nid ydwyf i eisiau hynna.'

'Ond, ond ti'n byw yng Nghnarfon rŵan . . . '

'Mi rydwyf i . . . yn . . . yn Babydd.'

Bu Rhys yn Fethodist ar un amser, ond roedd hynny cyn iddo ddangos diddordeb mewn merched. Edrychodd i'w hwyneb. 'Pabydd?'

'Ie, dydw i ddim yn credu mewn rhyw cyn priodas. Af i byth i'r nefoedd os wna i . . . '

Doedd Rhys ddim wedi bod yn y sefyllfa yma o'r blaen. Crafodd ei ben. 'Ydy hi'n iawn i ni snogio, ta?' gofynnodd gan daro'i lygaid ar lun o'r Forwyn Fair ar y wal.

'Ydyw, mae hynny'n iawn.'

'A beth am . . . ?' gofynnodd Rhys gan edrych ar ei bronnau.

'Dim heno. Efallai pan fyddwn ni'n adnabod ein gilydd yn well.'

Cododd Rhys ac eistedd ar y soffa fregus. Aeth Marilyn ato a chydio yn ei law. 'Wnaiff hynny ddim gwahaniaeth i'n perthynas ni, yn na wnaiff, Rhys?' gofynnodd gan roi cusan ar ei foch.

'Ym . . . na,' atebodd gan wenu'n llipa arni.

'Rhys, beth allaf i ei wneud i gael Mr Llywelyn i faddau i mi?'

Roedd Rhys yn falch o allu symud o'r maes diwinyddol. 'Ia, cwestiwn da. Mae'n rhaid i ti feddwl am . . . am . . . am rywbeth neith bres iddo.'

'Pres?'

'Arian. Mae o'n uffar am bres. Sgen ti syniad am raglen radio? Paid ag awgrymu rhaglen i Gatholics. Does 'na'm digon ohonoch chi yn yr ardal 'ma. Rhywbath mae gen ti brofiad ohono.'

'Pwdin? Gwneud pwdin. Rwyt ti'n hoffi pwdin fi'n dwyt?'

Aeth Rhys yn chwys oer drosto unwaith eto wrth glywed y gair er ei fod yn gwybod yn iawn bod drws y cwpwrdd wedi'i gloi a'r goriad wedi'i daflu i ffwrdd.

'Neith sôn am . . . am bwdin . . . ddim cadw cyfres i fynd am hir,' meddai gan lacio'i goler. 'Sgen ti hobi arall?'

'Dysgu Cymraeg,' meddai gan edrych i fyw ei lygaid.

'Ia, ia – ond mi fysa'n rhaid i ni fod yn ofalus . . . pa . . . pa eiria fasat ti'n iwsio.'

'Mae yna lawer iawn o bobol yn dysgu Cymraeg y dyddiau hyn . . . ac mae yna nifer o siopau yn gwerthu llyfrau ac ati ar gyfer dysgwyr. Mi allai'r rheiny hysbysebu ar orsaf radio Mr Llywelyn.'

Roedd eitha pen busnas ar sgwyddau Marilyn meddai Rhys wrtho'i hun. 'Ia, mae hynna'n syniad da. Mi fasa'n rhaid i ni roi proposal at ei gilydd i Dic . . . i ddeud be fasa yn y rhaglan. Pwy fasa'n cymryd rhan – am ddim, wrth gwrs.'

'Be am i ti ddod i dosbarth Cymraeg nesaf fi? Mi cei di siarad am . . . am dy waith yn y cyfryngau . . . ac yna mi cei di holi pawb am syniadau.'

Nododd Rhys. 'Yn lle 'dach chi'n cyfarfod?'

'Mewn tŷ tafarn fel arfer – gwahanol rai. Mi wna i ddarganfod ble maen nhw'r wythnos nesaf.'

'Ia . . . ia, da iawn.'

Edrychodd Marilyn ar ei watsh. 'Mae hi'n hanner nos, Rhys. Mi fysai hi'n well i ti fynd rŵan. Mae hi'n hwyr.'

Ceisiodd Rhys godi ond roedd yn cael ei dynnu'n ôl pob gafael. Cydiodd Marilyn yn ei law i'w godi ar ei draed, ond clywyd sŵn brethyn yn rhwygo. Edrychodd Rhys ar y soffa. Roedd darn mawr o'i drwsus gwaith yn sownd wrth y sbring.

'Mae'n ddrwg gen i, Rhys!' meddai Marilyn wedi dychryn. Yna, edrychodd ar din ei drwsus. 'Mae tin ti yn golwg, Rhys.'

Cofiodd Rhys iddo orfod rhuthro i'w waith y bore hwnnw a doedd dim golwg o'i drôns wrth iddo wisgo ar frys. Teimlodd law Marilyn ar ei foch chwith. Edrychodd Rhys ar y Forwyn Fair ar y wal, ond roedd y llewyrch o gwmpas ei phen yn dal yno.

'Mi gwna i gwnïo fo i ti rhag ofn i ti gael oerni a tithau heb ddim trôns . . . '

* * *

Roedd Sonia'n eistedd ar y soffa o flaen y teledu'n sglaffio bocs o *Milk Tray* pan gyrhaeddodd Rhys. Roedd dros ddwyawr wedi mynd ers i Rhys roi ei gyfarchion arferol – 'Adra rŵan; a chofiwch – swpar ysgafn, gwely glân' – ar ddiwedd ei raglen *Rhys yn y Tywyllwch*.

'Lle ti 'di bod? Mae 'na oria ers wnest ti ddeud ta-ta ar y weiarles.'

'Oedd 'na . . . Oedd 'na broblem bach efo'r mashîns . . . a gan bod Huw Cris yn *Y Darian* roedd raid i mi eu trwsio nhw.'

'O . . . ' meddai Sonia gan roi'r bocs siocled gwag ar y llawr ac arwyddo ar i Rhys eistedd ar y soffa wrth ei hochr. 'Un clyfar wyt ti, 'ndê, Rhys. Yn gneud bob dim. Well gin i dy brograms di na'r ddynas Gwendolyn 'na. Dwi'n dallt dim o be ma honno'n ddeud.'

Nodiodd Rhys.

'Ond . . . ond fydda i byth yn dy weld di rŵan. Mi rwyt ti'n gweithio bob dydd a nos. O'n i'n gweld mwy arna chdi pan oedda chdi'n gweithio fel barman. O leia, roedd gen ti amsar i fynd â fi am dro i'r wlad bob hyn a hyn radag hynny.'

Diolchai Rhys nad oedd ganddo'r amser rŵan i fynd â Sonia am dro. Arferai yrru'r car ar hyd strydoedd tawelaf y dre rhag i neb ei weld. Gwnâi'n siŵr y gallai barcio'r car o ŵydd pobol gan nad oedd gweld Sonia nobl yn stryffaglio allan o'r car bach, isel yn ddarlun hyfryd iawn. Yn gynta, byddai raid i Sonia symud ei thin yn ôl ac ymlaen fesul modfedd tuag at y drws a chan fod ei chluniau noeth wedi eistedd ar seddi lledr y car, ceid nifer o rechfeydd cyn y gallai'r tin ddod dros erchwyn y sedd. Cymerai Rhys arno fod yn archwilio'r pedal brêc tra digwyddai hyn.

Yna, wedi agor y drws, deuai'r tin allan gynta fel un o longau Cunard yn gadael dociau Lerpwl. Y droed dde i lawr gynta, ac yna gyda chryn duchan deuai gweddill y corff allan. Erbyn hyn byddai sgert Sonia o gwmpas ei chanol a'i choesau gwynion fel dau o bileri'r Acropolis yn sefyll ynghanol y maes parcio. Wedi iddi wneud ei hun yn weddus, deuai Rhys allan, edrych o'i gwmpas ac yna'i thywys i gilfach ddiarffordd o ŵydd y cyhoedd.

Ond diolch am hynny, châi o ddim cyfle'r dyddiau hyn i grwydro'r wlad gyda Sonia.

Sychodd Sonia'r siocled oddi ar ei hwyneb â chefn ei llaw. 'Tyd i gwely, Rhys. Dwi'n teimlo'n randi heno.'

'Eto!' meddai Rhys gan edrych ar y craciau oedd wedi dod i'r golwg ar y nenfwd yn ystod y misoedd diwethaf. Ond doedd dim achubiaeth iddo. Llusgwyd o gerfydd ei goler i'r gwely a bu'n gorwedd fel lleden o dan Sonia tra llamai honno i fyny ac i lawr arno fel llamhidydd.

* * *

Roedd Marilyn yn ei gwaith drannoeth, er mawr ryddhad i'r ddau a chan fod Dic Llwynog yn Iwerddon câi pawb lonydd i fynd ymlaen â'u gwaith. Roedd Huw Cris yn treulio'r rhan fwyaf o'r dydd yn cynnal a chadw peiriannau'r stiwdio ond erbyn pedwar o'r gloch roedd ei syched wedi mynd yn drech nag o. Allai Rhys mo'i ddilyn i'r *Darian* gan fod raid iddo weithio. Roedd hi'n amhosib paratoi tâp chwe awr er mwyn ei ryddhau i fynd i'r dafarn.

Ond bu raid iddo baratoi tâp bedair awr nos Fercher gan fod Marilyn wedi'i hysbysu fod grŵp y dysgwyr yn cyfarfod yn *Y Llew*. Roedd Marilyn efo fo yn y stiwdio pan daniodd y tâp wedi bwletin wyth. Yna, brysiodd y ddau am Lanwnda yn yr MR2.

'Iesu, swpyrstar,' meddai llais o'r gornel pan gyrhaeddodd y ddau y dafarn. Ned Camal oedd yno. 'Sut wyt ti'r cotsyn?' ychwanegodd a throdd Marilyn i edrych mewn penbleth ar Rhys. 'Dwi'n clwad chdi ar y weiarles bob dydd. Un digon sâl wyt ti hefyd. Well gen i Gwyn Llew o beth uffar. Lle ti 'di bod erstalwm a be sy'n dod â chdi yma?'

'Dod i weld y rhai sy'n dysgu Cymraeg ydan ni.'

'O, yr ysgol feithrin. Maen nhw yn y rwm ffrynt 'na,' a nodiodd tuag at ddrws caeedig. ''Sa'n well iddyn nhw'n fan'ma o beth uffar . . . i ddysgu Cymraeg go-iawn. Cymraeg y werin. Dim rhyw blydi 'Yr ydwyf i' a rhyw gachu felly. Be gymi di del . . . i yfad, yndê?' gofynnodd i Marilyn.

'Fe hoffwn i gael sudd oren, os gwelwch chi'n dda.'

'Wel-ffyc-mi-pinc, un arall, myn uffar i. Pam ddiawl na gei di hyd i fodins sy'n siarad yn iawn, da? Do'n i'n dallt dim ar honno oedd gen ti o'r blaen o'r sowth.'

Doedd Rhys ddim eisiau siarad am Siân oedd wedi'i adael am Gaerdydd ac archebodd beint o lagyr gan Diane wedi i honno ei groesawu'n ôl. Taflodd Ned bapur decpunt ar y bar.

'Diolch, Ned, ond mae'n rhaid i ni fynd at y dysgwrs,' meddai Rhys a chydio yn ei beint oddi ar y bar.

Cafodd Rhys groeso tywysogaidd gan y dysgwyr. Rhoddodd fraslun o'i yrfa yn y cyfryngau ac yna soniodd am syniad Marilyn.

'Mae hon yn syniad penigamp,' meddai Rhygyfarch, arweinydd barfog y grŵp, oedd wedi egluro iddo'n gynharach yn y noson mai o Swindon roedd o'n dod yn wreiddiol a'i fod wedi'i fedyddio'n Rigby Johnson.

Taflwyd syniadau lu o fysg y dysgwyr gyda Rhys yn eu cofnodi'n fanwl yn ei lyfr nodiadau. Yn y cyfamser, roedd Rhygyfarch wedi bod yn y bar ac wedi dychwelyd efo trê llawn diodydd. 'Mae'n rhaid i ni dathlu am gael syniadau penigamp,' meddai wrth wthio diod i gyfeiriad Rhys. Safodd Rhygyfarch ar ganol y llawr a thaflu ei beint i lawr ei gorn gwddw. Sychodd ei geg â chefn ei law. 'Mae cwrw da yn Cymru. Fi'n mynd i nôl rhagor tra yr ydych chi'n gorffen eich rhai chwi.'

Cododd Rhys i geisio'i atal gan y teimlai mai ei ddyletswydd o oedd prynu'r diod ac yntau wedi cael syniadau am gynnwys rhaglen ganddyn nhw.

'Paid ti â poeni,' meddai llipryn main oedd yn eistedd wrth ei ochor. 'Rhygyfarch gan lot arian. Fe caffi mawr yn Dinas Dinlle.'

Dychwelodd Rhygyfarch unwaith eto â thrê arall llawn diod. Rhoddodd y llipryn main dri chwarter ei beint i lawr mewn un ac estynnodd am un arall.

Mynnai Rhygyfarch mai fo oedd yn talu am y dathlu. Mynnai'r llipryn o'r gornel hefyd y gallai ddal i fyny â Rhys a Rhygyfarch a gwthiai'r cwrw i lawr ei gorn gwddw fel neidr yn llyncu llygoden. Roedd Rhys yn cael cryn drafferth i ddal i fyny â'r dysgwyr ac ni sylwodd fod y llipryn yn anesmwytho yn y gornel. Yn sydyn, cododd y llipryn ar ei draed a chipiodd lyfryn allan o'i boced tin. Efo'i fochau'n llawn, aeth drwy'r geiriadur gan wneud sŵn Ch . . .

'Ar ôl C,' ceisiodd Rhys ei helpu.

Nodiodd y llipryn. 'Chhhh . . . ' a llifodd ffrwd o chŵd lympiog dros Rhys.

'Fi eisiau ch-w-y-d-u,' meddai'r llipryn yn rhy hwyr gan fod ei fochau erbyn hyn wedi gwagio.

Roedd Rhys ar ei draed. 'Y mochyn uffar! Y blydi sglyfath!'

Doedd y llipryn ddim yn gwrando. Roedd yn rhy brysur yn bodio'i lyfr i geisio darganfod beth oedd ystyr 'sglyfath'. Cydiodd Rhys ynddo, ond gwthiodd Marilyn rhyngddyn nhw.

'Rhys! Plîs paid! Doedd o ddim yn bwriadu taflu i fyny ar dy pen di,' meddai gan geisio hel y lympiau mwyaf i ffwrdd efo mat cwrw. 'Tyrd, Rhys. Mae hi'n hwyr. Mae'n rhaid i mi godi'n gynnar fory i ddarllen y newyddion. Mi wna i yrru'r car i ti.'

Roedd Sonia yn y ffenest pan arhosodd yr MR2 y tu allan i'r tŷ yn Nhwtil Teras. Roedd dros awr wedi mynd ers i Rhys ffarwelio â'i wrandawyr.

Gwyddai Sonia nad Rhys oedd yn gyrru gan fod y car wedi cael ei barcio'n daclus heb fynd dros y pafin, ond cafodd gryn sioc o weld pengoch y tu ôl i'r llyw. Yn ffodus, doedd Marilyn ddim am gusanu Rhys cyn iddo fynd i'r tŷ gan ei fod yn drewi o chŵd y llipryn a chamodd Rhys yn sigledig tuag at dŷ Sonia.

'Lle ti 'di bod, Rhys, a pwy oedd honna efo chdi?'

Roedd clwy'r llipryn wedi taro Rhys a bu raid iddo frysio am y sinc yn y cefn. Rhoddodd yr argraff i Sonia ei fod mewn gwaeth cyflwr nag yr oedd o, a brysiodd am y gwely. Cymerodd arno ei fod yn chwyrnu'n drwm erbyn y cyrhaeddodd Sonia dan y blancedi.

4. Côr bleimi

Un bore, rhuthrodd Dic Llwynog i mewn i'r swyddfa. Aeth ei lygaid yn syth at Rhys. 'Côr Menai.'

Syllodd Rhys yn syn arno.

'Côr Meibion Menai.'

Doedd o fawr callach.

'Mae Côr Meibion Menai'n mynd i Gaerdydd . . . '

Nodiodd Rhys.

' . . . a dwi isio chdi fynd efo nhw.'

'Ond . . y . . . Mr Llywelyn . . . alla i ddim canu . . . na chwara piano.'

Camodd Dic yn nes ato ac edrych i fyw ei lygaid.

'Dim canu. Recordio. Dwi isio chdi recordio nhw'n canu ac interfiws efo'r hogia a phetha felly. Maen nhw'n boblogaidd iawn ffor'ma a dwi am neud sbesial un noson o'r stwff fyddi di wedi'i recordio efo llwyth o hysbysebion o'i gwmpas o . . . a phres i m– . . . i'r orsaf.'

Nodiodd Rhys. Roedd pethau'n gliriach rŵan. 'Lle maen nhw'n canu yng Nghaerdydd?'

'Maen nhw yn Sain Ffagan ddiwadd y mis. Yn canu ynghanol yr hen dai 'na i fisitors. Ac mi fyddi di efo nhw. Maen nhw'n rihyrsio yn Festri Seilo wsos nesa. Dwi isio chdi fynd draw yno i untrodwisio dy hun a gwneud trefniada.'

Trodd Dic ar ei sawdl a diflannu allan o'r swyddfa. Trip i Gaerdydd, meddai Rhys wrtho'i hun. Cododd ei ddwrn i'r awyr. 'Blydi grêt!'

* * *

Roedd y côr wrthi'n canu pan gyrhaeddodd Rhys. Hen begors oeddan nhw bron i gyd efo dau neu dri'n pwyso'n galed ar eu simyr-ffrêms. Rarglwydd, mi geith y rhein eu cadw'n Sain Ffagan os awn nhw lawr 'na, meddai Rhys wrtho'i hun. O'r diwedd gorffennodd y canu, a chamodd yr arweinydd at Rhys. Dynes oedd hi ac yn edrych yn debyg ei bod wedi bod yn athrawes ysgol ar un amser.

'Ie?'

'Ymm . . . Rhys . . . Huws . . . Radio'r Ardal. Wedi dod i gyfarfod y côr cyn y trip i Gaerdydd . . . '

'O . . . wel, dyma nhw. Côr Meibion Menai. Wedi dod yn ail ym mhob steddfod yn y gogledd 'ma. Mi rydyn ni yn Sain Ffagan ddydd Sadwrn nesa. Bws yn gadael y Maes am ddau bnawn Gwener. Gwesty yng Nghaerdydd. Canu am hanner dydd bnawn Sadwrn. Oes angen rhagor o wybodaeth arnoch chi?'

'Ym . . . na . . . '

Roedd Rhys wedi sylwi bod tri o'r aelodau rywfaint yn fengach na'r gweddill. Daeth un ohonyn nhw ato. 'Glyn Davies,' ac estynnodd ei law allan. 'Tyd i gael panad bach efo ni i ddechra i ni gael rhoi'r ins and owts i ti,' ac arweiniwyd Rhys at y bwrdd te.

'Rhys 'di d'enw di 'ndê. Dyma Ben Huws y Saer a Dafydd Thomas – Dafydd Lysh i bawb sy'n 'i nabod o.'

Gwelodd Rhys o gornel ei lygaid yr arweinyddes yn edrych yn flin i'w cyfeiriad. Cymerodd pob un ei baned a'i fari-biscit a symud i gornel arall.

'Ti'n dod efo ni i Gaerdydd o'n i'n clwad?' meddai Dafydd Lysh.

'Ydw,' atebodd Rhys.

Nesaodd Ben Huws ato gan daro cipolwg dros ei ysgwydd cyn dechrau siarad ag o, a hynny'n ddistaw. 'Mae'r côr yn mynd i lawr efo bỳs Wil Cotshys.' Oedodd. ''Dan ni'n mynd i lawr efo mini-bỳs . . . i ni gael chydig . . . o . . . o hwyl ar y ffordd ac ar ôl cyrraedd yno.'

Gwenodd Ben fel giât ac yna rhoi winc arno.

'O!' meddai Rhys.

'Wel, wyt ti am ddod efo ni?' gofynnodd Glyn.

'Ym, ia grêt.'

''Dan ni'n cychwyn am ddeg ddydd Gwener.'

Torrodd yr arweinydd ar eu traws. 'Reit, pawb yn ôl i ganu . . .'

Trodd Ben Huws at Rhys. 'Dwy gân sydd ganddon ni rŵan. Mae'r canu 'ma'n uffar o job sychedig. 'Dan ni'n mynd am un neu ddau wedyn. Arhosa amdanon ni.' Ac i ffwrdd ag o ar ôl rhoi winc arall ar Rhys.

Efallai mai dwy gân oedd ganddyn nhw i'w canu ond mi fu raid iddyn nhw'u canu nhw drosodd a throsodd. Roedd Rhys wedi addo i Sonia y bysa fo adre'n weddol gynnar y noson honno. Roedd hi am gael fideo a chaniau i mewn ac am gael noson ddistaw o flaen y tân. Roedd Rhys yn ofni nosweithiau fel hyn. Unwaith y byddai'r ffilm drosodd a'r caniau'n wag byddai Sonia, fyddai eisoes wedi rhoi ei llaw yn ei drwsus, yn neidio arno ac yn gwthio a thuchan nes byddai wedi'i bodloni. Doedd fyw iddo wrthod. Doedd o ddim eto wedi hel digon o arian i roi deposit ar fflat ac felly doedd dim amdani ond dioddef yr artaith.

O'r diwedd, daeth yr ymarfer i ben. Camodd Rhys at y tri ac allan â nhw o'r festri. O fewn dim roedden nhw y tu allan i Glwb y Ceidwadwyr. 'Ym . . . dydw i ddim yn Dori,' meddai Rhys.

'Na ninna chwaith . . . ond mae'r cwrw'n rhatach yma na nunlla arall.'

Aeth y pedwar at y bar. Yn sefyll yno'n sipian ei beint roedd un o gynghorwyr Plaid Cymru'r dre ac wrth ei ymyl rhywun yr oedd Rhys wedi'i weld ar y teledu'n amddiffyn polisïau Tony Blair. Tynnwyd pedwar peint o Ginis ac wedi talu aeth y pedwar i eistedd wrth fwrdd cyfagos o dan lun o Fargret Thatcher.

'Faint sy'n mynd ar y mini-bỳs?' gofynnodd Rhys.

'Dim ond ni'n tri . . . a chditha,' atebodd Glyn.

'Ond mi rydan ni angan lle i'r cania a lle i orwadd i lawr ar ôl 'u hyfad nhw,' ychwanegodd Ben Huws.

'Be 'di'ch gwaith chi, hogia?' gofynnodd Rhys gan feddwl y dylai wneud rhywfaint o waith ymchwil ar gyfer y rhaglen.

'Ffarmwr cefnog ydy Glyn Plas 'ma,' atebodd Ben. 'Dafydd 'ma'n dwrna, a finna'n un o'r werin – saer. Ond yn ôl at y trip. Mi fydd angen i chdi ddod â digon o bres efo chdi a digon o gania,' a chododd i nôl rownd arall.

Wedi i bob un o'r pedwar godi'i rownd mi symudon nhw o dan lun o John Major a dechrau canu. Ymunodd gweddill y stafell â nhw mewn caneuon mor amrywiol â ''Dan ni Yma o Hyd' a 'Swing Low Sweet Chariot'. Rhai peintiau'n ddiweddarach, gwnaed yn glir bod y barman isio mynd i'w wely a dechreuodd pawb ymlwybro i lawr y grisiau ac allan i'r awyr iach.

Pan ddechreuodd yr arwyddion bod y bar ar fin cau, roedd Glyn Plas wedi ffonio'i wraig ac roedd hi'n eu disgwyl y tu allan i'r Clwb yn y ffôr-bai-ffôr. 'Neidiwch i mewn, hogia,' meddai ond gan fod Dafydd Lysh yn byw yn y dre mi benderfynodd gerdded adref er mwyn cael clirio'i ben cyn bore trannoeth fel y gallai wynebu rafins y dre ddeuai'n heidiau i gael ei gyngor.

Ond ymunodd Rhys â'r ddau arall yn y cerbyd. 'Rhys 'di hwn, Leus,' meddai Glyn Plas. Trodd at Rhys. 'Lle ti'n byw, da?'

'Ym . . . Twtil,' atebodd Rhys a gwibiodd y cerbyd pedair olwyn i fyny Twtil fel 'tai o ond pentwr o bridd twrch daear.

Agorodd Rhys y drws yn ddistaw bach. Roedd Sonia'n rhochian cysgu ar y soffa, y caniau gwag yn llenwi'r llawr a smotiau bach gwynion yn goleuo sgrîn y set deledu. Camodd Rhys yn ofalus rhwng y caniau ac anelu am y grisiau. Roedd hanner ffordd i'r stafell wely pan roddodd un o'r grisiau wich. Yn y lolfa, clywodd sŵn fel eliffant yn rhechan a llais yn gofyn, 'Rhys! Chdi sy 'na? Ddo i ar d'ôl di rŵan.' A rhedodd Rhys am y gwely gan obeithio y byddai wedi syrthio i gysgu cyn y cyrhaeddai Sonia.

* * *

Roedd Rhys yn sefyll ar y Maes cyn deg o'r gloch fore Gwener. Ei offer recordio dros ei ysgwydd a phentwr uchel o ganiau Ginis ar y pafin wrth ei ymyl. O fewn dim stopiodd mini-bỳs. Ynddo roedd Dafydd Lysh. Cododd i agor y drws ac i helpu Rhys efo'r cyflenwad gwlyb. Er ei enw, roedd Dafydd Lysh yn ddyn trwsiadus. Gwisgai drwsus llwyd, tei a blesyr ac roedd ei wallt a'i farf wen wedi'u trimio a'u brwsio'n daclus. Teimlai Rhys rywfaint o gywilydd yn ei grys-T Gwacamoli a jîns.

Doedd y mini-bỳs ond newydd adael Caernarfon pan drodd Dafydd Lysh at Rhys. Rhwbiodd ei farf gan gyfeirio'i ben at y pentwr cwrw. "Sa'n well i ni gael un bach rŵan, da? Un sâl dwi am drafeilio.'

Roedden nhw ar yr ail gan yr un pan stopiodd y mini-bỳs ger gweithdy Ben Huws. Yno'n eu disgwyl roedd y Saer yn hamddenol rowlio rôl-ior-ôn. Pan welodd y cerbyd yn cyrraedd, rhoddodd y sigarét yn ei glust a chydio'n ei fag dillad glân. Taflodd y bag i'r cefn a gwaeddodd ar y ddau y tu mewn, 'Blydi hel, 'dach chi'n lyshio'n barod, y diawlad! Rhowch help i mi efo'r rhein i ddechra.' A neidiodd Rhys allan i godi'r caniau cwrw i'r cerbyd.

Fferm y Plas oedd y stop nesa. Roedd yno fag a phentwr o gwrw wrth giât y fferm, ond dim golwg o'r perchennog. Canwyd corn y mini-bỳs. Cododd pen uwchben gwrych. 'Ddo i yna rŵan, hogia. Ma'r blydi ddafad 'ma wedi dengid eto.' Eisteddai'r tri yn y cerbyd yn yfed y cwrw ac yn syllu mewn edmygedd ar gaeau gleision Fferm y Plas. 'Leus, cofia gadw golwg ar y defaid 'ma,' ac o fewn eiliadau roedd y ffermwr rhadlon yn y mini-bỳs ac yn helpu'i hun i'r caniau cwrw.

Roedd y pentwr caniau'n prysur ddiflannu tra gwibiai'r mini-bỳs ar hyd yr A470. Edrychodd Glyn Plas ar ei watsh.

'Esu, dwi isio bwyd, hogia.'

Edrychodd pawb yn syn arno. 'Chest ti'm brecwast?' gofynnodd Ben Huws.

'Do, ond tydi hi'n hannar dydd rŵan? Tydy ffarmwrs fel fi'n codi'n gynnar?'

'Mi fysa peint go-iawn reit neis,' ychwanegodd Dafydd Lysh. 'Ma rhywun yn blino ar y cwrw cania 'ma weithia.'

Plygodd Ben Huws at y dreifar. 'Os weli di dŷ tafarn, stopia.'

O fewn rhai munudau gwelwyd tafarn fechan wledig a sgrialodd teiars y mini-bỳs i stop yn y graean rhydd o'i blaen. Neidiodd y pedwar allan. 'Sut ydech chi, hogie? Be gymrwch chi?' gofynnodd y dafarnwraig ond rhuthrodd tri ohonyn nhw am y geudy tra aeth Glyn Plas yn syth am y fwydlen.

Codai stêm chwilboeth o ddyfnderoedd yr iwreinal. 'Does 'na'm byd fel pisiad, yn nagoes, hogia?' meddai Ben Huws. 'Ma gin i biti dros ferchaid . . . yn gorfod ista i lawr. Sgynnon nhw ddim byd i afal ynddo fel ni'n nagoes?' Ysgydwodd y beipen binc i gael y diferion olaf i ffwrdd a gwthiodd hi'n ofalus i lawr coes ei drowsus.

Roedd Rhys wrth y sinc yn troi'r tap. ''Dach chi ddim am olchi'ch dwylo, Ben?'

''Ngwas i, ma 'nghoc i'n lanach na'r sinc 'na,' a diflannodd am y bar.

Roedd Glyn Plas eisoes wedi sicrhau bod pedwar peint o Ginis ar y bar. Ond am unwaith allai o ddim canolbwyntio ar yr yfed; syllai tuag at y gegin o ble y deuai arogl stecen tarw du yn ffrio. Penderfynodd y tri arall y byddai caws ar dost yn hen ddigon am y tro gan obeithio cadw lle i bryd o fwyd tramor wedi cyrraedd y brifddinas.

Unwaith y gwagiodd plât Glyn Plas, dychwelodd pawb i'r mini-bỳs. Gadawyd llonydd i'r cwrw caniau y tro hwn a stretshiodd pob un ar feinciau'r cerbyd a chysgu fel pedwar mochyn yn rhochian cysgu nes cyrraedd cyrion Caerdydd. Roedd pawb yn effro erbyn cyrraedd y gwesty a chan mai ond ychydig o ganiau cwrw oedd ar ôl, rhoddwyd nhw yn eu pocedi cyn gadael y cerbyd.

'Reit, hogia. Shit, shower and shêf,' meddai Ben Huws a goriad ei stafell yn ei law. 'Mi wela i chi 'mhen hanner awr. Mi awn ni i'r Caio i gael chydig o beintia i ddechra, chwilio am glwb wedyn a Tshinci neu Indian i'w gorffan hi.'

'Ew ia, syniad da,' meddai Glyn Plas wrth ddiflannu i'w stafell.

Roedd Rhys yn gorwedd yn y bàth a'r dŵr poeth bron â chyrraedd at y tapiau. Ew mae'n braf cael bàth ar fy mhen fy hun heb Sonia'n trio neidio i mewn nes gwneud i'r dŵr lifo dros yr ochr, meddai, gan adael i'w freichiau ddisgyn dros yr ochr.

'Ti'n barod?' gofynnodd llais o'r tu allan a rhywun yn curo'r drws.

'Ym . . . rhyw bum munud arall . . . '

'Mi fyddan ni yn y bar.'

Brysiodd Rhys i sychu ei hun a gwisgo amdano cyn rhuthro i lawr y grisiau.

'Oes gennych chi ddim cywilydd? Yn yfed yr adeg yma o'r dydd! Mi rydw i eisiau pawb yn *berffaith* sobor ar gyfer perffformiad fory.'

Llais yr arweinydd glywai Rhys wrth iddo sefyll ar ris isaf y grisiau. Roedd hi wedi dal y tri chanwr yn y bar.

'Mi rydw i wedi prynu tocynnau i fynd i'r sinema i bob un ohonom ni heno, ac mi rydych chithau hefyd yn dod efo ni.'

Trodd ar ei sawdl. 'A tithau hefyd,' meddai wrth Rhys wrth frasgamu i fyny'r grisiau gyda bag yn un llaw ac ambarél bygythiol yn y llall.

Ben Huws oedd y cyntaf i siarad. 'Ffyc-mi-pinc,' meddai gan rowlio sigarét iddo'i hun. 'Be wnawn ni rŵan?'

'Chawn ni ddim mynd am fwyd chwaith?' gofynnodd Glyn Plas yn bryderus.

'Sgwn i be sy 'na yn pictiwrs?' gofynnodd Dafydd Lysh. 'Gobeithio'i bod hi'n ffilm go lew.'

Roedd y pedwar ar bigau'r drain. Roedd yr arweinyddes wedi rhoi rhybudd i'r barman i beidio gwerthu diod iddyn nhw a doedd ganddyn nhw ddim amser i fynd i dafarn arall.

O fewn dim daeth y bws i nôl y criw i fynd i'r sinema. Cymerwyd deng munud da i gael yr hen begors ar y bws a chyda'r pedwar anfoddog yn eistedd yn y cefn anelwyd am un o sinemâu moethusaf y brifddinas. Roedd pedair ffilm yn cael eu cynnig a barn pawb a drafferthodd fynegi barn oedd y dylid mynd i weld *Bambi*.

Roedd yr arweinyddes wedi trefnu bloc-bwcing i'r côr ac eisteddent yn un criw yn y canol yn bwyta popcorn ac yn llyfu hufen iâ. Daeth dagrau i lygaid yr hen begors wrth weld y carw bach yn cael amser mor galed ond llawer tristach oedd y pedwar a fethodd brofi rhialtwch y brifddinas.

Tywyllodd y sinema. Roedd hi'n nos ar Bambi a'i ffrindiau ond daeth llygedyn o oleuni i'r hogiau. Cafodd Rhys bwniad yn ei 'sennau. 'Deud wrth y ddau arall am sleifio allan yn ddistaw bach tra ma'r lle 'ma'n dywyll,' meddai Ben Huws wrtho yn ei glust chwith. Pasiodd Rhys y neges. Yn araf bach, fel pedwar comando, sleifiodd y pedwar allan o'u seddi ac anelu am ddrws cefn y sinema.

Safai'r pedwar ar bafin y brifddinas. O'u blaen roedd dynion a merched o bob lliw a llun yn prysur gerdded tuag at yr atyniadau lu. 'Lle ti am fynd â ni, Ben?' gofynnodd Dafydd Lysh.

'I'r lle agosa, siŵr dduw.' A cherddodd y pedwar tuag at y *Bar Cuba*.

'Pedwar peint o Ginis, plîs,' oedd geiriau cyntaf Glyn Plas a phapur ugain punt newydd sbon yn ei law.

Cododd y barman ei sgwyddau a chyfeirio at restr o'r diodydd oedd ar werth yno. Doedd dim Ginis. 'Rarglwydd, mae'n debycach i list o bresanta Dolig merchaid na lysh,' meddai Ben.

'Be am drio'r petha 'na sydd ar dop y rhestr?' awgrymodd Dafydd a chafwyd pedwar gwydryn siâp pot jam a hylif oren ynddo. Profodd Dafydd o. Nodiodd. 'Ydy, mae o'n iawn, hogia,' a llyncodd weddill y ddiod mewn un gwynt. Gwnaeth gweddill y criw'r un modd.

Archebodd Ben yr ail ddewis ar y rhestr. Hylif gwyrddlas oedd hwn. Y peth tebyca'i liw i anti-ffris, yn ôl Dafydd Lysh. Dilynodd hwn yr hylif oren.

Teimlai Rhys y dylai yntau gyfrannu at y noson ac archebodd ddiod felyn ac ambarél ynddi. Taflwyd yr ambaréls i'r soseri llwch a thaflwyd yr hylif melyn i lawr pedwar gwddw.

Diod goch oedd y nesa. 'Rarglwydd, tro dwytha welis i beth tebyg i hwn, mi rois i o yn y tractor,' meddai Glyn Plas cyn ei dywallt i'w geg.

Cafwyd rownd ar ôl rownd a nesâi'r criw at waelod y rhestr. 'Dwi'n siŵr mai'r rheswm bod 'na ddim mwy o ddiod ar y list, hogia,' doethinebodd Glyn, 'ydy'u bod nhw wedi rhedag allan o liwia.'

Gwagiodd Ben Huws ei ddiod biws. 'Hogia bach, mi fydda i'n cachu enfys ar ôl heno.'

Ond yr oedd yr enfys ym mol Rhys yn dechrau dweud arno. Doedd 'na'm pot o aur ar waelod yr enfys hon – dim ond pentwr o chŵd. Dechreuodd wyneb Rhys newid ei liw.

'Dydy Rhys ddim yn edrach yn rhy dda,' meddai Dafydd Lysh. 'Ma'i wynab o'n wyn . . . coch . . . a phiws . . . '

'Ella fod y diod wedi mynd i'w ben o,' meddai Glyn Plas gan chwerthin ar ei jôc ei hun.

Ond doedd hi ddim yn jôc pan chwydodd Rhys i lawr cefn dynes oedd â'i ffrog yn gorffen uwchben rhych ei thin. Rhewodd y ddynes yn ei hunfan. Yna cododd ei breichiau i'r awyr. 'O mai god! O mai god!'

'Rhys, oedd raid i ti chwydu ar ben dynes grefyddol? Ella fod hi'n wraig i wnidog?' meddai Ben Huws gan syllu arni'n syn.

Fel gŵr bonheddig, roedd Dafydd Lysh wedi tynnu'i hances o boced uchaf ei flesyr. 'Madam, mai hanci tw clîn off ddy fomit.'

'Fomit! Fomit!' Roedd breichiau'r ferch wrth ei hochr erbyn hyn a'i dwylo wedi'u cau'n dynn. Neidiai i fyny ac i lawr gan weiddi 'Fomit! Fomit!' rhwng ei dannedd.

Cariwyd Rhys allan gan Glyn a Ben gan iddyn nhw weld dau fawr mewn siwtiau pengwin yn brysio tuag ato. Trodd Dafydd Lysh i wynebu'r ddau.

'Aim affrêd dders bîn e litl agsident, jentlmen,' meddai wrth y ddau pan gyrhaeddon nhw ato. Rhoddodd bapur ugain punt ar y bar. 'Tw clîn ddy ledi's dres,' meddai cyn troi ar ei sawdl a dilyn ei gyfeillion allan o'r bar.

Roedd Rhys yn eistedd ar fainc ar waelod y stryd. Roedd wedi chwydu unwaith eto ac roedd llun tebyg i un o eiddo Iwan Bala i'w weld ar y pafin.

'Be am ffindio pỳb sy'n gwerthu cwrw go-iawn? Brêns Darc ne rwbath,' meddai Ben Huws. 'Mi setlith stumog Rhys.'

"Sa'm yn well i ni chwilio am rywbeth i fyta i ddechra?' awgrymodd Glyn Plas.

'Nid ar fara'n unig y bydd byw dyn,' meddai Dafydd Lysh a dechreuodd gerdded i fyny'r stryd tuag at arwydd ac arno shamroc a awgrymai'n gryf y gellid cael peint o Ginis yno. Teimlai Rhys yn llawer gwell erbyn hyn wedi iddo gael gwared â choctels Ciwba, ond doedd o ddim yn siŵr a allai wynebu peint o ddiod du Dulyn.

Y Saer oedd y cynta yn y bar. 'Cademor a tatw,' meddai gan iddo dreulio sawl gwyliau sgota yng ngorllewin yr Ynys Werdd.

'Sori, ai dont spîc Welsh,' atebodd y barman. 'Aim ffrom Bristol.'

Ysgydwodd Ben ei ben. 'Ffôr Ginis,' meddai gan ddal pedwar bys i fyny.

'Ew, alla i ddim yfad peint rŵan. Hannar plîs, Ben.'

'Hannar, myn uffar i!'

'Ia, rho hanner iddo,' ychwanegodd Dafydd Lysh. 'Dwi'm isio talu i olchi ffrog neb arall. Rho lasiad o'r Bwshmils iddo efo fo. Mi sortith hwnnw ei stumog o.'

Roedd y Ginis yn flasus iawn ar ôl y sothach yr oedden nhw eisoes wedi'i yfed, ond doedd dda gan Rhys y wisgi.

'Ti'm yn licio'r wisgi 'na, Rhys?' gofynnodd Dafydd Lysh yn bryderus iddo. Ysgydwodd Rhys ei ben. 'Biti ei wastio fo,' meddai Dafydd a gwagiodd y gwirod ag un llwnc.

Roedd yr hogia – ar wahân i Rhys – yn cael blas ar y Ginis, a daeth awydd canu arnyn nhw. Ben Huws darodd 'Calon Lân' ac ymunodd y ddau arall mewn harmoni. Ar y nodyn olaf, dyma bedwar peint o Ginis yn glanio ar y bwrdd. 'Compliments of ddy manijment,' meddai rhyw Wyddel ifanc mewn barclod hir wen.

'Dyw,' ebychodd Dafydd Lysh wrth wagio ei hen beint ac yn estyn y peint ffres i'w geg. 'Be gawn ni nesa, hogia? "Myfanwy"?' A chyn iddo hyd yn oed orffen ynganu enw'r ferch, roedd Ben Huws wedi taro'r nodyn cyntaf. Gan na fedrent yfed a chanu, roedd rhaid iddyn nhw gael seibiant bob hyn a hyn i ddal i fyny â'r cwrw, a chan fod Rhys yn cael trafferth i yfed ei beintiau o, bu raid rhannu rhywfaint ohonynt rhwng y tri.

Erbyn tynnu tua therfyn y repertwar, yr unig un oedd yn yfed oedd Ben Huws. Roedd Bryn Plas a Dafydd Lysh yn syllu i'w peintiau â'u llygaid yn llonydd. Daeth y rheolwr atynt i'w llongyfarch ar y canu ond bod raid iddo gau'r bar neu buasai'i drwydded yn y fantol. Helpodd Rhys y tri i'w traed. 'Dwi isho bwyd,' meddai Glyn Plas drwy dafod dew. 'Dwi isho cysgu,' meddai Dafydd Lysh. 'Dwi isho cachiad,' meddai Ben Huws a sylweddolodd Rhys y gallai hyn arwain at lanast.

Cafwyd tacsi o fewn dim a rhoddwyd cyfarwyddyd i'r gyrrwr fynd â nhw ar frys i'r gwesty. Roedd yno o fewn pum munud. Taflodd Ben bapur pumpunt i'r gyrrwr ac aeth cyn gynted ag y medrai tuag at ddrws y gwesty, ond roedd wedi cloi ac roedd y goriad yn ei stafell. Roedd hi'n argyfwng. Edrychodd o'i gwmpas. Roedd ffynnon yng nghanol yr ardd a chorachod yn pysgota o'i hamgylch. Aeth Ben Huws ati.

Tynnodd ei drowsus a'i drôns ac eisteddodd rhwng y corachod.

Welodd Dafydd na Glyn fod Ben wedi cael ei ddymuniad, a doedd Rhys ddim am ei ddistyrbio. Cafodd Dafydd hyd i oriad yn ei boced ac aeth y tri i mewn yn ddistaw bach.

* * *

Agorodd Rhys un lygad. Roedd rhywun yn martshio ar hyd y coridor yn gweiddi ar dop ei llais. 'Glyn Davies! Dafydd Tomos! Ddowch chi yma'n syth! Mae . . . mae . . . mae Ben Huws . . . yn . . . yn cysgu yn y.r ardd!' Yr arweinyddes oedd yno, yn amlwg wedi'i chynhyrfu.

Cododd Rhys y cwrlid yn uwch dros ei ben. Doedd o ddim isio gwybod rhagor am helbulon ei gyfeillion cwrw. Ond fedrai o ddim cysgu. Roedd sŵn yr hen begors yn yr ystafelloedd bob ochr iddo yn pesychu, tuchan a rhechan yn ei atal rhag mynd yn ôl i gysgu. Penderfynodd y buasai tamaid o frecwast yn gwneud lles iddo. Cododd, cafodd bisiad a phenderfynodd edrych allan drwy'r ffenest gan fod llais yr arweinyddes i'w glywed yn yr ardd erbyn hyn.

Yno'n cysgu ger y wishing-wel, yn gafael yn dynn yn un o'r corachod, roedd Ben Huws y Saer. Er gweiddi'r arweinyddes ac ambell gic gan Glyn Plas, rhochiai Ben a gwên lydan ar ei wyneb. Daeth Dafydd Lysh â bwced yn ei law. Symudodd pawb yn ôl a thaflwyd bwcedaid o ddŵr oer dros y cysgwr. Roedd y dŵr yn ddigon oer a gwlyb i ddeffro Ben – a'r corachod.

'Y ffernols! Be ffw– ' ond gwelodd Ben fod yr arweinyddes o fewn llathen iddo.

'Ben Huws! Be ydych chi'n feddwl ydych chi'n neud? Cysgu allan yn yr ardd! Dod â gwarth ar Gôr Meibion Menai!'

Yn ffodus, doedd hi ddim wedi edrych i lawr y ffynnon.

Erbyn hyn roedd Ben ar ei draed ac yn ceisio rowlio sigarét wlyb. 'Doedd hi'n noson braf, Musus . . . '

Chafodd o ddim cyfle i orffen ei eglurhad gan fod yr

arweinyddes wedi troi ar ei sawdl ac wedi cychwyn yn ôl am y gwesty. 'Dwi isio chi gyd yn nrws y gwesty yma am ddeg o'r gloch. Mi fydd y bws yn cychwyn am Sain Ffagan.'

Penderfynodd Rhys y dylai frysio i lawr y grisiau i helpu'r hogiau a chan ei fod wedi cysgu yn ei ddillad doedd ond angen rhoi slempan dros ei wyneb a llaw drwy'i wallt cyn cerdded allan o'r stafell.

'Dwi'n mynd i newid i ddillad sych,' meddai Ben wrth i Rhys gyrraedd gwaelod y grisiau. 'Mi wela i chi yn y lle brecwast mewn deg munud.'

Cafodd Rhys a Dafydd Lysh gorn-fflêcs a thost; mentrodd Ben Huws ychydig ar yr Inglish brecwast ond bu raid brysio Glyn Plas tuag at ddiwedd ei bryd gan ei bod yn tynnu tuag at amser y bws ac yntau ond ar ddechrau ei drydydd plataid o frecwast ffrio.

Roedd pawb yn sefyll yn smart yn y cyntedd, pob un yn ei got ddu, trwsus ag ôl malwen ar y coesau a thei dici-bô. Roedd Rhys yn eu mysg gyda'i beiriant recordio dros ei ysgwydd. Symudodd Dafydd Lysh yn araf ato; winciodd ac amneidiodd iddo gamu'n ôl gydag o i waelod y grisiau. Tynnodd botel o wisgi o du mewn ei got. 'Elli di guddio hon yn dy fag recordio'n rhywle, i ni gael rhyw . . . rhyw ysbrydoliaeth bach bob yn hyn a hyn?'

Edrychodd Rhys o'i gwmpas rhag ofn bod yr arweinyddes o fewn cyrraedd ond roedd hi'n cerdded yn ôl ac ymlaen y tu allan i'r gwesty gan edrych ar ei watsh bob dau funud.

'Ym . . . iawn, Dafydd.'

'A chymra swig bach bob yn hyn a hyn os ti ffansi.'

Nodiodd Rhys cyn i Dafydd fynd yn ôl at weddill y côr.

O'r diwedd cyrhaeddodd y bws ac wedi gwthio'r hen begors i fyny'r tair gris a'u rhoi i eistedd yn eu seddi mi gychwynnodd y bws am Sain Ffagan. Roedd lle wedi'i neilltuo'n arbennig iddyn nhw yn y maes parcio a cherddodd y côr fel llinell o bengwins ym Mhegwn y Gogledd tuag at fynedfa'r amgueddfa.

'Jî,' meddai un Americanes foldew wrth iddyn nhw gerdded heibio'r tŷ bwyta, 'wîl hêf weityr serfus now.'

Tarodd Ben rech wrth fynd heibio iddi. 'Dyna sydd gael am saethu Siting Bwl,' meddai cyn dilyn y côr tuag at un o hen dai'r amgueddfa.

Dilynodd y pedwar yfwr weddill y côr rhwng yr amrywiol adeiladau. Roedd ambell hen begor yn cael cryn drafferth i ddal i fyny a thaerai Ben Huws fod un neu ddau ohonyn nhw'n hŷn na thŷ Abernodwydd yr oedden nhw newydd fynd heibio iddo.

'Ym . . . fan'ma mae'r côr yn canu?' gofynnodd Rhys wrth dynnu ei offer recordio oddi ar ei ysgwydd.

'Ie, ond nid am ddwyawr arall. Maen nhw i fod yma i siarad efo'r ymwelwyr, ac efallai roi rhyw unawd neu ddeuawd os cawn nhw gais.'

'O,' meddai Rhys. Penderfynodd nad oedd fawr o bwrpas aros yno am ddwyawr, felly penderfynodd fynd i weld rhai o'r hen adeiladau.

Doedd fawr o ddim i'w weld ynddyn nhw; yn wir roedd rhai'n debyg iawn i rai o'r fflatiau y bu Rhys yn byw ynddyn nhw, ond bod y dodrefn o well safon. 'Job boring gynnoch chi,' meddai wrth ddyn mewn lifrai welodd o'n cicio'i sodlau yn un o'r tai.

'Wel ie, fachgen. Mae'n hen bryd iddyn nhw ddod â thafarn i'r lle 'ma. Pe bydden nhw, falle cawn i jobyn yno.'

'Ia, ac ella 'swn i'n cael peint,' atebodd Rhys.

Llyfodd y gwarchodwr ei weflau. 'Jiw 'chan. Ie, 'se peint yn dda nawr.'

'Bysa,' a chofiodd Rhys am botel Dafydd Lysh oedd yn ei fag. 'Sgin i'm peint ond ma gin i'r botel yma.'

'Jiw jiw, 'chan, wisgi!' meddai'r gwarchodwr gan estyn ei law i Rhys. 'Martin Harris yw'r enw, a fi wrth fy modd 'da wisgi Werddon.'

'Rhys dwi. Rhys Huws . . . ' meddai Rhys wrth i Martin estyn dau bot piwtar oddi ar ddresel dderw.

'So i'n credu bod dim, ar wahân falle i ambell gorryn, wedi bod yn y rhein ers canrifoedd,' meddai gan estyn y potiau tuag at botel Rhys.

Llifodd y gwirod aur yn araf i'r ddau bot piwtar. 'Iechyd da,' meddai Martin a thaflu'r cynnwys i lawr ei wddw. Gwnaeth Rhys yr un modd.

Sychodd Martin ei lawes ar draws ei geg. 'Jiawl, roedd hwnna'n dda,' meddai wrth edrych ar y botel.

'Gymrwch chi jochiad bach arall?' gofynnodd Rhys, ond doedd dim rhaid gofyn; roedd pot piwtar Martin yn dynn wrth geg y botel.

Doedd Rhys ddim yn deall pob gair roedd Martin yn ei ddweud ac roedd o'n deall llai fel yr âi'r pnawn rhagddo. Pwysleisiai Martin mai ond cadw mlaen â thraddodiad yr hen dŷ oedd y ddau ac roedd ganddo wybodaeth, meddai o, mai teulu o lyshwrs oedd wedi byw yn yr adeilad yma ar hyd y canrifoedd.

Rhoddai ambell ymwelydd ei ben i mewn drwy'r drws a chaent eu diddanu gan rai o ganeuon traddodiadol gwŷr tunplat Llanelli. Taflai ambell un bisyn punt i'w cyfeiriad. Roedd y tân yn yr hen grât yn araf ddiffodd a'r botel chwisgi'n gwagio'n gynt. Roedd Martin wedi agor coler ei grys ers peth amser ac roedd erbyn hyn yn lled-orwedd ar hen setl dderw. Ceisiai Rhys eistedd ar stôl deircoes ond i ddim bwrpas; disgynnai oddi arni bob gafael a phenderfynodd yn y diwedd eistedd ar y llawr pridd wrth draed Martin.

Daeth diwedd ar ganu Martin; roedd ei lygaid yn araf gau. O hirbell, clywai Rhys sŵn canu. Blydi hel! Y côr. 'Rhaid i mi fynd, Martin. Mae'r côr yn canu.' Ond chlywodd Martin yr un gair. Roedd yn chwyrnu cysgu.

Cododd Rhys â pheth trafferth oddi ar y llawr pridd a cheisiodd gerdded i gyfeiriad y canu. Un ai roedd y llwybr yn gam fel neidr neu roedd Rhys yn cael trafferth i gerdded yn syth. O'r diwedd, cyrhaeddodd o fewn hanner canllath i'r côr ond clywodd lais cyfarwydd. Llais merch.

'O, fi'n hoffi canu corawl, Gethin. Y fi'n credu nad os neb fel ni'r Cymry'n gallu canu fel hyn.'

'Rwy'n cytuno â thi, Siân. Mae'n rhan o'n treftadaeth ni . . . '

'Ff . . . ff . . . cinel . . . Sh . . . Siân,' meddai Rhys gan bwyso'n galed ar ffens. 'Sh . . . Siân, hen fodan fi.'

Trodd y ferch i gyfeiriad y slyrio. 'Rhys! Rhys! Ti'n feddw gaib!'

'Dwi'n ffw– ' Torrodd y ffens dan bwysau Rhys. Disgynnodd ar ei wyneb ar lawr a'r botel wisgi wag yn syrthio allan o'i boced ac yn rowlio i lawr yr allt fechan i gyfeiriad y côr.

'Gethin! Tyrd oddi yma. Maen nhw'n gadael pob math o bobol i mewn yma'r dyddie hyn,' a cherddodd Siân, a fu ar un adeg â lle yn ei chalon – ond nid yn ei gwely – i Rhys, yn frysiog tuag at y fynedfa.

Erbyn hyn roedd y botel wisgi wag wedi cyrraedd at draed yr arweinyddes. Tarodd y côr y nodyn olaf a throdd i wynebu'r dorf. Ond, wrth wneud hynny, rhoddodd ei throed ar y botel a disgynnodd am yn ôl gan daro hanner dwsin o'r hen begors nes roedden nhw i gyd yn un pentwr ar fuarth un o henebion Sain Ffagan.

''Dach chi'n iawn, hogia?' gofynnodd Ben Huws wrth geisio eu codi'n ôl ar eu traed.

Roedd Glyn Plas wedi mynd at yr arweinyddes i'w helpu. Rhoddodd ei ddwylo dan ei cheseiliau i geisio'i chodi, ond roedd y straen yn ormod i'w brashyr hefi-diwti a thorrodd gan yrru pwysau o gnawd i gyfeiriad ei phengliniau. Bu raid i Plas neidio i'r blaen i arbed iddi ddisgyn ar ei hwyneb.

Cymerwyd dros awr i gael pawb – gan gynnwys Rhys – ar eu traed a chyrraedd at y bysiau yn y maes parcio. Wedi peth trafferth, cychwynnodd y siarabang a'r mini-bỳs am yr A470 ac am adref. Roedd pawb wedi ymlâdd a sŵn cysgu a chwyrnu'n llenwi'r mini-bỳs. Y peth cyntaf glywodd Rhys oedd Glyn Plas yn gweiddi, 'Leus, ma'r blydi defaid 'ma yn y cae rwdins eto!' Roedd o wedi cyrraedd adref.

Trodd Ben Huws at Rhys. 'Nest di enjoio dy drip efo'r côr?'

'Grêt, Ben! Blydi grêt!'
'Da iawn.'
'Dim ond un peth.'
'Ia?'
'Wnes i anghofio recordio'r côr!'
'Duw, uffar ots. Gei di ddod i Festri Seilo wsos nesa a'n ricordio ni'n fanno. Fydd Dic Llwynog ddim callach . . . '

Ac aeth Rhys yn ôl i gysgu.

5. Pwyll pia hi

Roedd Rhys ddeng munud yn hwyr yn cyrraedd y swyddfa. Safai Marilyn ger y cownter yn disgwyl amdano. 'Mae Mr Llywelyn yma. Mae o eisiau cyfarfod golygyddol.' A chyfeiriodd at ddrws yr ystafell gyfarfod.

Brysiodd Rhys i mewn. Roedd Gwendolyn eisoes yno; yn eistedd yn gwylio Dic Llwynog yn astudio ystadegau. 'I fyny ac i lawr ma hi. Ambell i beth go lew; ambell i beth digon sâl. Mae'r rhaglen 'na ar Gôr Meibion Menai wedi gneud yn reit dda, er bod y gwesty a phetha wedi costio beth uffar i mi.'

Pesychodd Rhys, ond chymerodd Dic mo'r sylw lleia ohono.

'Y newyddion sy'n siomedig.' Sythodd Gwendolyn yn ei chadair. 'Dwi 'di bod yn gwrando ar y bwletins y dyddia dwytha 'ma a does 'na'm byd ond rhyw gathod ar ben coed a ffarmwrs yn cwyno . . . '

'Ond . . . '

Aeth Dic yn ei flaen. 'Dwi'n siomedig iawn, Gwendolyn. Rhywun o'ch profiad chi'n troi'r fath betha di-nod allan. Lle ma'r eitemau in-depth, hard-hitting?'

'Ond dyna mae pobol . . . y werin . . . isio, Mr Llywelyn. Straeon hiwman-intrest.'

'Ond nid dyna ma'r adfyrtaisyrs isio . . . a chofiwch, mi fydd raid i ni ymgeisio am y drwydded unwaith eto ymhen tair blynedd. A dydy cathod a chachu tail ddim yn mynd i'w chadw hi i ni. Be am y politisians? Ydach chi wedi holi'r rheiny?'

'Dwi wedi holi'r aelod yn y Cynulliad, Mr . . . '

'Duw, rhyw chwara plant uffar ma'r rheiny. Yr Em-Pîs 'dach

chi isio. Ydach chi wedi holi'r . . . y . . . Melfyn Twyll . . . ?'

'Pwyll,' torrodd Rhys ar ei draws. Edrychodd Dic Llwynog yn gas i'w gyfeiriad. 'Melfyn Pwyll ydy o nid Melfyn Twyll.'

Anwybyddodd Dic o. 'Rhywun felly 'dach chi isio. In-depth efo Melfyn Twyll. Hard-hitting. Ei ddilyn o am wythnos a gofyn y cwestiynau y mae pobol yr ardal am gael atebion iddyn nhw.'

Waldiodd Dic y ffeil ystadegau'n gau. ''Dach chi'n gwybod be i'w neud. A chditha, chydig bach mwy o Hogia'r Wyddfa a Jên ac Alun yn lle'r rybish na ti'n chwara . . . ' A diflannodd Dic Llwynog i'w bwyllgor nesaf.

'Hmm . . . ,' meddai Gwendolyn oedd wedi codi o'i sedd erbyn hyn ac yn edrych allan dros y Fenai. 'Melfyn Pwyll. Mae o'n dipyn o bishyn, Melfyn Pwyll.' Estynnodd am ei bag llaw a thynnu ei llyfr contacts allan. Cydiodd yn y ffôn. 'Melfyn Pwyll, os gwelwch yn dda.'

Yn amlwg, ei ysgrifenyddes atebodd y ffôn. 'Dywedwch wrtho fod Gwendolyn Prydderch eisiau gair. Prif Ohebydd Seneddol prif orsaf radio Gwynedd . . . ac rydyn ni'n awyddus i wneud rhaglen in-depth . . . '

'Hard-hitting,' ychwanegodd Rhys.

' . . . efo Mr Pwyll.'

* * *

Roedd Huw Cris yn y stiwdio pan gyrhaeddodd Rhys i baratoi am waith y dydd. Roedd Rhys wedi gofyn iddo gysylltu chwaraewr recordiau feinyl i'r ddesg gan fod Dic Llwynog wedi gofyn iddo chwarae caneuon Jac a Wil.

'Gan fod gin ti record plêyr rŵan, Rhys, be am chwara chydig o stwff Roy Orbison a Buddy Holly?'

'Na, cha' i ddim, sti. Cha' i'm chwara recordia Susnag gin Dic Llwynog, dim ond os mai Bryn Terfel sy'n canu nhw.'

'Dwi'n siŵr 'sa gen ti raglen ffifftis a sicstis, 'sa beth uffar yn tiwnio mewn.'

'Gofyn i Dic Llwynog, 'ta. Ella wrandith o arnat ti.'

'Ella wna i hefyd,' meddai Huw gan gerdded allan o'r stiwdio'n chwibanu 'Only the Lonely'.

* * *

Yn hwyrach yn y dydd, derbyniodd Gwendolyn neges gan ysgrifenyddes Melfyn Pwyll yn dweud ei fod wrth ei fodd efo'r syniad ac y byddai adref am rai dyddiau ymhen wythnos neu ddwy ar gyfer recordio'r rhaglen. Roedd Gwendolyn ar ben ei digon. Cyfle i wneud job go-iawn a chwmni dyn pwerus, golygus. Paratôdd fwletinau gweddill y dydd ac aeth adref yn gynnar gan ei bod yn disgwyl rhywun i drwsio boelar y gwres canolog.

Roedd newydd orffen ei phryd nos o basta a dwy ddeilen letys pan ganodd y gloch. Yn sefyll yn y drws roedd dyn ag anferth o lwmp ym mhoced ei drwsus. 'Mmmm . . . ,' meddai Gwendolyn heb feddwl gofyn iddo beth roedd o isio.

'Ffliwia.'

'Ia, plîs . . . '

'Wedi dod i weld dy ffliwia di . . . '

'Wrth gwrs,' meddai Gwendolyn a'i llygaid yn dal ar y lwmp. Agorodd y drws yn llydan agored iddo gael cerdded i mewn.

Estynnodd y gŵr gerdyn iddi. Daeth Gwendolyn ati ei hun. 'O, chi 'di'r plymar.'

'Dyna fo, rhywbeth o'i le ar dy sentral hîting di,' a thynnodd Dan Dŵr y plymar declyn o'i boced. 'Fydda i'm dau funud efo'r twlsyn yma'n ffindio be sydd o'i le.'

'Iawn,' meddai Gwendolyn â siom yn ei llygaid.

'Lle ma dy foelar di?' Ac arweiniodd Gwendolyn o i'r gegin.

'Gymrwch chi banad, Mr Dŵr?'

'Galwa fi'n Dan. Ia, diolch. Te cry, dim gormod o ddŵr.'

Plygodd Dan o dan y wyrcing-top i gael golwg ar y foelar. Methodd Gwendolyn â rhoi'r tecell yn union o dan y tap a thasgodd y dŵr i bobman. Roedd hi'n syllu ar din siapus Dan.

'Elli di ddim dal y dortsh 'ma i mi? Mae hi fel bol buwch yma.'

Aeth Gwendolyn ar ei gliniau gyda'r dortsh yn ei llaw. 'Ty'd yn nes. Dwi'n gweld ffyc-ôl.'

Roedd Gwendolyn wedi'i chynhyrfu drwyddi. 'Ti'n oer? Mi gawn ni'r foelar 'ma i weithio mewn dim ac mi gei di gnesu wedyn.'

Ddywedodd Gwendolyn ddim, dim ond closio at Dan Dŵr. Dechreuodd Dan duchan. 'Dyna fo, ma hi yna.'

Gwthiodd Dan allan heibio Gwendolyn. 'Sgriw! Rhyw sgriw fach oedd yn rhydd.'

Ceisiodd Gwendolyn nodio ond roedd ei llygaid wedi'u hoelio ar rai Dan. 'Panad?' gofynnodd y plymar, ond dim Glengeti wlychodd wefusau Dan ond gwefusau gwlybion Gwendolyn. Gwthiwyd y plymar yn erbyn cypyrddau'r gegin. Roedd Gwendolyn yn plygu drosto, yn gwthio'i dwylo drwy'i wallt ac yn gwneud sŵn fel cath ar fin cael ei bwydo. O'r diwedd daeth Dan yn rhydd; trodd Gwendolyn ar ei chefn ar lawr y gegin a thaenodd Dan ei hun fel cwrlid drosti. Cafodd Gwendolyn gryn drafferth i agor botymau gloywon yr ofyrol ond doedd Dan ddim dau funud yn diosg dillad disainyr Gwendolyn.

Rowliodd y ddau fel pe baen nhw'n un, yn ôl ac ymlaen ar hyd llawr y gegin. Gwingai Gwendolyn fel pe bai'n ceisio dianc o sach tra gwthiai Dan fel pe bai'n ceisio clirio blocej. O'r diwedd gorweddodd y ddau fel dwy leden ar waelod y grisiau. Cododd Gwendolyn ac eistedd ar y ris isaf, tra rhoddodd Dan ei gefn yn erbyn y pared i gael ei wynt ato.

Edrychodd Gwendolyn arno. 'Mi rwyt ti'n dipyn o foi efo'r plynjar.'

Gwenodd Dan. Yna cododd. 'Mae'n rhaid i mi fynd. Mae gen i un côl arall.'

'Faint sydd arna i i chi . . . y . . . Dan?'

'Dim, siŵr,' meddai Dan wrth wisgo. 'Dim ond sgriw gest ti

'. . . y boelar felly.'

Roedd y ddau wrth y drws erbyn hyn. 'Oes yna . . . oes yna gyfle i ni gael . . . cyfarfod eto?' gofynnodd Gwendolyn.

'Ym, nos fory? Mae'n siŵr y bydd 'na rwbath yn rhydd yn rwla gen ti. Ddo i draw.'

'Iawn . . . Gwendolyn ydy'r enw gyda llaw.' A diflannodd Dan Dŵr i'w fan a gwên lydan ar ei wyneb.

***

Roedd yna neges ar beiriant ateb Radio'r Ardal fore Llun canlynol. Pwysodd Gwendolyn y botwm. 'Dwi adref y penwythnos nesa. Syrjeri yn bora. Agor archfarchnad yn pnawn. Sesh . . . y – y . . . parti efo rhai o selogion y blaid gyda'r nos. Tyrd draw i'r syrjeri nos Wener? Melfyn Pwyll.'

'Hm, nos Wener.' Roedd Gwendolyn wedi anghofio popeth am Melfyn Pwyll. Roedd hi dan Dan Dŵr bron bob nos y dyddiau hyn. 'O wel, fydd raid i mi fynd neu mi fydd Dic Llwynog yn chwarae'r diawl eto.'

'Arglwydd fydd,' ychwanegodd Rhys.

Brysiodd Gwendolyn i'r stiwdio i baratoi newyddion deg ac aeth Rhys i'r dderbynfa i gael gair efo Marilyn. Roedd hi'n edrych yn fwy deniadol nag erioed a godre'i sgert bron â chyrraedd at ei thin.

'Ti . . . ti ffansi peint heno, Marilyn?'

'Buaswn i'n hoffi mynd i weld drama Gwenlyn Parry yn Theatr Bangor.'

'O, ydy hi'n beth go-lew?'

'Ydy, mae hi'n ddrama wych iawn.'

'Ocê, ta. Awn ni'n syth o fan'ma heno.'

'Lle 'dach chi'n cael mynd?' Roedd Huw Cris wedi cyrraedd.

'I weld un o ddramâu Gwenlyn Parry,' atebodd Marilyn.

'Ges i lawer i beint efo Gwenlyn pan oedd o'n dod draw i

Gnarfon. Uffar o gês, ond roedd 'i ddramâu o'n gachu. Dallt dim arnyn nhw. 'Sa'n well 'sa fo 'di sticio at sgwennu *Fo a Fe*.'

Doedd Rhys ddim isio dechrau pechu Marilyn ac ochri efo Huw Cris, felly cofiodd ei fod angen mynd i ddethol ei recordiau at ei sioe nos.

* * *

Doedd *Y Tŵr* ddim at ddant Rhys a gwingai yn ei sedd. Tarai gipolwg tuag at y drws cefn i edrych a allai o fynd i'r bar yn slei, ond roedd Marilyn yn cydio'n dynn yn ei law. Yn ei llaw arall roedd geiriadur. O'r diwedd daeth y ddrama i ben a thywyswyd Marilyn i flaen y ciw i gael bod yn gyntaf yn y bar. Cododd beint iddo'i hun a dŵr potel i Marilyn a symudodd y ddau i gornel o ffordd yr haid sychedig oedd yn gwthio tuag at y bar.

Roedd Marilyn ond newydd ddechrau sôn am ragoriaethau'r ddrama pan glywyd llais o rai llathenni i ffwrdd. 'Rhys Pys, cwd! Sut wyt ti?' A cherddodd dyn blewog tuag ato gan estyn ei law iddo. 'Do'n i'm yn gwybod dy fod ti'n foi dramâu. Y slym 'ma wedi dy wareiddio di.' Trodd at Marilyn. 'Oedda chdi'n licio 'nrama i, del?'

'Chi yw Gwenlyn Parry?' gofynnodd yn ddiniwed.

Cochodd Rhys. 'Mae o wedi marw.'

Ond cyn i Marilyn ofyn rhagor, eglurodd Twm Pwdin mai fo oedd wedi cynhyrchu'r ddrama.

'Roedd hi'n fendigedig,' meddai Marilyn cyn i'r Pwdin roi ei fraich flewog amdani a'i thywys tuag at un o'r corneli tywyll i egluro sut roedd o wedi dehongli rhai o uchafbwyntiau clasur Gwenlyn. Dilynodd Rhys nhw, ond cyn iddo eistedd, gwthiodd Twm Pwdin bapur decpunt i'w wyneb. 'Dos i nôl diod i bawb, 'ngwas i,' meddai cyn hoelio'i holl sylw'n ôl ar Marilyn.

Bu Rhys am bron i ugain munud yn ceisio cael diod, cymaint oedd syched y dilynwyr drama. Pan ddaeth yn ôl, roedd locsyn Twm Pwdin bron yn wyneb Marilyn a'i law chwith yn cael ei gwthio bob dau eiliad oddi ar ei phen-glin.

Rhoddodd Rhys y ddiod ar y bwrdd. Cythrodd Twm Pwdin i'w wydr a gwagiodd o mewn dau lwnc cyn dychwelyd i siarad â Marilyn. Châi Rhys ddim cyfle i ddweud gair. O'r diwedd canodd cloch y bar. Neidiodd Twm Pwdin ar ei draed a chan ei fod yn gafael yn dynn yn llaw Marilyn, llusgwyd hithau i'w ddilyn.

'Parti yn tŷ ni i bawb!' gwaeddodd dros y stafell. Doedd gan Rhys fawr o awydd mynd er y gwyddai y byddai yno hynny o ddiod y gallai yfed, ond roedd Marilyn yn dal wedi'i llesmeirio gan y cynhyrchydd. 'Mari fach, tyrd di efo fi yn y Volvo. Rhys, rho lifft i un neu ddau o'r rhain a dilyn fi i Blas y Ddrama.'

Doedd neb eisiau mynd efo Rhys pan welson nhw ei gar. Pentyrrodd pawb i'r Audis a'r Alfa Romeos. Sylwodd Rhys pan aeth i'w gar fod ei beiriant recordio ar y llawr. Mi recordia i Twm Pwdin yn malu cachu am ei ddrama, meddai wrtho'i hun. Mi lenwith hynny hanner awr rhyw noson, a phan gyrhaeddodd Blas y Ddrama aeth â'r peiriant efo fo.

Roedd y drws yn agored ac aeth Rhys i mewn. Roedd Twm Pwdin ar waelod y grisiau; potel o win coch yn un llaw a Marilyn yn y llall ac yn ceisio'i orau i'w chael i fynd i fyny'r grisiau. Gwelodd Marilyn y peiriant recordio yn llaw Rhys a gwelodd ei chyfle. 'Mr . . . Mr Pwdin. Mae Rhys eisiau eich recordio chi.'

Doedd ond un peth allai dynnu Twm Pwdin oddi wrth y flewog, a chael sylw oedd hwnnw. Gollyngodd Marilyn. 'Eisiau cyfweliad efo fi ynglŷn â'm cynhyrchiad gwych o'r *Tŵr* wyt ti, Pysan?'

Nodiodd Rhys, ac aeth y ddau i'r consyrfatri efo pedair potel o win. Rhoddodd Twm Pwdin dro i'r handlen fel na allai neb ddod i mewn. Llanwodd ddau wydr â gwin i'r ymylon a dechreuodd sôn am ei gampwaith. Roedd yn dal i siarad wrth wagio'r botel olaf, ond roedd Rhys wedi syrthio i gysgu ar y bwrdd ers peth amser a'i fraich yn gwthio allan tuag at Twm Pwdin a meic ar ei blaen.

***

'Rhys! Rhaid i ti fynd i weithio.' Sonia oedd yno, yn ei ysgwyd. Doedd dim golwg o Marilyn na Twm Pwdin. 'Rhys, dwi wedi laru arnat ti'n chwydu ar y coco-matin o hyd. Mae hi'n uffar o job cael y lympia allan. Pam 'sa ti'n chwydu yn y parti efo'r . . . efo'r hogan . . . 'na?'

Pan gododd Rhys ei ben, roedd Sonia'n eistedd ar yr erchwyn â'i phen yn ei phlu. Chymerodd Rhys ddim sylw ohoni ac aeth i chwilio am ei drôns. 'Wyt ti'n mynd . . . efo hi?' gofynnodd Sonia a dagrau yn ei llygaid.

'Y?' Doedd pen Rhys ddim mor glir ag y dylai fod. Tybed ddylai o ddweud ei fod o er mwyn iddo gael gwared o Sonia, ynteu ddylai o wadu er mwyn cael to dros ei ben?

'Na, na. Wedi bod . . . yn . . . gweld drama oeddan ni . . . ac wedi bod yn interfiwio'r prodiwsyr.'

'O.' Sychodd Sonia'i dagrau. 'Mae hi'n iawn felly,' ac aeth i lawr y grisiau i wneud brecwast iddo.

***

Roedd Gwendolyn yn y swyddfa cyn Rhys. 'T'isio panad?' Edrychodd Rhys yn syn arni. Nid yn amal y câi gynnig o'r fath. Gofynnodd eto. Nodiodd Rhys. Tywalltodd baned o goffi iddo a symudodd tuag ato. Rhoddodd y gwpan ar y ddesg ac edrychodd i'w lygaid. 'Rhys.' Cafodd Rhys lond ffroen o bersawr drud. 'Rhys,' meddai unwaith eto, ond y tro hwn gyda'i braich amdano, 'be wyt ti'n neud y penwythnos yma?' Crynodd Rhys drwyddo. Roedd wedi bod yn disgwyl am y cyfle yma ers blynyddoedd. Oriau mewn stiwdio fach boeth, dyddiau yn swyddfa Seiont PR. Ond hwn oedd y tro cyntaf iddi roi cynnig iddo. Oedd o'n ddigon o ddyn iddi? Roedd o fwy neu lai'n gallu cadw Sonia'n hapus. Ond roedd Gwendolyn yn rhywbeth arall. 'Wyt ti?' gofynnodd â'i cheg ond hanner modfedd o'i glust. Aeth ei goesau'n wan a'i gwd yn galed.

Ceisiodd ysgwyd ei ben ond cyffyrddai gwallt Gwendolyn ei foch. 'N . . . n . . . '

'Na? Reit, 'ta.' Symudodd Gwendolyn yn ôl. 'Mi gei di dreulio'r penwythnos efo Melfyn Pwyll. Alla i ddim mynd . . . yn anffodus. Mae'n rhaid i mi fynd i ffwrdd dros y Sul . . . '

'Efo Dan Dŵr?' Roedd Huw Cris wedi dod i'r ystafell. 'Ro'n i'n clwad ei fod o wedi bod yn tshecio dy blyming di.'

Anwybyddodd Gwendolyn o. 'Wel?' gofynnodd i Rhys. 'O nabod Melfyn Pwyll mi fydd yna ddigon o ddiod a hwyl.'

'Ia, ocê,' atebodd Rhys.

'Gwna di'r cyfweliadau, heb dy lais di ar y tâp. Mi wna i becynnu fo efo'n llais i'r wythnos nesa. Reit? Mae'n rhaid i ti fod yn ei syrjeri fo am chwech nos Wener,' ac aeth Gwendolyn i weld Marilyn i archebu cadair newydd esmwythach iddi'i hun.

'Ma hi'n deud y gwir, 'sti,' ychwanegodd Huw Cris. 'Mae o'n uffar o gês. Ond cofia dy fod ti isio gwneud rhaglen a phaid â meddwi. Ti'm isio'r stiwdio am dipyn, yn nagoes? Mae gen i chydig o waith yno. Rhyw hanner awr.'

'Ia, iawn,' meddai Rhys. 'Ma'n rhaid i mi fynd i chwilio am fwy o recordia John ac Alun; dydy Dic Llwynog isio fi chwara bob un ohonyn nhw?'

* * *

Roedd Rhys yn syrjeri Melfyn Pwyll am chwech. Roedd y lle'n orlawn o hen chwarelwyr yn pesychu, mamau sengl beichiog eisiau tŷ cyngor a hen ferched crydcymalog yn janglio am hwn a'r llall. Roedd yr awyr yn llawn o fwg shag Amlwch, persawr rhad ac embroceshyn. Ymhen rhyw hanner awr, rhoddodd Melfyn ei ben rownd y drws. Gwelodd fod yno lond y stafell o hoples-cesys ac amneidiodd ar Rhys i fynd i mewn ato.

'Joban? Tŷ cownsil? Compo? Ar streic? Be alla i neud i ti?'

'Ym . . . Rhys Huws, Radio'r Ardal, dw i . . . yma i'ch cyfweld.'

'Radio'r Ardal! O'n i'n disgwl y beth boeth 'na. Gwendolyn

rwbath!'

'Ym . . . fedar hi ddim dŵad. Ma . . . ma hi wedi gorfod . . . mynd i Lundan. Cyfarfod pwysig.'

Disgynnodd gwep Melfyn. 'O. Chdi sy'n 'nilyn i am y penwythnos felly, ia? Reit, mi gawn ni warad ar y rhein i ddechra ac mi awn ni am beint.'

Cerddodd Melfyn allan o'r stafell efo Rhys wrth ei sawdl. 'Sgen ti feic neu rwbath?' gofynnodd, ac estynnodd Rhys ei beiriant recordio allan o'i fag. 'Reit, pwy sy isio tŷ cownsil?' Cododd dros ddwsin o ddwylo i fyny. 'Rhowch eich enwa ar y papur yma,' a gwthiodd ddarn o bapur i gyfeiriad un feichiog oedd eisoes â dau o blant mân. 'Rhywun isio iawndal . . . compo?' Eto cododd nifer a ddwylo a gwthiwyd darn o bapur i'w cyfeiriad. 'Rwbath arall?' Cododd tri eu dwylo. 'Rhowch eich enwa ar y papur 'ma a beth bynnag ydy'ch cwyn chi.'

Stryffagliodd rhai o'r hen begors i'w traed. 'Diolch yn fawr, Mr Pwyll. Mi gewch chi'n fôt i eto'r tro nesa.' Roedd pawb yn fawr eu cymeradwyaeth i'r aelod seneddol.

Trodd Melfyn Pwyll at Rhys. 'Gest ti hwnna ar dy dâp? Y canmol 'na?'

Nodiodd Rhys.

'Reit, diolch yn fawr i chi gyd. Yn anffodus, mae'n rhaid i mi fynd i gyfarfod pwysig rŵan . . . nid nad ydi eich cyfarfod chi i gyd yn bwysig, wrth gwrs, ond . . . '

'Wrth gwrs, cerwch chi, Mr Pwyll,' meddai'r pensiynwyr fel côr adrodd.

'Reit, lle 'di'r lle gora am beint yn dre 'ma?' gofynnodd Melfyn unwaith y cyrhaeddodd yr awyr iach.

'*Y Darian Fach* am wn i,' atebodd Rhys.

Doedd swyddfa'r aelod seneddol ond rhyw bum munud o'r dafarn. Brasgamodd Melfyn ar hyd palmentydd y dre a Rhys yn ceisio'i orau i'w ddilyn. Doedd dim pwrpas cynnal sgwrs. Roedd ceg Melfyn yn sych ac roedd Rhys yn fyr o wynt.

'Dau beint. Lagyr i mi a beth bynnag mae hwn isio,' meddai gan gyfeirio at Rhys oedd newydd gyrraedd. Yn ffodus, roedd

Sam y barman yn gwybod beth roedd Rhys yn ei yfed gan ei fod yn dal â'i wynt yn ei ddwrn. ' . . . a dau shortyn. Y Glanmoranji 'na neith yn iawn.'

Yn rhyfedd, doedd dim golwg o Huw Cris ar ei stôl arferol wrth y bar ac eisteddodd y ddau yn un o'r corneli. Roedd Radio'r Ardal i'w chlywed dros y dafarn. 'O'n i'n meddwl mai cerddoriaeth a ballu oedd dy faes di ac mai'r ddynas gocwyllt 'na oedd yn gyfrifol am wleidyddiaeth?'

'Ia . . . 'na fo.'

Tarodd Melfyn olwg ar y cloc. 'Sgin ti'm sioe i fod i ddechra rŵan?'

'Oes. Am naw,' atebodd Rhys.

'Dwi'm yn meddwl llawar o dy sioe di, ar wahân i amball record Meic Stevens, ond myn uffar i ti'n well na'r ddynas 'ma sy mlaen ar hyn o bryd yn sôn am ei pheils.'

'Cnithar Dic Ll . . . Mr Llywelyn 'di hi.'

Roedd yr Aelod wedi gorffen ei ddiod. 'Un arall?' Ond arhosodd o ddim am ateb gan ei fod wedi camu'n syth am y bar ac wedi rhoi archeb arall i mewn.

Trawodd cloc y dafarn naw o'r gloch ond yn lle 'Croeso i noson arall o *Rhys yn y Tywyllwch*' cafwyd anferth o sgrech a lanwodd y stafell.

'Ffy . . . ffy . . . B . . . b . . . be?' ceisiodd un o selogion y dafarn ofyn cwestiwn. Ond mi gafodd ateb cyn i'w ddannedd gosod orffen crynu.

'Dyna Jerry Lee . . . a dyma fi Huw Cris efo tair awr o fiwsig o'r gorffennol. Nesa . . . y brenin . . . a "Houndog" . . . '

Cododd cwmwl o lwch wrth i ferched y dafarn neidio ar eu traed. Clywyd esgyrn na symudodd ers blynyddoedd yn gwichian. Tynnwyd y dynion oddi wrth eu peintiau. Roedd y dafarn yn fwrlwm gwyllt. Roedd Jini Jymp wedi cydio yn Melfyn ac yn ei ddefnyddio ar gyfer chydig o dyrti-dansing. Yn ffodus, roedd yr Aelod yn eithaf chwim ar ei draed a gallai gamu'n ôl a mlaen efo Jini i guriad y gerddoriaeth. Tra plygai Jini drosodd yn ei freichiau a'i bronnau fel Ben a Nevis yn gwthio at i fyny, trodd Melfyn at Rhys. 'Lagyr a dwbwl Moranji.'

Ufuddhaodd Rhys a chododd yr un peth iddo'i hun. Rhoddodd Melfyn glec i'r Moranji ar ei wib nesaf heibio Rhys ac yna cydiodd yn y lagyr ar y tro wedyn. Dawnsiai'n gelfydd gyda gwydr yn un llaw a'r llaw arall am wasg Jini.

Roedd Rhys wedi estyn ei wydr i'w geg. Ond yn hytrach na chael llwnc rhesymol, roedd llaw wedi cydio yn nhin y gwydr ac wedi tywallt yr hylif i lawr ei gorn gwddw. 'Dyna chdi. Yfa hwnna a tyd i ddownsio efo fi.'

'Blydi hel, Meri!' Meri, mam Sonia, oedd yna.

'Tyd i ddownsio yr uffar. Dwi'm 'di clwad miwsig gystal â hwn ers blynyddoedd lawar.'

''Dach chi . . . 'dach chi wedi bod yn yfad, Meri?' gofynnodd Rhys yn bryderus.

'Dim ond jin neu ddau. Be 'di o i chdi beth bynnag? Ti bron yn fab-yng-nghyfrath i mi.'

Diolchodd nad oedd Meri wedi yfed rhagor na hynny. Allai hi ddim dal ei phiso a doedd o ddim ffansi gwneud y jityr-byg efo dynes allai fod yn sblatro pawb wrth godi ei choesau i gyfeiliant y John Barry Seven.

Roedd dwy ddawns yn ddigon i Meri. Mynnodd fod Rhys yn prynu jin mawr iddi, ac aeth i eistedd wrth y bar i gael ei gwynt ati. Ond châi Melfyn Pwyll ddim llonydd; roedd pawb eisiau dawnsio efo'r aelod seneddol. Doedd dim stop ar fiwsig Huw Cris ac roedd y dafarn yn ferw gwyllt.

O'r diwedd tawodd y gerddoriaeth. 'Mae hi'n tynnu am un o'r gloch ac yn amser i mi, Huw Cris, ffarwelio â chi. Felly tan nos Wener nesaf, hwyl faaaawr . . . '

Aeth wyneb Sam y barman yn llwyd. 'Un o'r gloch a llond y lle 'ma'n yfad!' Roedd pawb wedi ymgolli yng ngherddoriaeth Huw Cris ac wedi colli golwg ar y cloc. 'Pawb allan, pawb allan rŵan! Dim mwy o lysh i neb. Fydd y plismyn yma unrhyw funud.'

Roedd y rhan fwyaf yn barod i ufuddhau ond disgynnodd

gwep y rhai a arferai aros yn hwyr yn *Y Darian Fach*. Rhoddodd Sam winc a throdd at yr Aelod. ''Sach chi'n licio un bach cyn mynd adra?' sibrydodd.

Nodiodd yr Aelod. Doedd ganddo fawr o wynt ar ôl i allu ateb. Tra ymlwybrai bron bawb allan drwy'r drws cafodd Rhys orchymyn i gau'r llenni a bolltiodd Sam y drws wedi i bawb fynd allan.

'Reit, Mistar Barman,' meddai'r Aelod a phapur ugain punt yn ei law. 'Diod i bawb.'

Llifodd y diod o'r casgenni a'r poteli. Taerai pawb, na fu iddynt erioed gymryd y sylw lleia o wleidyddiaeth, y bydden nhw nid yn unig yn pleidleisio i Melfyn Pwyll, ond y bydden nhw hefyd yn mynd allan i ganfasio drosto.

Yn sydyn, cafwyd sŵn curo ar y drws. 'Cops!' meddai Sam. Aeth Melfyn yn llwydach na'r gweddill. Gallai weld penawdau'r *Welsh Mirror* yn chwyrlïo o flaen ei lygaid.

'Agorwch, y ffycars!' meddai'r llais o'r tu allan.

'Huw Cris!' meddai'r barman. 'Diolch i'r nefoedd mai chdi sydd yna,' a brysiodd i agor y drws.

'Ew, miwsig da, Huw.'

'Ti'n well na'r Jonsi 'na.'

'Mwy o betha fel'na sy isio ar y weiarles.' Dyna oedd y cyfarchion dderbyniodd Huw o bob cyfeiriad pan gerddodd i mewn.

'Sut uffar . . . bo . . . bo chdi'n chwara . . . recordia . . . yn lle . . . fi . . . heno?' gofynnodd Rhys a'i dafod yn dew.

'Stori hir, Rhys. Dduda i wrthat ti eto. 'Nei di'm cofio heno, beth bynnag . . . '

* * *

'Rhys...? Be 'di hwn yn dy bocad di?' Roedd Sonia'n eistedd ar erchwyn y gwely a thrwsus Rhys yn ei llaw. Roedd wedi mynd i'w bocedi i edrych a oedd yna arian mân yno iddi gael prynu deg o ffags ac wedi cael hyd i ddarn o bapur swyddogol yr olwg.

Prin y gallai Rhys agor ei lygaid heb sôn am agor ei geg. Roedd ei ben yn curo fel piston injan fawr Dorothea. Gofynnodd Sonia eilwaith.

'Darllan o,' gorchmynnodd Rhys.

'Alla i ddim. Cymraeg posh ydy o.'

Rhoddodd Rhys un benelin ar y gobennydd a chodi'i gorff ychydig fodfeddi. Agorodd un llygad a dechreuodd ddarllen yn uchel y papur roddodd Sonia iddo.

'Mae'n bleser gan Mr a Mrs Melfyn Pwyll eich gwahodd chi a chyfaill i dderbyniad bychan am wyth o'r gloch yn ystafell gefn Gwesty'r Brython.' A disgynnodd yn ôl o dan y cynfasau.

'Be ma hynna'n feddwl?' gofynnodd Sonia wrth astudio'r darn papur yn fanwl ond i ddim pwrpas.

'Sesh.'

'Yn y *Brython*?'

'Ia.'

'I chdi a fi?'

'Y ... na ... '

'Ond mae o'n deud 'cyfaill' yma. 'Ffrind' ydy hynny yndê? Felly infitesion i chdi a fi ydy o ac ma enw Melfyn Pwyll yma. Fo sy ar telifisiyn weithia, 'ndê.'

Aeth Rhys yn oer drosto, ond nid yr alcohol oedd ar fai. Sut uffar oedd y gwahoddiad wedi mynd i'w boced? Mae'n rhaid bod Melfyn wedi ei roi yno wrth i Huw Cris ei gario allan o'r *Darian Fach*. Ond allai o ddim mynd â Sonia i barti Melfyn Pwyll i ganol pwysigion Caernarfon?

'Wyth o'r gloch mae o, 'ndê? Mi a' i lawr i *Everything-for-a-Pound* pnawn 'ma i brynu ffrog newydd i fynd i'r parti.' Cofleidiodd Rhys cyn rhuthro i lawr y grisiau â'r darn papur yn ei llaw.

Syrthiodd Rhys yn ôl i gysgu a phan ddeffrodd ryw ddwyawr yn ddiweddarach taerai mai hunllef oedd y peth i gyd. Cododd yn araf o'r gwely ac wedi gwisgo amdano aeth i lawr y grisiau. Roedd Sonia wrthi'n brysur yn smwddio.

'Www, dwi'n edrach ymlaen i'r parti heno,' meddai.

Aeth coesau Rhys yn wan a bu raid iddo eistedd yn sydyn. 'Ti'n iawn?' gofynnodd Sonia. 'Mae'n rhaid dy fod ti wedi cael lot i yfed neithiwr.'

Gwelodd Rhys y gwahoddiad ar y bwrdd a chydiodd ynddo. Ar gornel chwith y darn papur roedd Melfyn wedi sgwennu nodyn ychwanegol mewn llaw sigledig. *Cofia ddod â dy beiriant recordio efo chdi.* Roedd wedi ystyried peidio mynd ond allai o ddim rŵan, roedd Melfyn – a Dic Llwynog – yn disgwyl recordiad o'r noson.

* * *

Roedd pwysigion plaid Melfyn Pwyll i gyd wedi ymuno ag o a'i wraig yn ystafell gefn Gwesty'r Brython. Yma'n amlwg roedd busnes pwysica'r noson, os nad yr wythnos, ar fin dechrau. Safai Rhys â'i feic yn ei law yn barod i recordio cyfrinachau dyfnaf rhai o wleidyddion pwysicaf Cymru. Safai Sonia'n sownd wrth ei ymyl, yn sgodyn allan o ddŵr. Cododd Melfyn ar ei draed i gymeradwyaeth frwd ei gyd-bleidwyr.

'Gyfeillion, gyfeillion. Diolch i chi gyd am ddod yma heno ac am fy nghefnogi yn fy ngwaith. I ddechrau, mater pwysig iawn . . . Be 'dach chi isio'i yfad? Ma'r bar yn gorad a'r Parchedig Huw Huws sy'n talu.'

Safai'r gweinidog wrth y bar a llond llaw o bapurau hanner canpunt yn ei law. Rhuthrodd pawb tuag ato a gweiddi'u harcheb ar y barman. Dychwelodd pawb i'w seddi â gwydr ymhob llaw; rhai â photeli'n ymwthio allan o'u pocedi. Yr unig un oedd wedi cofio am Rhys a Sonia oedd Efanjelina Pwyll, gwraig yr Aelod.

Roedd ganddi ddau wydraid mawr llawn gwirod brown yn ei llaw. 'Cymerwch y rhain, Mr a Mrs Huws. Mae pawb arall wrthi.'

Gwenodd Rhys arni. Er ei bod dros ei hanner cant, roedd Efanjelina'n dal yn ddynes brydferth. 'Diolch, Mrs Pwyll.'

Daeth un o'r pwysigion at Rhys. 'Wyt ti'n cael hwyl ar y recordio 'ma? Dynas neis ydy Mrs Pwyll, yndê? Cantores dda, 'sti. 'Sa hi wedi mynd yn bell yn yr opera pan oedd hi'n ifanc, medda nhw, ond bod ganddi broblem lysh radag honno. Ma hi'n iawn rŵan, ma hi'n canu cerdd dant.'

Aeth yr yfed ymlaen a daeth y pwysigion bob yn un at Rhys i ddweud pa mor dda oedd Melfyn Pwyll fel aelod seneddol. Wedi peth amser sylwodd Rhys fod Efanjelina ar ei thraed a nifer o'r pwysigion yn cymell iddi ganu.

'Wel, dowch, Mrs Pwyll. A chithau'n gantores o fri. Chydig o gerdd dant?'

'Na, na, gyfeillion. A beth bynnag, alla i ddim canu cerdd dant yn ddigyfeiliant!'

Pesychodd y barman. 'Ym, musus. Ma gen i fowth-organ.' A chanodd nodau cyntaf 'Llwyn Onn'.

Chwarddodd Efanjelina Pwyll. 'Alla i ddim canu cerdd dant i gyfeiliant organ geg!'

'Dowch, Musus Bach,' meddai'r barman, a dechreuodd unwaith eto.

Cydiodd Efanjelina yn ei dwylo, sgwariodd ei sgwyddau a daeth y nodau hyfrytaf o'i cheg. Aeth y lle'n ddistaw . . . Gwrandawodd pawb yn astud ar bob nodyn. Daeth y gân i ben, a chafwyd cymeradwyaeth frwd.

'Doedd hi ddim yn canu efo'r tiwn,' meddai Sonia wrth Rhys.

'Mr Pwyll. Chi sydd nesa. Be ydy'ch parti-pîs chi?' 'Ie, ie,' meddai pawb.

Eisteddodd Melfyn Pwyll yn ôl yn ei gadair esmwyth. Cododd ei goesau a rhoddodd nhw, un bob un, ar freichiau'r gadair. Cythrodd i'w boced. 'Anji, dal y leitar 'na wrth fy nhwll din i.'

Plygodd Efanjelina. Daliai'r leitar hyd braich ac roedd bysedd y llaw arall yn dynn am ei thrwyn. 'Rŵan, Anji,' meddai Melfyn. Crychodd ei wyneb. Tynhaodd ei lwynau, a daeth anferth o rech allan o dwll ei din gan saethu fflam las wyth troedfedd i gyfeiriad y ffrensh-windos agored.

Roedd y gymeradwyaeth yn fyddarol. Cafwyd curo dwylo am dri munud llawn. Yna distawodd y pwysigion. 'Y . . . y . . . alla i neud hynna hefyd.' Roedd Sonia wedi cerdded oddi wrth Rhys i ganol y llawr. 'Alla i danio rhech hefyd.'

Cododd Melfyn Pwyll. 'Dowch i eistedd i fan'ma, musus.' Eisteddodd Sonia yn y gadair a chafodd help dau ddyn cyhyrog i godi ei choesau trymion ar bob braich. Gorweddodd Melfyn Pwyll ar ei fol ar lawr gan ddal ei leitar wrth din Sonia.

''Na i ddeud wan, tw, thri, pan fydda i'n barod,' meddai. Caeodd ei llygaid a gwelwyd llinellau'n ymddangos ar ei thalcen. Cafwyd tuchan ac yna . . . 'Wan . . . tw . . . thri . . . '

Cafwyd anferth o glec a fflam las, a saethodd ei nicyrs yn ddarnau ar hyd y stafell gan sdicio bob yn ddarn ar bapur wal drudfawr y gwesty. Aeth pobman yn ddistaw. Cododd yr aelod seneddol ar ei draed; roedd ei fwstásh wedi'i ddeifio gan y fflam. 'Da . . . da iawn, musus. Un dda oedd honna.'

6. Babi Mam

Roedd Dic Llwynog yn ysgwyd llaw Huw Cris pan gyrhaeddodd Rhys y swyddfa fore Llun. Doedd gan Gwendolyn, oedd ar ganol agor llythyrau'r dydd, mo'r syniad lleia beth roedd o wedi'i wneud i haeddu hyn gan na fu iddi hi na Dan Dŵr adael gwely'r gwesty yn Amlwch drwy'r penwythnos.

Trodd Dic at Rhys. "Sat ti'n chwara chydig o gerddoriaeth fath â Huw 'ma, yn lle'r blydi Mic Stevens a rwtsh felly, mi fysa gynnon ni lawar mwy o bre– . . . o wrandawyr. Da iawn, Huw, da iawn wir. Dyna rydan ni isio, miwsig o'r hen amsar. Roc-a-rôl. Dyna sy'n talu'r dyddia yma. Does dim byd fel nostaljia i yrru petha'n eu blaena.' Trodd at Gwendolyn. 'Twyll yr Em-Pî. Gest ti raglan go lew o'i groen o?'

Nodiodd Gwendolyn wrth edrych yr un pryd ar Rhys. Pan nodiodd hwnnw'n ôl, atebodd. 'Do, rhaglen dda iawn, Mr Llywelyn. Mynd ati i'w rhoi hi wrth ei gilydd pnawn 'ma. Mi fydd hi'n barod wythnos yma.'

Rhwbiodd Dic ei ddwylo. 'Roc-a-rôl a politics. Dyna i ti gyfuniad. Mi fydd yr hen orsaf fach 'ma'n dechra talu'i ffordd unrhyw ddydd rŵan.' A chlywyd Dic yn chwibanu wrth iddo fynd allan am ei gar.

Trodd Gwendolyn at Rhys. 'Wel? Lle ma'r tapia?' Tyrchodd Rhys i bocedi'i gôt a thynnodd bentwr o dapiau sain allan a'u rhoi ar y bwrdd o'i flaen. 'Blydi hel, faint sgen ti? Sut uffar dwi'n mynd i olygu'r rheina?'

'Ond, ond . . . fues i efo Melfyn Pwyll nos Wener, dydd Sadwrn . . . a . . . a bore Sul. Wel, mi oedd hi'n fore Sul cyn i mi ddod adra. A . . . a fyswn i wedi mynd ato fo pnawn hefyd, ond doedd gen i ddim tapia ar ôl.'

'Wel, mi fydd raid i ti fy helpu . . . ' a cherddodd am y stiwdio â'r pentwr dan ei braich.

Trodd Rhys at Huw Cris. 'Sut uffar ma Dic Llwynog yn gadal i chdi chwara recordia Susnag ac yn mynnu 'mod i'n chwara rhyw gachu fath â John ac Alun a Doreen Lewis?' gofynnodd.

'Dim Susnag ydw i'n chwara. Y clasics, y goreuon, goreuon rhyngwladol. Maen nhw'n chwara'r rhain yn Japan a Jyrmani a bob man. A beth bynnag, ma pawb yn 'u licio nhw. Maen nhw'n dod ag atgofion melys. Maen nhw'n cofio pan oeddan nhw'n sbwnio'n sêt gefn Majest neu'n trio cael ffîl yng nghefn bysys Whiteways yn cei.'

'Ia. Ond Susnag ydyn nhw'n diwadd.'

'Dyna sy'n dod â busnas i'r hen Ddic. Dydy busnesa'r dre 'ma wedi bod ar y ffôn efo fo'n gofyn am gael hysbysebu yn fy rhaglen i? Dydw i'n gold-main iddo?'

Cyn i Rhys allu ateb, daeth Gwendolyn yn ôl i'r stafell. 'Rhys, fedra i ddim mynd drwy'r holl dapia 'na. Elli di gael rhyw fath o drefn arnyn nhw, ac wedyn mi wna i'u llunio nhw'n rhaglen?'

Ond cyn i Rhys allu ateb, canodd y ffôn. Cododd Huw y teclyn. 'I chdi mae o,' meddai gan ei estyn i Gwendolyn. 'Dan Dŵr . . . a rhywbeth am stop-coc . . . '

Aeth Rhys i'r stiwdio i ddechrau cael trefn ar y tapiau ac aeth Huw Cris i lunio rhestr o recordiau ar gyfer ei raglen nesaf. Doedd Rhys ond newydd cael rhyw fath o drefn ar y tâp cyntaf pan ddaeth Huw i mewn. 'Be ti am gael i ginio?' gofynnodd.

'Ma gen i Fars Bar yn 'y mhocad. Chafodd Sonia ddim amser i wneud brechdana i mi'r bora 'ma. Roedd hi isio mynd i Boots ben bora i nôl eli i roi ar ei thin,' a bu raid i Rhys sôn am uchafbwynt y noson yn y *Brython*.

'Ti ffansi ffish a tships? Ma Nobi newydd agor siop yn dre.'

'Be? Nobi'r soldiwr?'

'Dyna fo. Mi fu raid iddo riteirio ar dipyn o frys ar ôl i'r rejimental gôt ddiflannu. Mi gath o bensiwn go lew – diawl, doedd o'n wor-wynds o'i gorun i'w sowdwl? – ac mi ddechreuodd fusnas efo'r pres. Be am fynd draw i nôl rhai, ac mi gawn ni gan neu ddau yn siop Cwrw'r Cofi ar y ffordd yn ôl?'

'Ond ma gen i uffar o waith efo'r tapia 'ma. Wna i byth orffan nhw heddiw fel ma hi.'

'Duw, gad hi orffan nhw'i hun. Ei job hi ydyn nhw.'

Nodiodd Rhys a rhoddodd y tapiau o'r neilltu. Cydiodd yn ei gôt a dilynodd Huw Cris allan drwy'r drws. Doedd dim pwrpas gofyn i Marilyn ddod efo nhw. Roedd hi eisoes yn sglaffio deilen letys a raifita. Gwibiodd yr MR2 i'r dref gan aros o flaen siop sglodion newydd. Câi Huw Cris gryn drafferth i fynd at y cownter. Roedd pawb yn ei longyfarch am ei raglen a phawb eisiau iddo lofnodi eu papur tships. Bu raid i Rhys archebu'r bwyd a chynnig talu amdanyn nhw.

'Uffar o raglan dda, Huw,' meddai Nobi wedi i Huw Cris gyrraedd at y cownter. 'Well o beth uffar na'r cachu 'na ti'n chwara, Rhys. Roc-a-rôl neu rejimental band i mi. Dwi 'di clwad Arabs yn canu'n well na'r petha 'na sgin ti.' Ac ar hynny gwibiodd meddwl Nobi'n ôl i beithdiroedd y Dwyrain Canol a'i frwydrau â brodorion y parthau hynny. Chwifiodd Rhys bapur decpunt dan ei drwyn. Anwybyddwyd o. 'Ar yr hows, hogia. Mae'r tships a ffish ar yr hows.'

'Ew, diolch, Nobi,' meddai Huw, ac ategodd Rhys y diolch cyn cychwyn am y drws. Clywsant y cyn-filwr yn pesychu a throdd y ddau tuag ato.

'Ym, Huw . . . '

'Ia.'

'Fel ti'n gwybod, newydd ddechra ydw i. Ac er bod busnas yn reit dda, mi fyswn i'n gallu gwneud efo mwy o gwsmeriaid. Os 'na jans am adfyrt ar y weiarles?'

'Ia, pam lai. 'Na' i gael gair efo Dic Llwynog. Mi ro i wybod i chdi,' a diflannodd y ddau allan o'r siop.

***

Pan ddaeth Rhys adref o'r gwaith y noson honno, roedd Sonia'n eistedd ar y soffa. Doedd dim bocs o siocled na chan o gwrw'n agos ati. Doedd hi ddim wedi bod yn hi ei hun ers dyddiau; câi Rhys lonydd i gysgu ambell noson a gwerthfawrogai hynny.

'Rhyyys,' meddai wedi iddo ddod i'r stafell. 'Tyd i ista i fan'ma am dipyn.' Ufuddhaodd. 'Wyt ti'n licio fi?'

Wyddai Rhys ddim sut i ateb. 'Y . . . ydw,' meddai heb fawr o argyhoeddiad.

'Ooo! Wyt ti'n licio fi lot?'

Beth oedd gan Sonia dan sylw? Priodi? Aeth yn wan drosto. Teimlai chwys oer yn rhedeg i lawr ei gefn. Ofnai'r gwaethaf. Ond roedd hyd yn oed gwaeth i ddod. 'Pam?' gofynnodd.

''Dan ni . . . 'dan ni'n mynd i gael babi . . . '

Bu bron i Rhys â llewygu. Babi . . . efo Sonia!

'Mam bach!' oedd yr unig beth y gallai ei ddweud.

'Ia, egseiting yndê.'

'O'n . . . o'n i'n meddwl bod ti ar y pul?'

'Y . . . weithia yndê . . . '

Wyddai Rhys ddim beth i'w wneud na'i ddweud. Roedd o eisiau rhedeg allan drwy'r drws; roedd o eisiau gadael Caernarfon; roedd o eisiau rhedeg i ffwrdd i Awstralia.

'Ti'n siŵr bo chdi'n mynd i gael babi?'

'Ydw.'

'Sut?'

'Ma genod yn gwbod, wsti. Dwi'n teimlo rhyw dynfa o gwmpas fan'ma,' meddai gan rwbio'i bol helaeth.

Sut uffar oedd hi'n teimlo unrhyw beth dan y dunnell o floneg oedd o gwmpas ei chanol?

'Mae'n rhaid . . . mae'n rhaid i mi fynd am beint,' meddai a rhuthro allan drwy'r drws.

Roedd Sam wedi estyn gwydr peint yn barod i'w lenwi erbyn iddo gyrraedd at y bar. 'Dwi'm isio peint, Sam. Dwi angan dybl rŷm.' Ac mi gafodd o un arall, ac un arall. Pan gyrhaeddodd Huw ar ôl gorffen ei raglen, prin y gallai Rhys sefyll na siarad. Yr unig eiriau ddeallodd Huw oedd 'clec' a 'cyw'. Doedd ganddo ddim syniad beth oedd yn poeni Rhys.

Methodd Rhys â chyrraedd y stiwdio mewn pryd bore trannoeth a bu raid i Marilyn gyflwyno'i sioe. Roedd hi bron yn ganol dydd pan gyrhaeddodd a golwg fel 'tasai o wedi gweld ysbryd arno. Daeth Marilyn o'r stiwdio a brysiodd i wneud paned o goffi iddo. Roedd Gwendolyn yn y stiwdio am awr dros ginio felly eisteddodd y tri o amgylch y bwrdd a dechrau holi.

'Be uffar wnaeth i ti feddwi mor uffernol neithiwr?' gofynnodd Huw Cris. Atebodd Rhys mohono. 'Roedd yna rwbath yn dy boeni. 'Nest di sôn rywbeth am "gyw" a "chlec".' Aeth Rhys yn welwach. Trodd Huw i edrych ar Marilyn. 'Ti'm 'di rhoi clec i M . . . ?'

'Esu, naddo . . . dim i Marilyn . . . i . . . i Sonia . . . '

'Blydi hel! Ti'n siŵr? Ti'n siŵr mai chdi 'di'r tad? Wedi meddwl, pwy arall fysa'n mynd ar ei chefn hi?'

'Mae hi'n deud ei bod hi'n disgwyl, beth bynnag.'

''Sa'n well i ti neud yn saff?'

'Sut uffar wna i hynny? Does ganddi uffar o fol yn barod? Neith babi ddim dangos rhyw lawar arni.'

'Mae yna ffyrdd,' meddai Marilyn. Edrychodd Rhys arni. 'Mae'n bosib cael peth o'r fferyllydd i brofi ei dŵr hi.'

'Dŵr?'

'Piso ma hi'n feddwl,' ychwanegodd Huw. ''Sa ti'n cael sampl o biso Sonia a rhoi'r peth 'ma ynddo fo, mi ddudith a ydi hi'n disgwl ai peidio.'

'Sut uffar dwi'n mynd i gael gafal ar biso Sonia?'

'Mi wnaf i fynd i'r fferyllydd i ti,' meddai Marilyn.

'Dyna chdi,' meddai Huw. 'Mi rwyt ti'n siŵr dduw o ffindio ffor i gael sampl.'

Bu Rhys yn pendroni am ddyddiau sut oedd o'n mynd i gael sampl o biso Sonia. Yn wir, roedd hyn gymaint ar ei feddwl fel yr oedd yn ei chael hi'n anodd canolbwyntio ar ei waith.

Ond daeth un daioni o'r drychineb. Mi gâi o lonydd yn y gwely, ond âi ei ben rownd a rownd wrth feddwl am fod yn dad i fabi Sonia ac fe'i câi hi'n anodd mynd i gysgu. Gorweddai yn y gwely yn gwrando ar Sonia'n gweu i lawr grisiau. Clywai'r gwellau'n clicio drwy'r nos fel merched y gilotîn erstalwm a Sonia'n cyfri 'wan pyrl, wan plên'. Codai fel cadach yn y bore i wrando ar Sonia'n mwydro pa enw i roi i'r babi. Ar frig y rhestr, os oedd o'n fachgen, oedd Dwayne, yna Kyle ac wedyn Brooklyn. Roedd Britney yn mynd â'i bryd os oedd hi'n ferch, yna Meredith, er i Rhys fynnu mai enw bachgen oedd hwnnw.

Doedd o'n dal heb ddatrys problem y piso a dyna oedd ar ei feddwl pan gyrhaeddodd Huw Cris y swyddfa un bore.

'Mae Nobi wedi rhoi'r darn yma o bapur i mi. Yr adfyrt ydy o i'r *Golden Cod*. Mae o wedi gofyn i mi ei ddarllan o allan ar yr awyr. Mae o isio fo ynghanol fy rhaglan i.'

Edrychodd Rhys ar y papur. 'Ia, iawn. Yn Susnag ma'r adfyrt. Fysa'n well iddo gael chydig o Gymraeg arno, da?'

'Syniad da. Mi wna i ffonio Nobi wedyn a chynnig ei gyfieithu fo iddo.'

Nodiodd Rhys ac aeth i'r stiwdio. Roedd Gwendolyn wedi bod yn chwarae'r diawl nad oedd o wedi gorffen golygu tapiau Melfyn Pwyll gan fod Dic Llwynog wedi bod yn chwarae'r diawl efo hithau.

Erbyn ei raglen hwyr roedd Rhys wedi cael trefn go lew ar y tapiau, ar wahân i'r olaf ble cafwyd y gystadleuaeth tanio rhech. Penderfynodd adael y dasg honno tan y bore.

Pan gyrhaeddodd adref, roedd Sonia'n eistedd ar y soffa a llond gwydr peint o ddŵr yn ei llaw. 'Dwi wedi rhoi'r gora i yfad lysh a smocio . . . er mwyn i'n babi ni fod yn iawn,' meddai wrth i Rhys gyrraedd adref.

'O.'

'Dwi'm 'di neud bwyd i chdi ond mae 'na dun o fîns yn y

cwpwrdd. Dwi'm isio strenio fy hun a finna'n cario'n babi ni, yn nagoes?'

'Nag oes,' meddai ac aeth i'r cefn i chwilio am ei swper. Doedd cael hyd i'r tun bîns yn fawr o broblem, cael hyd i sosban a phlât glân oedd y dasg fwyaf. Roedd Sonia, hefyd, wedi rhoi'r gorau i olchi llestri, a bu raid clirio rhywfaint o'r sinc gan fod Sonia wedi dod i'r gegin i nôl mwy o ddŵr ac roedd eisiau cael at y tâp.

'Ti'n yfad lot o ddŵr?' gofynnodd Rhys.

'Ydw,' meddai Sonia'n falch o weld bod Rhys o'r diwedd yn dangos rhywfaint o ddiddordeb.

'Mae'n siŵr ei bod hi'n dipyn o straen i ti fynd i'r bathrwm i biso,' gofynnodd Rhys gan edrych ar ei chorff.

'Ydi mae o.'

''Sa'n haws i ti gael pot neu rwbath yn y lownj?'

'Bysa'n bysa,' meddai Sonia.

'Wn i be wna i, unwaith y bydda i wedi cael fy swper, mi a' i i'r ardd i edrach a oes yna rwbath neith.'

'Diolch, Rhys,' meddai gan daflu ei breichiau sylweddol am ei wddw a'i gusanu. 'Diolch am edrych ar ôl fi a ninna'n mynd i gael babi.'

Unwaith y cafodd ei hun yn rhydd, llowciodd Rhys y bîns. Nid yn unig oherwydd ei fod ar lwgu ond am ei fod eisiau mynd i'r ardd i chwilio am rywbeth i ddal piso Sonia. Cafodd hyd i dun paent fu unwaith yn dal lliw o'r enw *Autumn Mist*. Mi fydd yna uffar o niwl yn codi o hwn pan bisith Sonia ynddo, meddai wrtho'i hun.

Gwagiodd y dŵr a'r malwod o'r tun ac aeth â fo i'r tŷ. 'Dyma chdi, Sonia. Mi gei di biso'n hwn.'

'Ond . . . ond alla i ddim piso yn y peth hyll yna. Be 'swn i'n cael inffecshyn?'

'Duw, mi ro i bapur rownd ei ochra fo a chydig o sent ac mi fydd o'n ddigon del i hyd yn oed Gliopatra biso ynddo fo.'

Cafodd hyd i bapur pinc fu unwaith ar focs siocled a thaenodd o'n daclus rownd ceg y tun paent. Yna, chwistrelliad helaeth o bersawr rhad ac roedd y pot yn barod. Haliodd Sonia ei nicyrs i lawr o dan ei phengliniau a sgwatiodd ar yr hen dun paent. Clywyd sŵn fel pe bai argae Tryweryn wedi rhoi wrth i Sonia lenwi'r tun i'w ymylon. Yna haliodd y nicyrs yn ôl i'w lle ac eisteddodd ar y soffa cyn estyn am wydraid arall o ddŵr.

'Mi a' i â fo i'r cefn i chdi,' meddai Rhys gan gythru am y piso.

'Diolch, Rhys,' a chwythodd gusan i'w gyfeiriad.

Brysiodd Rhys â'r tun i'r gegin. Chwiliodd ar hyd y silffoedd am botel addas ac o'r diwedd glaniodd ei lygaid ar botel lwcosêd oedd bron yn wag. Gwagiodd hi a'i golchi dan y tap cyn ei llenwi â phiso Sonia.

Teimlai'n llawer hapusach erbyn hyn; doedd ond gobeithio rŵan y dangosai'r teclyn nad oedd Sonia'n disgwyl. Teimlai fel peint a phenderfynodd fynd i lawr i'r *Darian*. Rhoddodd y newyddion da i Huw, cafodd dri pheint ac aeth adref.

Roedd Sonia'n dal ar ei thraed, neu o leiaf roedd hi â'i thraed i fyny ar y soffa. 'Rhys, 'nei di nôl mwy o lwcosêd i fi fory. Dwi wedi gorffan y botal yna oedd yn y cefn,' meddai.

Syrthiodd calon Rhys. Roedd Sonia wedi yfed ei phiso ei hun.

'Ym . . . y . . . ia, mi wna i. T'isio . . . t'isio piso eto?'

'Dwi wedi gneud,' meddai. 'Mae'r tun yn llawn. 'Nei di ei wagio i mi?'

Doedd dim raid gofyn ddwywaith. Cydiodd Rhys yn y tun a'r botel lwcosêd a diflannodd i'r gegin. Ail-lanwodd y botel â phiso a rhoddodd hi o'r golwg ger y cornfflêcs yn y cwpwrdd.

Cafodd Rhys gysgu ar ei ben ei hun. Doedd Sonia ddim am fentro i fyny'r grisiau a chysgodd ar y soffa.

Pan gyrhaeddodd y swyddfa fore trannoeth, roedd Marilyn wedi cael y teclyn o'r fferyllydd. Aeth y tri allan i'r maes parcio. Tynnodd Rhys y botel allan o boced ei gôt tra tynnodd Marilyn y pric o'i becyn. Ag un llaw, gollyngodd y pric i'r piso tra cydiai yn y cyfarwyddiadau â'r llaw arall.

'Mae y cyfarwyddiadau yn dweud . . . os ydyw y pric yn troi

yn glas yna mae'r merch yn beichiog . . . '

Edrychodd y tri ar y pric. Roedd yn dal yr un lliw.

'Ysgydwa chydig ar y pric,' gorchmynnodd Huw a rhoddodd Marilyn dro iddo. 'Tynna fo allan i ni gael gweld yn iawn,' a thynnwyd y pric allan eilwaith.

''Di o . . . 'di o'm 'di . . . newid ei liw . . . ' meddai Rhys.

'Tria fo unwaith eto,' a rhoddwyd y pric yn ôl yn y botel lwcosêd a'i droi'n araf, ond gwelwyd dim golwg o'r lliw glas.

Neidiodd Rhys am yddfau Huw a Marilyn a neidio i fyny ac i lawr. 'Blydi . . . blydi grêt! Dydy Sonia ddim yn disgwyl!' Rhedodd o gwmpas y maes parcio fel un wedi colli'i bwyll.

'Be ddiawl 'di'r holl sŵn yma?' Roedd Gwendolyn newydd orffen ei bwletin.

'Nid yw Rhys yn mynd i fod yn dad,' atebodd Marilyn.

'Gobeithio ddim, wir. Pwy fysa isio un arall fath ag o. Rhys! Wyt ti wedi gorffen golygu tapia Melfyn Pwyll i mi gael rhoi fy llais arnyn nhw?'

'Do, do. Blydi do!' meddai Rhys gan redeg mewn cylchoedd yn y maes parcio fel gwylan yn chwilio am damaid ar y cei.

'Does 'na'm blydi sens i gael yma,' a brysiodd Gwendolyn yn ôl i'r stiwdio i orffen pecyn Melfyn Pwyll.

Blinodd Rhys ar redeg o gwmpas fel gwylan ac eisteddodd ar foned ei gar. 'Huw?'

'Ia?'

'Sut dwi'n mynd i ddeud wrth Sonia nad ydy hi'n disgwyl? Neith hi ddim fy nghoelio i. Ddoi di efo fi i ddeud wrthi?'

'Oes raid i mi?'

'Plîs, Huw. Mi bryna i beint i ti wedyn.'

Cytunodd Huw ac wedi i Rhys orffen rhoi ei raglen ar yr awyr aeth y ddau draw i weld Sonia. Roedd hi'n gorwedd ar y soffa pan gyrhaeddodd y ddau. Roedd ganddi wydr peint yn llawn dŵr yn ei llaw chwith a banana yn y llall.

'Diolch byth bo chdi 'di cyrradd,' meddai cyn i'r un o'r ddau allu torri gair. 'Ma'r tun piso'n llawn ers meityn.'

Safodd Huw â'i gefn ar y drws tra cerddodd Rhys at y soffa.

'Ti'm yn disgwl, sti . . . '

Edychodd Sonia'n syn arno. 'Be ti'n feddwl?'

'Ti'm yn disgwl babi. Naethon ni dest ar dy biso di ac mae o'n glir . . . '

'Test? Pwy 'nath dest ar fy mhiso i?'

'Ni . . . a Marilyn . . . o'r gwaith . . . Nath hi gael y peth 'ma o'r cemist a naethon ni sticio fo yn dy biso di a nath o ddim troi'n las . . . '

Yn amlwg roedd Sonia'n gwybod am y ddyfais. 'Ond . . . ond lle gest ti sampl o 'mhiso i?'

Cyfeiriodd Rhys at y tun piso ar ganol y llawr.

'Y basdad! 'Nes di gymryd fy mhiso i heb ddeud wrtha i . . . ' a neidiodd ar ei thraed. Camodd at y tun piso a rhoddodd anferth o gic iddo. Yn anffodus, aeth i gyfeiriad Huw a chafodd hwnnw alwyn o biso Sonia drosto.

'Iesu, Sonia, ti'n gall? Dwi'n blydi piso i gyd!'

'Dy fai di ydy hyn. 'Sa Rhys ddim wedi meddwl am y fath beth. Roedd o isio babi efo fi. Chdi sydd isio fo fynd i lyshio efo chdi yn lle aros adra efo fi a'r babi . . . ' a thorrodd allan i grio.

Doedd Rhys ddim yn gwybod beth i'w wneud. Edrychodd ar Huw Cris, ond roedd Huw â'i law ar ddwrn y drws. 'Dwi'n mynd i newid o'r dillad piso 'ma, mae gen i sioe mewn awr,' ac allan â Huw ar frys.

Fedrai Sonia siarad dim. Roedd yn igian a chrio bob yn ail. Doedd Rhys ddim ffansi mynd ati i'w chysuro a chynigiodd wneud paned iddi. Bu'n rhaid iddo fynd ati i olchi dwy gwpan i ddechrau a phan oedd yn disgwyl i'r tecell ferwi daeth Sonia ato. ''Nei di aros efo fi heno yn lle mynd am beint? Dwi wedi cael sioc. O'n i isio babi, sti . . . Mi wnawn ni ista'n gwrando ar weiarles.'

Cytunodd Rhys ar unwaith. Roedd o'n falch nad oedd hi wedi awgrymu trio am fabi. Pan ddaeth Rhys â'r ddwy baned o'r gegin roedd Sonia'n eistedd ar y soffa'n gwrando ar ddiwedd rhaglen Gwendolyn ar Melfyn Pwyll.

'Hei, oeddan ni yn fan'na 'n'doeddan?' meddai. 'Dwi'n

cofio'r boi 'na'n siarad.'

'Oeddan,' atebodd Rhys.

'Yn fan'na nath y boi 'na danio rhech.'

'Ia, a chdi,' ychwanegodd Rhys, 'ond fydd hwnnw ddim ar y weiarles. 'Nes i dynnu o . . . ' a chofiodd yn sydyn nad oedd o wedi gorffen golygu'r tâp olaf. 'Blydi hel . . . ' Ond roedd yn rhy hwyr. Clywyd sŵn anferth o rech ac yna clec a 'Da . . . da iawn, musus. Un dda oedd honna.'

'Mi oedd o ar y weiarles, Rhys . . . ' meddai ond roedd Rhys â'i ben yn ei ddwylo.

'Ma hi wedi cachu arna i rŵan . . . '

Doedd Sonia ddim yn deall beth oedd y broblem, a phan ddechreuodd rhaglen roc-a-rôl Huw Cris roedd hi am ddawnsio. Cydiodd yn Rhys a'i godi o'r soffa. Cafwyd cân ar ôl cân ond erbyn y chweched roedd Sonia'n dawnsio ar ei phen ei hun. O'r diwedd, daeth toriad. Cafwyd hysbys am Westy'r Brython fel lle da i gael cinio, siop Wil Bwtsh a'i gig gorau yng Ngwynedd ac yna daeth llais Huw yn ôl – ond nid i gyflwyno record.

'Os 'dach chi isio pryd o fwyd gwerth chweil, allwch chi ddim gwneud yn well na galw i siop dships Nobi – Y *Golden Cod*. Ie, y Codsun Aur yw'r gorau yng Nghaernarfon . . . '

Roedd pen Rhys yn ôl yn ei ddwylo. Doedd hi ddim wedi bod yn noson dda i Radio'r Ardal . . .

7. Dwyn ffrwyth

'Sut wyt ti, was?' gofynnodd llais cryglyd un oedd yn eistedd ar y pafin y tu allan i'r Spar ar y Maes. Bando oedd yno. ''Nei di ddim dod â phedwar can o lagyr cry i mi?' meddai gan estyn papur pum punt budur i gyfeiriad Rhys. 'Dwi'n band o fan'ma rŵan, hefyd.'

Cymerodd Rhys yr arian ac aeth i mewn i'r siop. Roedd o angen rhywbeth i swper gan nad oedd dim yn y tŷ – dim Sonia na bwyd – pan gyrhaeddodd adref. Estynnodd at borc pei a chyda'r lagyr dan ei fraich aeth i dalu.

Roedd Bando'n disgwyl yn awchus am y lagyr pan ddaeth Rhys allan. Cydiodd yn un o'r caniau'n syth, ei agor ac yfed ei hanner ag un llwnc. Sychodd ei geg â'i lawes. 'T'isio un?' gofynnodd Bando.

Roedd ffansi diod yn uffernol ar Rhys, ond doedd o ddim wedi syrthio mor isel lle'r oedd yn yfed caniau o lagyr cry efo Bando ar y pafin ar y Maes. 'Awn ni lawr i'r cei,' meddai, 'tra mae'r haul 'ma allan.' O fewn dim roedden nhw'n eistedd ar y cei a'u coesau'n hongian dros yr ochr. Tynnodd Rhys ei bei allan.

'Porc pei 'di honna?' gofynnodd Bando gan lyfu ei geg.

'Ia,' atebodd Rhys gan dynnu'r papur.

''Di hi'n un neis?' gofynnodd Bando pan roddodd Rhys y bei yn ei geg.

Cymerodd Rhys rai eiliadau i gnoi a llyncu'r darn cyn ateb. 'Ydy.'

'O . . . Dwi'm 'di cael un fel'na ers peth amser.'

Roedd Rhys yn dal i gnoi a llyncu ond erbyn hyn roedd

dannedd melyn Bando wedi nesáu ato. Cododd pwl o gyfog ar Rhys.

'Dyna chdi, 'ta,' meddai gan wthio'r hyn oedd yn weddill o'r bei at Bando ac estyn am y can lagyr.

Roedd haul yr hwyr yn taro'n gynnes ar bennau'r ddau. Gorweddai Bando ar ei hyd yn yfed ei lagyr tra oedd cefn Rhys ar un o'r polion clymu cychod.

'Rhys 'di d'enw di, 'ndê?'

'Ia.'

'Jyrnalist oeddat ti, 'ndê, a dî-jê wyt ti rŵan 'ndê, yn ôl Huw Cris?'

'Ia.'

'Fyddi di'n cael sgŵps a phetha? Dal bobol yn ffegio ac yn dwyn a phetha felly?'

'Ym . . . weithia, 'ndê.'

'Ti'n gwbod bod 'na fanc-robyr yn byw wrth ymyl Mam, yn dwyt?'

Rhoddodd Rhys y can lagyr i lawr.

'Oes tad. John James. Oedd o'n 'rysgol efo fi, ond fod o'n fengach yndê. Mae o wedi dwyn o fanc yn Conas Cî. Jesi 'dan ni'n ei alw fo rŵan.'

'Naethon nhw ddim ei ddal o?' gofynnodd Rhys.

'Naddo, na chwaith ar ôl iddo ddwyn o fulding-sosaiyti yn Rhyl.'

'Ti'm 'di deud wrth copars?'

'Fi! Fysan nhw ddim yn fy nghoelio i . . . a beth bynnag fysa Jesi ddim yn rhy hapus.'

'Na 'sa siŵr.'

'Mae 'na sôn ei fod o am ddwyn yn nes adra'r tro nesa.'

'Sut ti'n gwbod?'

'Gwbod y petha 'ma, 'ndê,' meddai Bando gan daflu'r can lagyr olaf i'r dŵr. 'Pryna di beint go-iawn i mi, ac mi a' i â chdi i weld Jesi James.'

Ymlwybrodd y ddau tuag at y *Mona*. Eisteddodd Bando ar y wal mor bell â phosib o'r dafarn ac aeth Rhys i mewn i nôl dau beint.

'Esu, peint go-iawn cynta ers misoedd,' meddai Bando a'r ewyn yn dew ar y blew oedd ar ei wyneb. 'Mi orffennan ni hwn . . . ac ella . . . cael un bach arall . . . ac mi awn i fyny i weld Mam. Ella neith hi adal fi mewn am fod 'na rywun gweddol gall efo fi.'

Ond doedd yna ddim ail beint i Bando. Roedd y tafarnwr wedi ei weld efo'r gwydr peint yn ei law, ac wrth i'r ddau redeg i ffwrdd y geiriau glywodd Rhys oedd bod y ddau'n band o'r *Mona*.

* * *

Rai dyddiau'n ddiweddarach, a Rhys newydd gyrraedd adref o'r gwaith, gwelodd nodyn budur ar y bwrdd. Agorodd o. *Wela i chdi ar Maes am 9 – Bando.* Doedd dim sôn ai naw y bore 'ta naw y nos oedd gan Bando dan sylw ond gan ei bod yn tynnu at naw yr hwyr, mi aeth Rhys i lawr i'r Maes. Roedd hi'n dechrau tywyllu a doedd yna fawr o neb i'w weld o gwmpas. Penderfynodd gerdded tuag at y coed ger y banc. Doedd neb i'w weld yno chwaith nac yn nrysau'r siopau'r ochr arall i'r Maes. Cerddodd at y post.

'Psst!' Daeth sŵn o du ôl i un o'r meinciau, a daeth wyneb budr i'r golwg.

'Blydi hel, Bando! Chdi sy 'na?'

Nodiodd Bando. 'Mi dwi wedi trefnu i chdi gael cyfarfod Jesi James.'

'Da iawn, Bando.'

'Ges i uffar o job i'w berswadio fo i dy weld di. Ond mi ges i o'n diwadd. Job sychedig, sti . . . beth bynnag 'di d'enw di.

'Rhys.'

'Sgin ti'm ffansi prynu chydig o gania i mi o'r Spar 'cw.'

Doedd Rhys ddim eisiau colli cyfle fel hwn – a cholli cael y blaen ar ei gyn-gydweithwyr yn y Bîb, ac felly aeth draw i brynu pedwar can o lagyr i Bando. Pan ddaeth yn ôl, agorodd

Bando'r can cyntaf heb ddweud gair. Yfodd ei hanner. Yna torrodd wynt.

'Esu, roedd hwnna'n dda rŵan. Diolch i ti, Rhys.' A dechreuodd y ddau gerdded tuag at un o stadau tai cyngor y dref. Roedd Bando wedi gorffen y caniau erbyn iddyn nhw aros y tu allan i rif pum deg saith.

'Fan'ma mae Jesi James yn byw?' gofynnodd Rhys dan ei wynt.

'Na, meddwl o'n i y byswn i'n galw i weld Mam. Dwi'm 'di gweld hi ers dyddia,' a bu raid i Rhys ei ddilyn i'r tŷ.

Roedd y tŷ fel pìn mewn papur. Doedd dim ôl cyfoeth yno, ond roedd popeth yn lân ac yn ei le. Eisteddodd y ddau. O fewn dim agorodd y drws, a daeth hen wraig benwyn i mewn.

'Richard, be ti'n da 'ma?'

'Galw heibio Mam,' a chododd i geisio rhoi cusan iddi. Ond chafodd o ddim cyfle.

'Ti bod yn yfad eto'n do, 'r mochyn! Dos o'ma! Dos o'ma! A chditha wedi gaddo rhoi'r gora iddi.' Ceisiodd Bando roi ei fraich amdani, ond gwthiwyd o ymaith. 'Cerwch o'ma'r alcis uffar!'

Erbyn hyn, roedd Rhys wedi codi o'i gadair ac wedi'i hanelu at y drws. Daeth Bando ar ei ôl a chaewyd y drws yn glep ar eu holau. Ddywedodd Bando ddim am ennyd, dim ond cymryd arno bod rhywbeth yn ei lygaid. 'Tyd, ma Jesi'n byw yn tŷ pen.'

Doedd yna ddim giât i'w hagor, dim ond bwlch yn y wal, ac mi roedd y drws ffrynt yn hanner agored. Gwaeddodd Bando cyn mynd i mewn. 'Jesi, wyt ti yna?'

Clywyd llais merch yn chwerthin i ddechrau ac yna, 'Pwy uffar sydd yna?'

'Bando . . . a dwi 'di dod â'r dî-jê efo fi.'

Edrychodd Rhys o'i gwmpas. Dim ond y fo a Bando oedd yna. 'Chdi 'di'r dî-jê,' meddai Bando wrtho dan ei wynt. 'Ti'n chwara recordia ar weiarles yn dwyt?'

Chafodd Rhys ddim cyfle i gytuno nac anghytuno gan y bu raid iddo ddilyn Bando i dŷ Jesi. Er mai tŷ cyngor oedd o, doedd yno'r un pared ac roedd yna risiau agored yn arwain i fyny i'r llofft. Doedd dim golwg o gegin, dim ond peiriant meicro-don ar fwrdd wrth ymyl pentwr o focsys pitsa gwag. Roedd moto-beic gloyw yn un gornel a gitâr yn y llall, ac ar ganol y llawr roedd nifer o glustogau swmpus.

O'r llofft y deuai'r chwerthin a'r tuchan. Mentrodd y ddau i fyny'n araf. Un ystafell fawr oedd yno gyda'r nenfwd yn un drych enfawr a'r waliau wedi'u gorchuddio â sidan du. Ar y llawr roedd matres anferth, ac ar y fatres ddau gorff yn gwingo dan ragor o sidan du.

Pesychodd Bando a daeth dau ben allan. Jesi oedd un a merch benfelen oedd y llall. "Ma fo'r dî-jê,' meddai Bando. Cododd Jesi a cherdded yn noeth at fwrdd bychan i estyn paced o sigaréts. Tybed ai efo'r arf rhwng ei goesau roedd Jesi wedi dychryn merched y banciau?

'Pa records fyddi di'n chwara?' gofynnodd Jesi wedi tanio sigarét iddo'i hun a'r benfelen.

Llyncodd Rhys ei boer. 'Y . . . y . . . blŵs, sôl, Meic Stevens . . .'

Cymerodd Jesi lond sgyfaint o fwg. Syllodd ar y wal am rai eiliadau. Yna cerddodd at Rhys a gosododd ei drwyn lai na modfedd oddi wrtho. Camodd Rhys yn ôl gan roi ei gefn ar y wal. 'Na, na,' meddai Jesi. 'Dim dyna dwi isio . . . Meic Stevens, sôl, blŵs . . . yn y drefn yna,' a rhoddodd Rhys ochenaid o ryddhad.

'Tyd, Bwbi,' meddai Jesi wrth y benfelen, 'ma shagio'n codi sychad uffernol arna i.' Nodiodd Bando, er mae'n siŵr nad dyna gododd ei syched o. Cododd y benfelen yn noethlymun borcyn a dilyn Jesi i lawr y grisiau. Eisteddodd â'i choesau'n lled-agored ar un o'r clustogau tra oedd Jesi'n estyn diod o'r rhewgell.

Wyddai Rhys ddim ble i edrych a cheisiodd godi sgwrs â hi er mwyn gallu canolbwyntio ar ei hwyneb. 'Un o ffor'ma 'dach chi, Bwbi?'

'Na, Rhyl,' atebodd cyn estyn am y can lagyr oer a gynigiai

Jesi iddi. Doedd llygaid Bando ddim ar Bwbi ond ar y ffrij llawn caniau cwrw. O'r diwedd, estynnodd Jesi un iddo. Doedd gan Bwbi fawr o awydd y lagyr a rhoddodd un fraich yn dynn am Jesi a'r llaw arall yn mwytho top ei goes. Er bod y lagyr yn oer fel dŵr Saibiria, chwysai Rhys chwartiau.

'Dî-jê,' meddai wrth Rhys. 'Dwi'n cael parti yma nos Sadwrn . . . a dwi isio dî-jê. Chdi. Dwi isio chdi chwara'r miwsig gora sgen ti o wyth tan saith bora Sul. Ocê?'

Nodiodd Rhys. Trodd Jesi at Bando. 'Cyma ddau gan o'r ffrij a cerwch o'ma. Ma Bwbi'n barod amdani unwaith eto.'

Cododd y ddau a mynd allan drwy'r drws. 'Bando, ti'm yn gall. Sgen i'm stwff dî-jê. Ma gen i records yn gwaith ond sgen i'm gêr i chwara nhw . . . '

Allai Bando mo'i ateb yn syth. Roedd can lagyr agored ymhob llaw a drachtiai ohonyn nhw bob yn ail. 'Paid â phoeni, Rhys. Mi a' i weld Brian y Dî-Jê Byddar. Mi gei di fenthyg ei gêr o.'

* * *

'Sgen ti ffansi mynd i ddisgo?' gofynnodd Rhys i Marilyn wrth iddi adael y swyddfa un noson.

'Disgo, Rhys! Paid â bod yn henffasiwn. Rêf mae pawb yn eu cael y dyddiau hyn.'

'Sgen ti ffansi mynd i rêf, 'ta?'

'Ble mae o?'

'Yng Nghaernarfon.'

'Pwy 'di'r dî-jê?'

'Fi.'

Roedd Marilyn ar fin chwerthin, ond doedd hi ddim eisiau brifo teimladau Rhys. 'Ti? Be wyt ti'n chwarae? Tystion, Eminem, Pep Le Pew . . . ?'

'Meic Stevens,' atebodd Rhys.

'Meic Stevens?'

'Ia,' meddai Rhys. 'Ma Jesi'n licio Meic Stevens,' a bu raid iddo egluro pwy oedd Jesi, er na wnaeth egluro pa yrfa roedd hwnnw wedi penderfynu ei dilyn.

Cytunodd Marilyn i ddod gydag o.

* * *

Erbyn nos Sadwrn roedd Rhys wedi cael benthyg sbectol dywyll a siwmper a hwd arni a wisgai dros ei ben. Cyrhaeddodd efo Marilyn yn nhŷ Jesi am hanner awr wedi saith a chymerodd y banc-robyr ffansi ar unwaith at Marilyn.

'Dos di i'r cefn. Ma'r dec yna'n barod i chdi ac mi wna i ddangos fy batshelor-pad i'r slym 'ma.'

Doedd y 'slym' wedi gweld dim byd tebyg, ar wahân i mewn ambell ffilm o'r chwe degau gâi eu dangos ar bnawniau gwlyb. Gwthiodd Jesi hi ar y gwely sidan du a pharatodd i agor ei falog, ond roedd Marilyn wedi cael gwersi yn yr ysgol Sul ar sut i ddod allan o sefyllfa debyg a chyn i Jesi gael y twlsyn tew allan, roedd hi wedi gwibio i lawr y grisiau a'r erfyn yn pwyntio at wely gwag.

Roedd y dec recordiau wedi'i osod ym mhen pella'r ardd a gwifren yn rhedeg o'r polyn lamp ar y stryd iddo gael trydan. Tynnodd Rhys ei recordiau allan yn ofalus a'u gosod yn barod i'w rhoi ar y trofwrdd. Roedd nifer o'r gwesteion wedi cyrraedd ac yn eistedd yn blith-draphlith yn yr ardd ac ar y waliau oedd yn ei hamgylchynu. Daeth Marilyn allan â chan o gwrw oer iddo.

'Diolch, Marilyn,' meddai. 'Dwi'n meddwl 'mod i'n barod. Faint o'r gloch 'di hi, da?'

Ond cyn iddi ateb, daeth llais o ffenest y llofft. 'Hei, Dî-jê, ma hi'n wyth o'r gloch. Dwi isio miwsig.'

Pwysodd Rhys un o'r botymau, dechreuodd y trofwrdd droi a chafwyd nodau cyntaf 'Hwdini'. Stopiodd y mân siarad ac edrychodd pawb i gyfeiriad Rhys. Cododd ambell un a dechrau cerdded tuag ato.

Yna agorodd drws y tŷ. Jesi a Bwbi oedd yno, y ddau

wedi'u gwisgo mewn lledr du. Edrychodd Jesi o'i gwmpas.
'Dawnsiwch, y ffycars . . . '

Cododd pawb ar unwaith a dechrau dawnsio i nodau anghyfarwydd Meic Stevens. Cymerai Jesi a Bwbi ddarn helaeth ynghanol yr ardd. Roedd rhywun wedi dringo i fyny polyn lamp y stryd ac wedi troi'r golau fel ei fod yn taro ar y ddau'n dawnsio. Ceisiai'r gweddill wneud yr un ystumiau, ond roedd nifer ohonyn nhw dan ddylanwad alcohol a mwg drwg a'r gorau y gallen nhw wneud oedd sefyll a syllu ar y sêr.

Aeth Rhys drwy ei gasgliad o Meic Stevens a Jesi'n curo'r awyr â'i ddwrn gyda phob cân newydd. Y nesa ar y dec oedd Muddy Waters, yna John Lee Hooker, a Lightning Hopkins. Cafwyd Otis Redding, James Brown ac Aretha Franklin.

Safodd Marilyn yn dynn wrth ei ochr gan wrthod pob cynnig i ddawnsio. Doedd hi ddim yn hoffi golwg Jesi a'i griw, yn enwedig wedi i Rhys egluro, beth amser yn ôl, yr hyn oedd ar feddwl y rhan fwyaf o fechgyn Caernarfon. Treuliodd ei hamser yn cario caniau o lagyr i Rhys gan nad oedd fiw iddo adael ei waith.

Ond ychydig o sylw a gâi hi gan Rhys. Roedd Rhys yn ei fyd bach ei hun; cerddoriaeth orau'r byd a chwrw oer, ac roedd yr hwd dros ei ben a'r sbectol dywyll yn cadw'r byd mawr allan. Gyda phob can o lagyr, roedd hi'n mynd yn anoddach darllen y print mân ar y recordiau. Penderfynodd dynnu ei sbectol dywyll. Roedd yn dechrau gwawrio. Roedd wedi bod yn chwarae recordiau am bron i ddeg awr. Roedd Marilyn fel sombi wrth ei ochr. Roedd rhai o'r giang yn dal i ryw fath o ddawnsio, ond roedd eraill wedi paru a gwelid sawl pâr o ddillad isa'n hongian ar y coed gwsberis a sŵn tuchan yn dod o dan y dail riwbob.

'Faint o'r gloch mae hyn yn mynd i orffen?' gofynnodd Marilyn, ond cyn iddo allu ateb daeth Bando i'r fei.

'Lle ti 'di bod drwy'r nos, Bando?' gofynnodd Rhys.

Roedd yn cael trafferth i siarad. 'Lysh . . . lysh . . . ffrij . . . Jesi . . . ' Camodd Bando yn nes ato a rhoi ei fraich am Rhys. 'Lot o

. . . lysh . . . ' Edrychodd Bando i lawr ar y dec recordiau'n troelli. Dechreuodd ei lygaid fynd rownd a rownd gan ddilyn y record. 'Uptight' oedd y gân ac i fyny y daeth cynnwys stumog Bando ac ar draws y dec. Cafwyd tair fflach, un pwff o fwg a daeth y gân i ben.

Roedd Jesi yn pwyso ar sgwyddau Bwbi ac yn rhyw how-ddawnsio yr un pryd. Stopiodd yn stond pan ddaeth y gerddoriaeth i ben. Syllodd ar Rhys ac yna cerddodd eto.

'Be sy 'di digwydd i'r ffycin miwsig?'

'Y . . . y . . . ' Methodd Rhys â rhoi ateb.

Pwysodd Jesi dros y dec a chydiodd yn siwmper Rhys ond wrth wneud hynny gwelodd y pentwr chŵd ar y record, a gwelodd fod yna stwff tebyg yn rhedeg i lawr gên a chrys Bando.

'Chdi sydd wedi ffycin chwdu ar y miwsig, y basdad meddw!'

Cydiodd Jesi yn Bando a'i daflu dros y gwrych i'r lôn. Trodd Jesi at y giang. 'Ma'r parti drosodd. Ma'r dec yn ffycd!'

* * *

Roedd Bando yn eistedd ar y wal gyferbyn â thŷ Sonia pan ddaeth Rhys adref un noson. Roedd golwg rhyfeddol o sobor arno. Wrth i Rhys ddod allan o'r car, gwaeddodd Bando arno, 'Hei, Mistar Dî-jê. Ma Jesi isio gair efo chdi. Mae o isio diolch am nos Sadwrn.'

'Be ddudodd o am y dec?'

'Dydy o ddim yn siarad efo fi ar ôl y chŵd, ond dwi'n dallt fod un o'i giang o wedi mynd i weld Brian y Dî-jê Byddar. Pan nath Brian ddeud ei fod o isio pres am fod y dec wedi difetha, mi gafodd o ddwrn yn ei geg. Mae o'n fud a byddar rŵan. Ond mi ges i negas gan Huwi Mul fod Jesi isio dy weld di . . . heno.'

Wedi pwt o swper, mi aeth Rhys draw am dŷ Jesi. Roedd y drws yn agored unwaith eto ond curodd Rhys y drws. Daeth llais i ddweud wrtho am ddod i mewn. Roedd pedwar ohonyn nhw'n eistedd o gwmpas bwrdd bychan ac am unwaith doedd dim golwg o Bwbi. Roedd rhyw fath o fap neu gynllun o'u blaenau. Pan ddaeth Rhys i'r stafell, taflwyd matiau cwrw dros y darn papur rhag i Rhys weld ei gynnwys.

'Dî-jê, dwi isio chdi fod yn dî-jê permanent i fi. Erbyn dechra wsos nesa, mi fydd gynnon ni lot o bres a 'dan ni'n mynd i brynu tŷ mawr efo pwll nofio a chwara miwsig drwy'r dydd . . . '

'O,' meddai Rhys.

Edrychodd y pedwar ar ei gilydd. 'Ti'n gwbod, mae'n siŵr, be 'di'n job ni, ma'r stori'n dew o gwmpas fan'ma. 'Dan ni'n mynd i wneud job arall. Job fawr. Yr ola . . . ac wedyn riteirio i Sbaen . . . a mi rydan ni isio chdi ddod efo ni fel dî-jê.'

Nodiodd y tri arall.

'Gan bod chdi yma, waeth i ti gael gwbod be 'dan ni'n mynd i neud. Os 'nei di sbragio, ti'n gwbod be ddigwyddith . . . ' a thynnodd Jesi gyllell fawr o'i wregys a'i thynnu ar draws ei wddw.

Llyncodd Rhys ei boer.

'Dim banc, dim bilding-sosaiyti eto . . . fel y Jesi James goiawn, mi 'dan ni'n mynd i stopio'r stêj-coj . . . '

'Wel, fan Seciwricor, beth bynnag,' ychwanegodd Huwi Mul.

'Tyd yma,' gorchmynnodd Jesi. 'Yli,' meddai, gan gyfeirio at y map. 'Dyma glwb y Pentagon. Fan'na ma pres lysh hogia dre'n mynd i gyd. Bora Sul, ma nhw'n gwagio'r tils ac ma Seciwricor yn dod i nôl y pres amsar cinio. Fan'na ma Lôn Gas, ac mae 'na goed yna. Ma Huwi'n mynd i dorri coedan i ddisgyn reit o flaen y fan.'

Sgwariodd Huwi Mul.

'A 'dan ni'n mynd i ddod yno ar ein moto-beics. Mae Jesyn yn fan'ma'n mynd i fygwth y dreifar efo hen twelf-bôr ei daid.'

Tro Jesyn i sgwario oedd hi'r tro hwn.

'A 'dan ni'n mynd i neud ein getawê ar y moto-beics. Reit, hogia?'

Nodiodd y tri.

'Mi wnân ni yrru nodyn i chdi o Sbaen. A dwi isio chdi ddod yno'n syth efo dy recordia, ocê?'

Nodiodd Rhys.

'Dos rŵan, 'dan ni isio gorffan planio,' a throdd Rhys ar ei sawdl ac allan drwy'r drws.

'Blydi hel! Dwi'm isio mynd i fyw i Sbaen!'

* * *

Bu Rhys yn troi a throsi drwy'r nos, hynny yw ar ôl i Sonia fynd i gysgu. Doedd o ddim isio mynd i Sbaen. 'Doedd o'n hapus yn gweithio i Radio'r Ardal? Mi fysa fo'n hoffi cael rhywle i fyw heb Sonia, ond efallai – rhyw ddydd – y câi fynd i fyw efo Marilyn.

Roedd yn ei waith yn gynnar – am unwaith. 'Beth sydd?' gofynnodd Marilyn.

'Tyd yma,' a thywysodd Rhys hi allan drwy'r drws ac wrth bwyso ar y wal fechan y tu allan dywedodd ei stori. ' . . . A dydw i ddim isio dy adael di, Marilyn,' ychwanegodd er mwyn ceisio ennyn ei chydymdeimlad.

'Rhaid i ti dweud wrth yr heddlu.'

'Ond alla i ddim. Mi wnân nhw fy lladd i . . . '

'Mi wnaiff yr heddlu dy gwarchod di. A beth bynnag, mi fydd y gang i gyd yn y carchar. Ac efallai y cei di gwobr gan yr heddlu am dal y lladron . . . ac mi fydd dy enw di ar bwletin newyddion Gwendolyn!'

Meddyliodd Rhys yn galed. 'Ti'n iawn, Marilyn.'

'Wrth gwrs,' meddai a chan fod golwg mor ddigalon arno, mi roddodd ei breichiau amdano a'i gusanu ar ei dalcen.

Aeth Rhys i mewn i'w swyddfa, cododd y ffôn a dywedodd y cwbl wrth yr heddlu.

* * *

Fore Sul, roedd Rhys wedi codi'n gynnar. Roedd wedi sicrhau

bod yna fatris yn ei beiriant recordio ac roedd wedi cael benthyg camera digidol gan gyfaill i Huw Cris, gan ddweud ei fod ffansi mynd i dynnu lluniau ychydig o adar dros yr Abar.

Aeth i lawr i'r cei a cherdded yn araf heibio i glwb y Pentagon ac i fyny am Lôn Gas. Doedd neb o gwmpas. Neidiodd i'r brwgaits, a gorweddodd yn llonydd dan ddeilen lydan rhyw blanhigyn. Curai ei galon fel jac-hamyr bob tro y clywai sŵn moto-beic. Bu'n gorwedd yno am rai oriau, yn gwylio rhai o drigolion y dref yn mynd â'u cŵn i'r parc i gachu.

Yna, ychydig wedi hanner dydd, gwelodd Huwi Mul yn cerdded i fyny'r stryd â sach fawr dan ei fraich. Edrychodd o'i gwmpas, a phan welodd nad oedd neb yno, neidiodd dros y wal ac am y coed. Eiliadau'n ddiweddarach, clywodd Rhys sŵn llifio. Taniodd ei beiriant recordio a chyda'r sŵn llifio yn y cefndir, dechreuodd sibrwd i'r meic. 'Mae un o'r dihirod wedi cyrraedd ac o fewn rhai llathenni i mi, mae o wedi dechrau llifio coeden fydd yn cael ei gollwng yn llwybr y fan arian.'

Yna, distawodd y llifio. Clywodd Huwi'n taro rhech ac yna'n tanio matsen i gael joint i leddfu ei nerfau. Yn y pellter, clywodd fan yn cael ei thanio a'r sŵn yn dod yn nes, ac yna fan fawr las tywyll yn dod rownd y gornel. Taniodd y peiriant recordio unwaith eto.

Clywodd Huwi'n stwyrian. 'Ffy . . . ffy . . . fan . . . '

'Clywaf sŵn y fan yn nesáu a'r lleidr yn paratoi i wthio'r goeden i'w llwybr.'

Roedd y peiriant recordio'n dal ymlaen pan ddisgynnodd y goeden ar draws y ffordd. Recordiodd swn brêcs y fan yn gwichian a rhuadau tri moto-beic yn rhuthro tuag ati. Clywyd sŵn gweiddi ar y dreifar a sŵn bygythiad Jesyn i'r gyrrwr y byddai'n 'chwythu dy ffycin ben di i ffwrdd'.

Ar chwythiad pib, cododd pennau gleision fel cwningod allan o dyllau. Heddlu arfog gogledd Cymru oedd yno. Recordiodd y peiriant yr heddlu'n galw ar Jesi a'i gang i roi eu harfau i lawr a'u dwylo i fyny. Recordiwyd pob bygythiad a rheg o gegau'r pedwar. Cliciai camera Rhys ar y giang oedd fel pedair seren fôr â'u breichiau a'u coesau ar led ar y llawr. Y sŵn olaf ar y peiriant oedd y Faraia Ddu yn rhuthro am garchar Lerpwl ac ynddi bedwar lleidr â'u dwylo mewn cyffion.

Yna mentrodd Rhys allan o'i guddfan. Tynnodd lun neu ddau o'r plismyn arfog ac yna daeth Arolygydd ato. 'Rhys Huws?'

Nodiodd Rhys.

'Diolch yn fawr iawn i chi. Pe bai ganddon ni ragor o fechgyn ifanc fel chi, mi fyddai Caernarfon yn llawer gwell lle i fyw ynddo. Os oes yna unrhyw beth alla i wneud i chi, cofiwch ofyn.'

'Ym, Inspector, ym . . . oes posib cael cyfweliad byr efo chi am yr . . . yr operasiyn.'

'Wrth gwrs . . . '

* * *

Dic Llwynog oedd y cyntaf ar y ffôn i'w longyfarch. 'Da iawn, Rhys. Sgŵp i'r orsaf. Pe bai gen i ddau neu dri fel y chdi, mi fysa 'na dipyn gwell siâp arnon ni.' Yn amlwg roedd wedi anghofio am rech Sonia yn rhwygo'r tonfeddi.

Roedd Gwendolyn braidd yn dawedog. Roedd Rhys wedi ei gwthio oddi ar ei gorsedd – am ryw ychydig beth bynnag. Ond i Marilyn, roedd Rhys yn arwr.

Diwrnod da o waith, meddai Rhys wrtho'i hun. Mi a' i adra'n gynnar am unwaith. Neidiodd i'r MR2 a rhuthrodd tuag at ei gartref yn Twtil.

Wrth agosáu, gwelai bentwr o focsys ar y pafin. Parciodd y car.

'Blydi hel! Fy mhetha i ydy'r rheina!'

Ceisiodd fynd i'r tŷ. Roedd wedi'i gloi o'r tu mewn. Waldiodd y drws. Yn sydyn, agorodd. Roedd Sonia'n sefyll yno a phapur newydd yn ei llaw. 'Yli,' meddai.

'Da, 'ndê,' meddai Rhys.

Cafodd y papur newydd ar draws ei wyneb. 'Da! Rwyt ti 'di

gyrru brawd fi i jêl!'

Edrychodd Rhys yn syn. 'Brawd?'

'Ia, roedd brawd fi, Jesyn, efo gang Jesi, a rŵan mi fydd o'n jêl am byth!' A chaeodd y drws yn glep yn wyneb Rhys.

8. Yn y cachu

'Mae isio mwy o ogla cachu buwch ar yr orsaf 'ma.' Dyna oedd geiriau cyntaf Dic Llwynog yn y cyfarfod wythnosol. 'Mae 'na beth uffar o ffarmwrs yn byw ffor'ma, rhai cyfoethog iawn, rhai'n deud nad ydyn nhw, a does yna byth sôn amdanyn nhw ar Radio'r Ardal. Gwendolyn, dwi isio chdi sôn am ffarmwrs yn dy fwletins newyddion, sôn am brisia ŵyn a ballu . . . '

''Dach chi isio fi chwara "Defaid William Morgan" yn amlach, Mr Llywelyn?' gofynnodd Rhys.

''Sa hynna'n syniad, ond dwi isio mwy na hynna. Dwi isio amball i raglan i ffarmwrs, fath â sgin y Dic Tomos 'na ar Radio Cymru.'

'Mae Sioe Nebo wsos nesa,' cynigiodd Huw Cris.

'Gwych, Huw. Dwi'n falch bod rhywun ar yr un wêflength â fi. Rhys, dwi isio chdi fynd â dy beiriant recordio i Sioe Nebo. Holi ffarmwrs a phetha felly, a chael rhaglen hanner awr. Dyna ni, cyfarfod drosodd,' ac allan â Dic i chwilio am gyfle arall i wneud arian.

'Blydi diolch, Huw! Be uffar dwi'n wbod am ffarmwrs?'

'Ella doi di ar draws Geraint a'i gi,' awgrymodd Gwendolyn gan syllu'n freuddwydiol allan drwy'r ffenest, gydag atgofion am y ffermwr ifanc yn llifo'n ôl i'r cof.

'Mi wna i dod gyda ti,' meddai Marilyn, 'ond bydd rhaid i ti sychu dy draed yn iawn cyn dod yn ôl i'r fflat.'

Erbyn hyn, roedd Rhys yn byw efo Marilyn. Wedi iddo fod yn gyfrifol am garcharu brawd Sonia, doedd yna ddim gobaith mul y câi aros yn ei thŷ hi. Felly, doedd dim amdani ond syrthio ar haelioni Marilyn. Doedd hi ddim yn rhy sicr ar y dechrau, ond pan addawodd Rhys na wnâi geisio neidio i'r gwely ati ynghanol nos, mi gafodd symud i mewn. Ac er mai cysgu ar lawr y lownj ar fatres denau wnâi o, câi noson gyfan o gwsg melys heb lwmp o lard yn tuchan a stryffaglio uwch ei ben.

Roedd Marilyn yn dipyn mwy o fòs arno na Sonia. Roedd rhaid iddo olchi'r llestri ac ambell dro smwddio. Byddai raid iddo hwfro bob yn ail â hi, a châi o ddim bwyta *chips*, dim ond pasta a reis. Câi bwdin yn aml, yr un allai o fwyta â llwy. Deuai Marilyn gydag o'n aml i'r *Darian Fach* i gael sgwrs â Huw Cris a'r hogia, a buan iawn y gloywodd ei Chymraeg. Daeth tinc y Cofi ar ei Chymraeg Byw.

Gan fod yn rhaid i Rhys fynd i'r sioe amaethyddol, teimlai lai o reidrwydd arno i chwarae recordiau a naws amaethyddol iddyn nhw. Roedd wedi awgrymu i Dic Llwynog rai wythnosau'n gynharach y dylen nhw gael cerddoriaeth fyw ar Radio'r Ardal. Hybu perfformwyr Cymreig, yr orsaf ar flaen y gad ac ati. Cytunodd Dic ar yr amod nad oedd yn costio dim i'r cwmni, ond yn well fyth pe bai'n denu hysbysebion o gyfeiriadau gwahanol.

Roedd cael Meic Stevens, felly, allan o'r cwestiwn. Un noson, penderfynodd Rhys, Marilyn a Huw Cris fentro allan o'r *Darian Fach* i chwilio am dalent lleol. Digon gwael oedd yr hyn oedd yn cael ei gyflwyno gan dafarnau'r dre. Dynion yn eu hoed a'u hamser ddylai wybod yn well na cheisio dynwared Elvis a rhyw lefrod bach ifanc â fawr ddim amdanyn nhw'n ceisio canu caneuon poblogaidd y dydd i gyfeiliant peiriant tapiau.

Roedd y ddau wedi cael cryn dipyn o ddiod ond dim ysbrydoliaeth. Roedd hyd yn oed Marilyn yn cytuno mai 'crap' oedd cantorion tai cwrw Caernarfon. 'Rŷm bach bob un i orffen y noson,' meddai Huw Cris. Glynodd Marilyn i'r dŵr potel.

'Sdwff da 'di rŷm,' meddai llais i'r chwith i Rhys. 'Mae o'n dda at y llais.' Trodd Rhys; roedd yr wyneb yn gyfarwydd. 'Chdi sy'n shagio Sonia, 'ndê?' ychwanegodd.

Yn ffodus, roedd Marilyn wedi mynd am bisiad. 'Ym, na dim rŵan. Y . . . wedi bod, yndê. 'Dan ni wedi gorffan rŵan.'

'Welis i chdi'r Dolig dwytha, yn tŷ ni. Ma Sonia'n mêts efo'r fodan 'cw.'

Disgynnodd y darnau i'w lle. Sonia, sbrogs yn ffraeo, a Jango a'i gitâr a'i dôp. Cofiai'r profiad yn iawn. Cofiai gerdded fel petai ei draed mewn pwdin reis a'i ben mewn candi fflos. Os cofiai'n iawn, roedd Jango'n dipyn o gitarydd.

'Jango, 'ndê?' Nodiodd hwnnw. 'Ti'n dal i chwara gitâr?'

'Trio, 'ndê. Ond does 'na neb yn aprisietio fi'n dre 'ma. Maen nhw isio rhyw gachu Status Quo neu Cyntri'n-westyrn. Dydyn nhw ddim yn aprisietio miwsig go-iawn.'

'Ti'n gallu canu hefyd? Yn Gymraeg?'

'Yn Susnag fydda i'n canu fel arfar, y standards yndê. Ond mi fydda i'n canu stwff Meic Stevens weithia. Boi da Meic Stevens, shit-hot, man.'

O'r diwedd, daeth goleuni. O'r diwedd roedd ganddo gerddor ar gyfer *Sesiwn Fyw yn y Tywyllwch*.

'Jango be wyt ti? Be 'di d'enw llawn di?'

'Jango, 'ndê, man. Jest Jango.'

'Ond ma'n rhaid i ti cael syrnêm. Ma gin bawb syrnêm.'

'Doedd gan Elvis ddim.'

'Oedd, Presley.'

'O ia. Ocê, 'na i gael enw Cymraeg. Galw fi'n Jango ap Bilidowcar, 'ta.'

Aeth Rhys ati i wneud posteri yn hysbysebu'r ffaith fod Jango ap Bilidowcar yn fyw ar ei raglen nos Fawrth. Llwyddodd i berswadio dwy o siopau recordiau'r ardal i hysbysebu rywle tua chanol y sioe.

Daeth y noson fawr. Pwysodd Rhys ei geg yn nes i'r meic. 'A heno, yn lle chwara recordia Meic Stevens, mi rydan ni am gael eitem fyw. Sesiwn fyw gynta Radio'r Ardal. Dim Meic Stevens sydd yma, wrth gwrs. Allwn ni ddim fforddio Meic. Ond yma i ganu un o'i ganeuon o – 'Y Brawd Hwdini' – dyma Jango ap Bilidowcar o Gaernarfon. Croeso, Jango.'

'Hai, man. Ie, cŵl ddyn.' Eisteddodd Jango ar gadair wrth yr ail feic a'i lygaid yn syllu i bellter anweladwy.

'Reit, Jango, i ffwrdd â ti.'

Cafwyd rhyw fath o gord o'r gitâr ac agorodd Jango gil ei geg. 'Ie, fi man . . . a Meic Stevens, iê . . . a Brawd Hwdini, waw . . . yn smocio dôp yn Coed Helen, iê . . . '

Torrodd Rhys ar ei draws. 'Mae'n amlwg fod Jango wedi rhoi ei eiriau ei hun i glasur Meic Stevens . . . ' Ond erbyn hyn roedd Jango wedi codi ar ei sefyll ac yn cerdded fel sombi o gwmpas y stiwdio gan ganu 'Shit, man ie, gwd dôp' i diwn oedd yn eitha annhebyg i glasur Meic Stevens. Drwy lwc roedd ei lais erbyn hyn allan o gyrraedd y meic a phwysodd Rhys fotwm a daniodd drac gan Anweledig.

* * *

Pan glywodd Dic Llwynog fod Rhys wedi cael hysbysebwyr newydd i'r orsaf, arhosodd adref o'r Clwb Hwylio'n arbennig i gael clywed y dalent newydd o'r dre. Chafodd o mo'i blesio. Roedd ar y ffôn yn gynnar bore drannoeth.

'Wyt ti'n gall? Dod â'r blydi jynci 'na ar fy ngorsaf i! Os colla i'r drwydded, mi fyddwch chi i gyd ar y clwt.' Ac aeth y ffôn yn farw.

Roedd gan Marilyn ragor o newyddion drwg. 'Rhys, mae'r dwy siop recordiau wedi ffonio. Dydyn nhw ddim yn mynd i dalu am eu hysbysebion neithiwr. Roedden nhw'n defnyddio geiriau mawr fel 'cywilyddus' ac 'anghyfrifol'. Dwi am fynd i edrych yn y geiriadur yn nes ymlaen i gael gweld beth yn union maen nhw'n meddwl.'

Roedd Rhys â'i ben yn ei blu pan ddaeth Huw Cris i mewn. 'Be s'an ti?' gofynnodd. 'Dim shambls neithiwr? Roedd hogia'r *Darian Fach* yn eu dybla'n gwrando ar Jango, ac yn deud bo chdi'm yn gall yn mynd â fo'n agos at y meic. Beth bynnag, mi ges i air efo Tomi Ffurat yn Nebo a dwi wedi trefnu i chdi a Marilyn gael mynd i'r sioe am ddim i wneud dy raglen. Siawns na neith hynny blesio Dic Llwynog.'

Fel hogan o'r dre, doedd Marilyn erioed wedi bod mewn sioe amaethyddol ac edrychai ymlaen yn eiddgar at fynd yno. Onid oedd hi wedi dechrau dysgu Cymraeg drwy enwi anifeiliaid y fferm? Da-fad . . . buwc . . . a clo . . .

Fore'r diwrnod mawr, gorweddai Rhys yn ei sach gysgu ar lawr y lolfa. Clywai Marilyn yn y gegin yn golchi llestri. Canodd cloch y drws. 'Rhys, a wnei di fynd i ateb y drws? Mae fy dwylo i yn trochion i gyd.'

Cododd Rhys yn ei drôns ac aeth at y drws. Agorodd o'n gil-agored. Huw Cris oedd yno. 'Meddwl dod efo'r ddau ohonach chi i'r sioe o'n i . . . i gadw golwg arnoch chi . . . ' A chamodd i mewn i'r lolfa. 'Fan'ma ti'n cysgu?' gofynnodd gan hoelio'i sylw ar y sach gysgu.

'Y . . . y . . . weithia . . . i . . . i mi gael rest . . . '

'Bore da, Huw,' meddai Marilyn pan ddaeth o'r gegin. 'Mi rwyt ti wedi codi'n cynnar.'

'Yn y bora ma'i dal hi, Marilyn. Yrli-wyrm ac ati.' Synhwyrodd Huw yr awyr.

'Gymerwch chi gwpanaid o goffi, Huw?'

'Duw, syniad da. I glirio'r pen 'ma, 'ndê.'

Roedd Rhys wedi gwisgo amdano erbyn hyn ac yn ceisio cael rhyw lun ar ei wallt yn y drych wrth ben y lle tân trydan.

'Dwi wedi trefnu i chdi gyfarfod chydig o ffarmwrs cyn y sioe, Rhys. I gael eu holi nhw ynglŷn â . . . y . . . prisia a ballu . . . a sut mae hi arnyn nhw'r dyddia yma.'

'Duw, grêt Huw. Diolch i ti.'

''Dan ni'n 'u cwarfod nhw yn y *Domen* ar y ffordd i'r sioe.'

'Gawn ni beint bach felly?'

'Un neu ddau, 'ndê. Peidio mynd dros ben llestri . . . '

Nodiodd Rhys ac estyn am y gwpan coffi yr oedd Marilyn yn ei hestyn iddo.

'Marilyn, mae Huw yn mynd â ni i gyfarfod ffarmwrs i ddechra cyn mynd i'r sioe,' meddai Rhys wrth sglaffio rownd o dost.

'Gwych, Huw. Mi gaf i ymarfer fy Cymraeg gyda rhai o meibion y pridd.'

'Faint o'r gloch, Huw?' gofynnodd Rhys.

'Mae'r *Domen* yn agor yn gynnar ar ddiwrnod y sioe. Dwi wedi trefnu i'w cyfarfod nhw am ddeg.'

Edrychodd Rhys ar ei watsh. 'Esu, ma hi'n hannar awr wedi naw rŵan. Ti'n barod, Marilyn?

'Ydw, Rhys. Dim ond estyn fy welingtonau rhag y llaid.'

Doedd ond lle i ddau yn yr MR2 a bu raid i Huw Cris eistedd â'i din ar y bŵt a'i draed rhwng Rhys a Marilyn. Cydiai'n dynn yng nghefn y ddwy sedd wrth i'r car bach wibio tua phentref Llanllyfni.

'Parcia yn y cefn,' meddai Huw Cris â'i wallt a'i farf wedi'u gwthio'n ôl gan y gwynt fel coed arfordir Llŷn. Aeth Huw at y drws cefn a churo deirgwaith. Agorwyd y drws gan ŵr wynepgoch, tew.

'Huw Cris, myn uffar i! Wedi dod i'r sioe?' Chafodd Huw ddim cyfle i ateb ond cydiodd Dic y *Domen* yn ei law a'i lusgo i mewn. 'Esu, dwi'n licio dy sioe di ar y weiarles, Huw. Da uffernol.'

'Ma'r rhain yn gweithio efo fi, Dic. Wedi dod i wneud rhaglen am y sioe ma nhw.'

'Dowch i mewn,' ac arweiniwyd y tri i stafell oedd â'i llenni'n dal wedi cau. Roedd hanner dwsin o ddynion cyhyrog yn eistedd o gwmpas bwrdd tebyg i fwrdd cegin ffarm. Roedd yno un wyneb cyfarwydd i Rhys.

'Glyn Plas, myn uffar i! Wyt ti'n dal yn y côr?'

'Wrth gwrs. Rhaid i ti ddod draw eto rhyw noson,' meddai a phentwr o Ôl-de-brecwast o'i flaen.

''Sa'n well i mi beidio ar ôl y llanast y tro dwytha . . . '

Torrodd Dic y *Domen* ar ei draws. 'Ma'r peint cynta on-ddyhows ddiwrnod y sioe,' ac estynnodd beint bob un.

'Nid wyf fi'n yfed peintiau o gwrw,' meddai Marilyn.

'Neith o les i chdi, del,' meddai un o'r gornel. 'Dwi'n rhoi cwrw i'r fuwch 'cw bob tro cyn sioe ac ma'i blew hi'n sgleinio.

Mi fydd dy flew ditha 'run fath . . . '

Cafwyd sawl peint yn y *Domen* a Rhys yn ceisio'i orau i ddal i fyny â chlecs y ffermwyr. Taniodd ei beiriant recordio sawl gwaith, ond bu raid ei ddiffodd pan gafwyd sawl sylw ar brofiadau efo defaid. Llifai'r cwrw wrth i bob un yn ei dro godi rownd. O'r diwedd, cododd Glyn Plas ar ei draed. ''Sa'n well i ni ei throi hi am y sioe, hogia, neu mi fydd hi drosodd?'

Gwagiwyd pob gwydr. Trodd Rhys at Huw. 'Alla i ddim dreifio rŵan. Dwi 'di cael gormod o lysh.' Roedd hyd yn oed Marilyn dros y limit. Ond doedd dim raid poeni. Roedd ceffyl a thrap Wil-Êfs y tu allan; pentyrrodd pawb i'r cefn a chychwynnodd yr hen geffyl, gan duchan, i fyny'r allt serth am Nebo.

Roedd swyddogion y sioe yn eu disgwyl. Doedd Sioe Amaethyddol Nebo erioed wedi bod ar y radio o'r blaen. Prin y câi sylw yn y papur lleol, hyd yn oed. Parciwyd y ceffyl a'r trap rhwng y Daihatsws a'r Land-Rofyrs a cherddodd pawb yn sigledig tuag at y fynedfa. Roedd gan bawb ei docyn aelodaeth blynyddol a chaent fynd i mewn am ddim. Adnabuwyd Huw Cris yn syth oddi wrth ei lais. 'Chdi di'r boi roc-a-rôl ar y weiarles yndê,' ac estynnwyd llaw iddo. Nodiodd Huw. 'Y peth gora ar y blydi peth, ar wahân i Dei Tomos, yndê. Dyla chdi fod ar yr S4X 'na. Chdi sy'n mynd i neud y program am y sioe?'

'Na, na,' meddai Huw a chyflwynodd Rhys a Marilyn iddo. Tywyswyd y tri i'r maes. Roedd cryn ddwsin o anifeiliaid yn y canol – i gyd â'u perchnogion balch yn eu tywys o gwmpas y cylch.

Trodd Marilyn at Rhys. 'Pam fod gan y ceffyl yna pump coes?'

Edrychodd Rhys ar yr anifail. 'Y . . . y . . . pedair sydd ganddo, Marilyn . . . '

Ond cyn iddo gael gorffen ei frawddeg, torrodd Huw Cris ar ei draws. 'Esu, Marilyn. Ti 'di codi min ar stalwyn Tomi Ffurat.'

Doedd Sioe Amaethyddol Nebo ddim y fwya yng Nghymru. Yn wir, roedd y babell gwrw yn mynd â hanner y maes. Pwysai amaethwyr y fro yn drwm ar fyrddau'r babell gan bwyso a mesur rhagoriaethau'r anifeiliaid a gâi eu tywys o gwmpas y cylch. Mynnai Huw Cris mai yn y babell gwrw y câi Rhys ei gyfweliadau, ac aeth y tri yn syth am y bar.

Cafodd Rhys farn y ffermwyr ar bopeth o brisiau'r farchnad i'r Cynulliad. Cwyno oedd y rhan fwyaf ohonyn nhw, cwyno nad oedd modd gwneud bywoliaeth o ffermio'r dyddiau hyn. Cymaint oedd eu trallod fel bod rhaid iddyn nhw brynu sawl peint o gwrw i gael anghofio am eu caledi. O fewn dim, roedd Rhys wedi llenwi ei dâp a phob ffermwr yn addo gwrando ar Radio'r Ardal pe byddai yna raglen arbennig iddyn nhw arni.

Roedd wyneb Marilyn wedi mynd yn llwyd. Doedd hi ddim yn arfer yfed peintiau a doedd hi ddim chwaith wedi arfer ag arogleuon y buarth. Wrth fynd allan clywyd cyhoeddiad. Ar ganol y cylch, roedd uchafbwynt y sioe ar fin dechrau – Dafydd Twins yn gwneud ei gampau ar ei foto-beic. Ger pabell y beirniaid, roedd gwobrwyo heffer orau'r sioe yn dechrau o fewn dim.

Doedd yr awyr iach yn gwneud dim lles i Marilyn. Gwelwodd a rhoddodd ei llaw dros ei cheg. Dechreuodd ei hysgwyddau godi fesul sgytiad. Yna, rhedodd i du ôl un o'r pebyll a chlywodd Rhys sŵn chwydu a thuchan. Gwyddai'n iawn sut beth oedd chwydu a gwyddai mai'r peth gorau fyddai gadael llonydd iddi.

Yn sydyn, clywodd sgrech a rhedodd Marilyn rownd cornel y babell a golwg wyllt arni. Neidiodd a'i breichiau am Rhys, a daeth pwff o anadl chŵd i'w ffroenau. 'Rhys! Rhys,' meddai gan gyfeirio i gefn y dent. 'Mae yna . . . mae yna . . . ' Ond roedd hi'n cael trafferth cael hyd i'r geiriau Cymraeg a hithau dan y fath fraw. 'Pig . . . big pig,' meddai wedi anghofio'n lân am y cyrsiau Wlpan. Ac ar hynny, daeth anferth o faedd i'r golwg. Welodd Rhys erioed y fath anghenfil yn ei fywyd. Gollyngodd Marilyn a rhedodd y ddau fel dau filgi ar draws y cylch o afael y baedd. Ond gan eu bod yn edrych am yn ôl rhag ofn fod y creadur wrth eu sodlau, welson nhw mo Dafydd

Twins yn sefyll ar handlbars ei foto-beic ac yn symud yn araf hyd ochrau'r cylch. Welodd yntau mohonyn nhw gan ei fod yn sugno cymeradwyaeth y dorf.

Rhys oedd y cyntaf i daro'r moto-beic, ond wnaeth hwnnw ddim disgyn, dim ond dechrau sgrialu ar draws y ring nes i Marilyn ddod ar ei draws. Trawyd y deurod i gyfeiriad arall. I gyfeiriad gwobrwyo'r heffer y tro hwn. Roedd Rhys wedi codi ar ei draed erbyn hyn a gwelai Dafydd a'i foto-beic yn mynd tuag at dwr o bobol. Ger bwrdd bychan, gwelai rywun cyfarwydd. Dic Llwynog, myn uffar i! Roedd cwpan arian yn llaw Dic ac roedd hi ar fin cael ei chyflwyno i ffermwr bochgoch, boliog. Ond chafodd o mo'r gwpan. Trawyd Dic gan y moto-beic, a chyda Dafydd Twins ar ei gefn ar y sedd a'r Llwynog ar ei din ar yr handlbars, dechreuodd y beic ar ei daith o gwmpas ochr allanol y ring.

Roedd y gymeradwyaeth yn frwd, gan y credai pawb fod hyn yn rhan o'r sioe a nifer yn synnu fod dyn mor bwysig â Dic Llwynog wedi cytuno i gymryd rhan yn y fath sioe. Ond theithiodd y beic ddim yn bell. Roedd stondin Merched y Wawr lleol yn llwythog o deisis a jelis . . . ac ar lwybr Dic, Dafydd a'r moto-beic. Plannodd y beic i'r danteithion a'r peth olaf welodd Rhys oedd Dic Llwynog ar ei din mewn fictoria sbynj.

Teimlodd mai gwell fyddai cychwyn yn ôl am y stiwdio i ddechrau golygu'r tâp . . .

9. Dros y dŵr

Un bore braf roedd Huw Cris yn y gwaith cyn Rhys. 'Pssstt . . . ' sibrydodd wrth iddo gerdded drwy ddrws y ganolfan ddarlledu.

Dychrynodd Rhys. 'Be . . . be ti'n neud yma mor gynnar? Oes 'na broblam? Oes 'na rwbath o'i le? 'Di Dic Llwynog yma?'

Ni roddodd Huw ateb i'r un o gwestiynau Rhys, ond gwthiodd ddarn o bapur o dan ei drwyn. 'Yli be dwi 'di ennill.' Craffodd Rhys ar y darn papur. Cyn iddo allu ateb, atebodd Huw Cris drosto. 'Penwythnos i ddau yn Swîdyn!'

'Ond mae o'n deud romantic wicend . . . '

'Duw, uffar ods am hynny. Gawn ni fynd dros y dŵr i lyshio.'

Ar hynny, cerddodd Dic Llwynog drwy'r drws. 'Rhaglen dda neithiwr, Huw. Pawb yn canmol. Cyfarfod golygyddol mewn deng munud.'

Pesychodd Huw. 'Ym . . . Dic, fysa . . . fysach chi'n licio i'r orsaf yma ehangu ei gorwelion?'

Stopiodd Dic yn ei unfan. 'Be . . . secs . . . a phetha felly?'

'Na, na. Rhyw ffansi mynd i Swîdyn mae Rhys a finna. Ym . . . gweld sut le sydd 'na. Fysach chi'n licio i Rhys wneud rhaglen o'i . . . argraffiada o'r wlad?'

'Faint gostith hyn?'

'Dim, Dic . . . dim. Mi awn ni ar gosta'n hunain. Ond mi fysa'n rhaid i ni gael pedwar dê-off. O ddydd Gwenar i ddydd Llun.'

'Ia, iawn . . . rhaglan hannar awr, Rhys . . . ac os doi di o hyd i Gymro yno, hola fo. Tyrd â chydig o fiwsig y lle i ni, hefyd.'

'Y-y-y . . . diolch, Mr Llywelyn . . . ' meddai Rhys cyn i hwnnw ddiflannu i'r swyddfa.

Cyfarfod byr fu'r cyfarfod golygyddol. Canmol Huw Cris a beirniadu Rhys a Gwendolyn. Nodai Marilyn bob gair yn ei llaw-fer ddestlus. Cododd Dic ar ei draed. 'Dyna ni am yr wythnos yma. Mae pawb yn gwybod be i'w wneud . . . mwy o wylwyr a mwy o adfyrts. A sôn am adfyrts. Marilyn, mae Huw a Rhys yn mynd i Swîdyn i wneud rhaglen i ni. Dwi isio chdi ffonio'r trafyl-ejynts i ofyn iddyn nhw hysbysebu tripia i Swîdyn. Reit?' A chododd ar ei draed a diflannu drwy'r drws.

Doedd Marilyn ddim wedi gallu cofnodi'r geiriau olaf. Doedd Rhys ddim wedi sôn am y trip i Sweden. Cododd Gwendolyn i fynd i wneud ei bwletin a rhoddodd hyn gyfle i Marilyn gael mwy o'r hanes.

'Huw sydd wedi ennill trip i ni . . . fi a fo,' meddai Rhys.

'Gaf i dod gyda chi?' gofynnodd Marilyn gan wneud llgada llo bach ar Rhys. 'Mi wna i talu fy ffordd.'

Chafodd Rhys ddim cyfle i ateb. Torrodd Huw Cris ar ei draws. 'Ym, does 'na'm lle yn y cabin ond i ddau.'

'Pan aethum i Ffrainc efo'r ysgol, roedd yna pedwar gwely yn y caban.'

'Ia, llong fach ydy hon. A beth bynnag, fysat ti'm isio bod mewn rhyw gabin bach efo Rhys a finna'n rhechan ben bora ar ôl bod yn yfad lagyr y Feicings, yn na'sat?'

'Na . . . '

'Mi . . . mi . . . mi ddo i â phresant i ti,' ychwanegodd Rhys. 'Un mawr . . . '

Roedd hynny i'w weld yn plesio. Brysiodd Rhys i roi trefn ar ei recordiau rhag bod Marilyn yn ei holi ymhellach.

* * *

Buan iawn y daeth y dydd Gwener. Rhoddwyd dau fag bychan oedd yn cynnwys trôns glân a brwsh dannedd ym mŵt yr MR2 a gwibiodd hwnnw ar hyd yr A55 tuag at wlad y Sais. Wrth i'r cerbyd groesi'r ffin, edrychodd Huw Cris ar ei watsh. 'Ma hi'n amsar peint, Rhys. Tyd oddi ar y motor-wê a ffindia dŷ tafarn.' Trodd Rhys y car i gyfeiriad Caer ac o fewn dim roedd yn cael ei barcio'n ddestlus ym maes parcio'r *Golden Pig.*

'Tŵ peints of strong lagyr,' meddai Huw wrth gyrraedd y bar.

'Ffrom Wêls?' gofynnodd y far-ferch.

'Ies,' atebodd Rhys. Roedd Huw Cris yn rhy brysur i roi ateb gan ei fod yn edrych ar yr hylif euraidd yn byrlymu i'r gwydr.

'Hiyr ffor e short brêc?' gofynnodd y ferch yn gwrtais.

'No, rêp and pilej,' atebodd Huw wrth gythru am y gwydr cyntaf. Doedd hynny ddim yn plesio'r ferch. Mae'n siŵr i'w chyn-deidiau gael eu trin yn o arw gan y Cymry o fewn muriau Caer a chawsant gryn drafferth i gael ei sylw er mwyn archebu peint arall.

Ond wedi'r ail, cafwyd pisiad a chychwynnodd y car bach yn ôl am y draffordd ac i gyfeiriad yr Hen Ogledd. O Newcastle yr oedd y llong yn cychwyn ar ei thaith i Lychlyn ac o fewn dim roedd Rhys yn parcio'r MR2 yn ddestlus rhwng dau Folfo.

'Digon o amsar i gael rhyw ddau beint cyn i'r llong gychwyn,' meddai Huw Cris gan frasgamu i gyfeiriad cwt y cwmni hwylio. Ond siom a gafwyd – doedd dim alcohol ar werth yn y caffi. 'Wel, stori din, Rhys bach. Pan o'n i ar y môr, roedd y Swîds a'r Norwijians yn yfad fatha morfilod ar dir sych. Ac i sôn am y môr, dwi'm 'di bod mewn unrhyw fath o gwch na llong ers i ni fynd ar gwch y ddau bwfftar 'na o Gnarfon.'

Roedd Rhys yn cofio'n iawn sut roedd noson gymdeithasol ar gwch hwylio Capten Milburn Rees wedi troi'n llanast llwyr gyda Huw Cris a Cadi Ffran yn cael eu cario oddi arni ar stretshar.

Gorfodwyd yntau a Huw rŵan i gymryd paned o de ac wedi peth aros, daeth cyhoeddiad ei bod yn amser i'r teithwyr fynd ar y *Princess of Scandinavia*. Cyplau canol-oed a hŷn oedd y rhan fwyaf o'r teithwyr a gwthiodd Rhys a Huw rhyngddyn nhw er mwyn cael bod ar y llong o'u blaenau. Ar flaen y ciw, roedd dau wryw. Astudiodd Huw Cris nhw'n fanwl. Oedd y ffernols yn cydio yn nwylo'i gilydd? Edrychodd unwaith eto. Doedden nhw ddim, ond mi roedden nhw'n cadw'n reit glòs at ei gilydd. Rhoddodd bwniad i Rhys yn ei ochr.

'Watshia'r ddau yna. Dwi'n meddwl mai . . . ' Ond chafodd o ddim cyfle i orffen ei rybudd. Trodd un ohonyn nhw a rhoi gwên gariadus ar y ddau.

Ond cyn gallu ymateb, roedd swyddog yn gofyn am gael gweld y pasbortws. Chafodd Rhys ddim trafferth, ond roedd pasbort Huw Cris bron yn ddeg oed. Roedd ei wallt a'i farf yn ddu fel y frân ac roedd cryn dair stôn yn ysgafnach yn y llun. Gyferbyn â 'galwedigaeth', roedd 'llongwr'.

Brysiodd y ddau i adael eu bagiau yn y caban cyn brysio am y bar. Archebwyd dau beint ac aeth y ddau i eistedd ger ffenest. Syllai Huw Cris ar y môr a'r tir yn prysur ddiflannu dros y gorwel. Daeth deigryn i'w lygaid wrth i atgofion lifo'n ôl. Cofio bod yn hogyn ifanc yn gadael dociau Lerpwl am y tro cyntaf ar un o longau'r White Funnel. Cymry Cymraeg i gyd – ar wahân i ambell Jainî. O borthladd i borthladd, o far i far ac o ferch i . . .

'Ydych chi yn siarad Cymraeg?' torrodd llais benywaidd ar draws ei feddyliau. Pan sychodd y deigryn, gwelodd y benfelen brydferthaf a welodd erioed. 'Fi wedi bod yn dysgu Cym-raeg yn Llanbedr-pont-stiffyn.'

Fedrai'r un o'r ddau yngan gair yn yr un iaith, dim ond syllu'n gegrwth ar y ferch. Roedd hi'n gwneud i Ylrica Jonson edrych yn debyg i Kate Roberts. Doedd yr un ohonyn nhw wedi gweld dim byd tebyg o'r blaen.

'Y . . . y . . . ydan.' Huw Cris oedd y cyntaf i ateb. 'Cymraeg glân, gloyw. Huw ydw i a Rhys ydi hwn ac estynnodd Huw Cris ei law iddi. Roedd croen ei llaw y mwyaf meddal a deimlasai Huw Cris erioed; allai mo'i gollwng, ond roedd Rhys yn aros ei dro.

'Siri ydw i, ac rwyf yn dod o Sweden,' meddai wrth i Rhys syllu i'w llygaid gleision.

'Rhys ydw i, ac rwyf yn dod o Gaernarfon,' meddai Rhys.

'A fi, hefyd,' ychwanegodd Huw Cris. 'Ga' i nôl diod i chdi?'

'A gaf i beint o lagyr, os gwelwch yn dda?' meddai Siri a chododd Huw Cris i'r bar. Pan ddaeth yn ôl, roedd Rhys yn dal i syllu i'w llygaid. Cymerodd Siri y gwydr yn ei llaw, a thywalltodd ag un llwnc hanner ei gynnwys i lawr ei gwddw lluniaidd. Sychodd ei cheg â chefn ei llaw.

'Ni chefais i gwrw mor dda â hwn ers i mi adael Sweden ddau fis yn ôl,' meddai a nodiodd y ddau mewn cytundeb. Gorffennodd y gwydraid gydag un llwnc arall.

Cafodd Rhys bwniad yn ei ochr. 'Dos i nôl peint i'r ferch ifanc, a tyd ag un i mi hefyd,' meddai wrth daflu'r lagyr i lawr i'w fol. Gofynnodd Huw o ble'n Sweden roedd hi'n dod. Ddalltodd hi ddim. 'Yn . . . ble . . . yn Swî-dyn . . . wyt . . . ti'n . . . byw?

Dalltodd. 'Rwyf i yn byw yn Götenborg.'

Goleuodd llygaid yr hen longwr. 'Fan'na 'dan ni'n mynd hefyd,' ond bu raid iddo ailadrodd ei frawddeg yn arafach.

'Da iawn,' meddai Siri. 'Mi gawn ni hwyl yno.'

Nodiodd Huw ac adroddodd y newyddion da wrth Rhys wrth iddo gyrraedd efo tri pheint o gwrw cry' Sweden.

Câi Rhys a Huw gryn drafferth i yfed eu cwrw a syllu i wyneb prydferth Siri'r un pryd. Roedd y ferch benfelen yn bell ar y blaen iddyn nhw efo'r lagyr. Gwenai'n ddel gan ddal ei gwydr gwag o'u blaenau. Llowciodd Huw weddill ei wydr a chododd ar ei draed i nôl rhagor. Prin oedd Rhys wedi gorffen ei beint pan ddaeth Huw yn ei ôl ag un arall iddo. Pan ddaeth yn amser i Rhys fynd i'r bar, jibiodd a dim ond dau beint godwyd.

Penderfynodd Huw Cris ganolbwyntio ar y cwrw. Doedd o ddim yn mynd i adael i ferch – pa mor brydferth bynnag roedd hi – gael y gorau arno wrth yfed lagyr. Cymaint roedd o'n canolbwyntio fel na sylwodd fod y gwynt wedi codi a bod brigau tonnau Môr y Gogledd i'w gweld a'u clywed yn taro'r ffenest. Ond mi roedd Rhys wedi'u gweld, eu clywed a'u teimlo. Roedd y lagyr cry'n troelli yn ei stumog fel trôns mewn peiriant golchi.

Rownd Rhys oedd hi. Roedd gwydrau Huw a Siri'n wag. Gadawodd Rhys ei beint ar y bwrdd a chododd gan anelu'n sigledig at y bar. Roedd ciw mawr o ddynion cyhyrog, blewog o'i flaen. Câi gryn drafferth i sefyll yn llonydd er ei fod wedi lledu ei goesau fel rhai John Wayne. Daeth hyrddiad arall a theimlodd Rhys ei hun yn hedfan tuag at gwpwl oedrannus oedd yn chwarae cardiau ar fwrdd bychan crwn. Un eiddil oedd y wraig a gallai Rhys fod wedi ei lladd yn hawdd pe bai wedi glanio arni. Yn hytrach, cythrodd am y cawr oedd o'i flaen. Cydiodd ym melt ei drowsus, ond doedd o fawr o felt. Torrodd yn ddau, a disgynnodd Rhys ar ei bengliniau. Roedd trowsus y Llychlynwr am ei fferau a chan na wisgai drôns roedd ei din pinc a'i fanflew golau o fewn modfedd i drwyn Rhys.

Wnaeth y cawr ddim trafferthu codi ei drowsus. Plygodd i lawr a chodi Rhys gerfydd ei grys-T. Roedd traed Rhys wedi gadael y llawr a siglai fel pendil o un ochr i'r llall yn nwylo'r cawr. Ddalltodd o'r un gair ddywedwyd wrtho, ac ni allai Rhys ei ateb beth bynnag. Roedd brethyn y crys-T yn gwasgu'n dynn am ei gorn gwddw, ond stopiodd hynny mo'r lagyr rhag codi fel ffynnon o'i stumog. Roedd y cawr ar hanner gair pan darodd y ffrwd o yn ei wyneb. Roedd ei locsyn tew yn dameidiau o'r biffbyrgyr roedd Rhys wedi'i fwyta ynghynt ac roedd gweddill ei ben wedi'i olchi gan chwe pheint o lagyr.

Roedd Siri wedi gweld y gyflafan a gwyddai am gryfder ei chyd-wladwyr. Gadawodd ei chwrw ar y bwrdd a chododd i roi cymorth i Rhys. Rhoddodd wên gariadus i'r cawr, ac yn raddol llaciwyd y crys-T. Llithrodd Rhys yn araf i'r dec. Cymerodd Huw Cris ei gyfle. Rhoddodd Rhys dan ei fraich a'i lusgo i lawr y grisiau i'r caban.

Wedi ei roi i orwedd yn y bync a'r fasged sbwriel wrth ei geg rhag cael rhagor o lanast, dychwelodd Huw i'r bar. Roedd

Siri wedi ymuno â'r cewri mewn cornel a chafodd Huw groeso tywysogaidd a gwahoddiad i ymuno â nhw.

* * *

Agorodd Rhys ei lygaid yn araf. Roedd ei ben fel pe bai'n cael ei wasgu dan stîm-rolar. Clywai chwyrnu yn y stafell. Edrychodd yn y bync uwch ei ben. Doedd dim golwg o Huw Cris. Gorweddodd yn ôl ar ei wely gan geisio anwybyddu'r chwyrnu. Daeth awydd piso arno a rhoddodd ei draed dros yr erchwyn, ond doedd dim modd iddo roi ei draed ar y llawr. Roedd pentwr blewog, blonegog yn gorwedd ar lawr y caban. Roedd Huw Cris, yn amlwg, wedi methu ei gwneud hi am y bync top ac wedi syrthio i gysgu ar y llawr.

Roedd arfordir Llychlyn i'w weld pan gyrhaeddodd y ddau y bar ar dop y cwch. Roedd Siri eisoes yno â'i gwydr bron yn wag. Roedd tri o Lychlynwyr yno efo hi, ond doedd dim golwg o'r cawr â'r belt bregus.

Doedd Rhys fawr o eisiau peint er ei bod bron yn ganol dydd, ond doedd o ddim eisiau i Siri feddwl ei fod yn jibar, hyd yn oed os oedd o. Cododd Huw Cris beint i'r tri a cheisiodd Rhys ei orau i'w ollwng fesul llwnc i'w stumog wag.

'Ydych chi wedi cael rhywbeth i'w fwyta heddiw?' gofynnodd Siri wrth weld Rhys yn dawedog.

'Na, dim ond lysh ma'r Cymry isio,' ond roedd llygaid Rhys ar y dênish pêstris ar y bar.

'Mae Rhys yn edrych yn llwglyd,' meddai a thosturi yn ei llais.

Cochodd Rhys, ond ni allai wenu arni gan fod y gwydr peint wrth ei geg yn araf yrru'r cwrw cryf i lawr ei gorn clac.

'Buasai'n well i chwi fwyta rhywbeth bach. Mi gawn ni bryd iawn yn Götenborg heno wedi cyrraedd,' ac am y tro cyntaf gwelodd y ddau y benfelen yn cerdded tuag at y bar. Daeth yn ôl â thri phlataid o ddanteithion Llychlynnaidd.

Syllodd Rhys yn amheus ar ei blât. Roedd pethau pinc a

llwyd a melyn arno. Ond roedd Huw Cris wedi anghofio mai ond cwrw oedd ar feddyliau'r Cymry ac wedi cythru at ei blât o gorgimychiaid, penwaig a meionês.

Pigodd Rhys ymysg y prôns ac yn amlwg roedden nhw'n hapus ym mherfedd ei stumog gan iddo ddechrau teimlo'n well yn syth. Doedd o ddim am jansio'r gweddill ond roedd rhywfaint o fara brown ar blât ar ganol y bwrdd a helpodd ei hun iddyn nhw.

Roedd pethau'n edrych yn well. Roedd ei stumog wedi setlo ac âi'r cwrw cryf i lawr yn gyflymach . . . ac erbyn hyn roedd Siri wedi dod i eistedd wrth ei ochr. Bob tro yr ysgydwai ei phen wrth chwerthin deuai chwa o'i phersawr i'w gyfeiriad. Be ddiawl oedd y Feicings isio atacio Sir Fôn os oedd ganddyn nhw ferchaid del fel y rhein adra? gofynnodd i'w hun. Teimlai'n hapus ei fyd. Roedd y môr wedi tawelu ac roedd adeiladau bychain gwynion i'w gweld yma ac acw yn y creigiau ar y lan. Soniai Siri am ei mamwlad. Soniai am y bwyd, y diodydd, y gerddoriaeth a'r hwyl ac roedd Rhys ar dân eisiau glanio.

Daeth y porthladd i'r golwg a symudai'r llong yn araf at y doc. Cododd pawb ar eu traed i fynd i nôl eu bagiau. Roedd yna fws arbennig i fynd â chriw'r romantic-wicend yn ôl ac ymlaen i ganol y dref tra oedd yn rhaid i'r gweddill gael hyd i dacsi. Trodd Siri a chusanu Rhys a Huw fesul un. 'Mi wnaf eich gweld chi yn *Jameson's Bar* yn y brif stryd am saith o'r gloch,' meddai cyn eu gadael.

Nodiodd y ddau ac yna syllu ar ei chorff lluniaidd yn gwthio i flaen y ciw.

Glaniodd y llong a ffurfiwyd ciw hir fel cobra i gael mynd drwy'r tollau. Unwaith eto, archwiliwyd pasbort Huw Cris yn fanwl. 'Ti 'di bod yn Swîdyn o'r blaen, Huw?'

'Do,' meddai rhwng ei ddannedd, 'ond dim yn fan'ma.'

Roedd y bysiau'n disgwyl y tu allan amdanyn nhw ac o fewn hanner awr roedden nhw'n aros ar stryd hir lydan gydag adeiladau hardd, modern bob ochr iddi. Geiriau olaf y gyrrwr oedd y byddai'r bws olaf yn gadael am hanner nos.

'Digon o amser i gael sesh felly,' meddai Huw gan frasgamu allan o'r bws gyda'i lygaid fel ffured yn gwibio o un ochr i'r llall. 'Dos 'na'm golwg o dafarn yma.' Cerddodd y ddau i fyny stryd lydan Avenyn oedd yn llawn o siopau moethus. Roedden nhw newydd basio caffi, pan stopiodd Huw yn sydyn. 'Yli, ma nhw'n gwerthu lysh mewn caffis yma. Awn i mewn,' a cherddodd y ddau'n dalog drwy'r drysau gwydr.

Syllodd Huw ar y cownter. 'Tŵ-glas-ol-snala,' meddai.

Syllodd Rhys arno. 'Be ddudist di?'

'Dyna sut ti'n gofyn am gwrw yn Swîdish,' meddai. 'Daeth y geiria'n ôl yn sydyn i mi. Dydw i wedi yfad digon ohono ym mhorthladdoedd y wlad yma, 'ndo?'

Eisteddodd y ddau â'u peintiau o lagyr o'u blaenau yn gwylio'r merched prydferth, penfelyn yn gwibio heibio ar strydoedd Götenborg. 'Dipyn gwell na Chaernarfon, yn tydi, Rhys?'

Nodiodd hwnnw. 'Rho glec iddi. Awn i fyny'r stryd i edrach welwn ni *Jameson's Bar* ac mi gawn ni beint yn rhywle arall cyn mynd i mewn iddo.'

Gadawodd y ddau drwy'r drysau gwydr a cherdded i fyny'r stryd. O bell, gwelsant rywbeth oedd yn debyg i dafarn ac o ddod yn nes gwelsant mai'r bar dan sylw oedd o. Ond roedd caffi arall cyn hynny a chawsant ddau beint yn fan'no cyn iddi daro saith.

Cerddodd y ddau i mewn i *Jameson's Bar*. Roedd hi'n union fel tafarn adref. Bar hir ac arno bympiau cwrw yn rhedeg i lawr un ochr, byrddau a chadeiriau ar yr ochr arall a llawr pren. Chwaraeai cerddoriaeth Saesneg yn isel yn y cefndir. Edrychodd y ddau o'u cwmpas. Doedd neb yr oedden nhw'n ei nabod yno. Aeth Huw Cris i'r bar i ymarfer ei Swedeg.

'Rhys! Huw!' Trodd Rhys ar ei sawdl. Siri oedd yno. Taflodd ei breichiau am ei wddw. Llanwyd ffroenau Rhys â'i phersawr. Cafodd Huw Cris yr un driniaeth.

Trodd Siri at ŵr ifanc main, gwallt golau a phwt o locsyn

ganddo oedd yn sefyll y tu ôl iddi. 'Rhys, Huw. Dyma Rolff, fy nghariad . . . '

Syrthiodd calon Rhys i'w drenyrs. Cariad! Y coc-oen main yna. Fysa *fo* byth wedi gwneud Feicing! Mae'n rhaid bod ganddo goc fel mast Nebo.

Cyn i Rhys gael ateb, trodd Siri at ddwy ferch oedd yn sefyll efo Rolff. 'Dyma fy chwaer, Agi, a fy nain, Rica.'

Syllodd y ddau ar y nain. Rarglwydd, roedd hyd yn oed y nain yn ddelach na rhai lefrod ifainc Gwlad y Gân! Cafodd y ddau gusan bob un ganddyn nhw cyn i Huw fynd yn ôl at y bar a chodi rownd i bawb.

'Rydych chi'n siarad Swedeg, Huw?' gofynnodd Siri.

'Dim ond ambell i air, wedi bod ar y môr am rai blynyddoedd . . . '

Torrodd Rhys ar ei draws. 'Mae o'n dî-jê rŵan.' Trodd Siri at ei theulu a chyfieithu iddynt. Roedd y ffaith fod Huw yn dî-jê wedi creu cryn argraff ar y nain, ac yn ei Saesneg perffaith gofynnodd sut fath o gerddoriaeth roedd Huw yn ei chwarae.

'Roc-a-rôl. Onli roc-a-rôl, Rica.'

Roedd un o ganeuon Bruce Springsteen yn chwarae yn y cefndir a chydiodd y nain yn Huw a'i dynnu i ganol llawr y dafarn. Yn amlwg, roedd hi eisiau dawnsio roc-a-rôl. Pharodd Bruce ddim yn hir, a fuasai Huw ddim wedi para llawer hirach chwaith. Cân ddistawach oedd yn dilyn, a rhoddodd y nain ei breichiau main, gosgeiddig fesul un o gwmpas gwddw Huw. Gwthiodd ei chorff yn dynn yn erbyn ei un o a theimlai Huw yr hwylbren yn ei jîns yn caledu. Chwythai yn ysgafn i'w glust dde. Oedd hyn yn fwriadol, ynteu oedd y nain yn dechrau colli ei gwynt ac yn ystyried rhoi ei henw i lawr am bês-mecyr?

Peidiodd y faled a chyflymodd y bît. Roedd syched fel llew ar Huw ac roedd eisiau eistedd rhag i neb weld y bylj yn y balog. Eisteddai'r pedwar arall wrth fwrdd â'u gwydrau o'u blaenau. Rolff a gâi sylw Siri, ac roedd Agi â'i llygaid yn llygaid Rhys. Huw eisteddodd gyntaf, a gwthiodd Rici ei chorff rhyngddo a'r bwrdd ac eistedd ar ei lin.

Doedd Huw erioed wedi yfed cyn lleied mewn tŷ tafarn. Allai o ddim mynd at ei beint; roedd Rici rhyngddo a'r gwydr a chan fod ei freichiau'n dynn amdani câi'r lagyr lonydd.

Trodd Siri at Rhys. 'Nid yw'r gerddoriaeth yn dda yma. Beth am fynd i rywle arall mwy bywiog?' Nodiodd Rhys heb dynnu ei sylw oddi ar Agi. Ddywedodd Huw Cris ddim; roedd ei geg yn dynn yn un Rici. Pwysodd Siri drosodd at ei nain, a dywedodd ei bod yn bryd iddyn nhw symud i rywle arall.

Gwagiwyd y gwydrau ac aeth y chwech allan i'r oerni. Cydiai'r merched yn dynn yn eu dynion wrth gerdded i lawr y palmant llydan. Trowyd i'r dde ac i lawr ffordd gulach gan aros o flaen adeilad lle'r oedd golau neon yn fflachio'r geiriau *Dancing Dingo*.

Rici a Huw oedd gyntaf i mewn o'r oerni. Perswadiwyd y dynion na wnâi rhagor o gwrw fawr o les iddyn nhw ac archebwyd chwe gwydr o *Kirsberry*. Aeth diod Rici i lawr mewn un cyn cythru am Huw Cris a'i lusgo i ganol y llawr. Roedd y gwirod wedi mynd i'w thraed. Neidiai'n ysgafndroed fel cwningen flwydd ar y llawr dawnsio gan dywys Huw Cris ar ei hôl.

Prynai'r criw rownd, bob un yn ei dro, o'r gwirod piws. Roedd Rhys wedi rhoi'r gorau i ddawnsio ers peth amser ac yn eistedd wrth fwrdd mewn cornel yn syllu i lygaid Agi. Gyda phob joch o'r gwirod âi ei ben yn is ac yn is, nes roedd ei ên wedi cyrraedd y bwrdd. Mwythai Agi ei wallt tra chwaraeai ei throed ddiesgid â'i gwd.

Er mai cerddoriaeth Status Quo oedd yn llenwi'r seler, dawnsiai Huw Cris yn araf gan bwyso'n drwm ar Rici. Roedd honno fel cwningen â letysen yn ei cheg yn mân-gnoi ei glustiau. Roedd y bît yn drech na Rici a dechreuodd ysgwyd ei chorff gan araf lacio ei breichiau a afaelai am Huw Cris. Ychydig a wyddai hi mai dyma a'i daliai rhag disgyn i'r llawr. A phan symudodd hi'n ôl i gael lle i chwifio'i breichiau, disgynnodd Huw Cris yn glewt ar lawr y dafarn. Doedd o ddim wedi brifo; roedd o wedi bowndio fel pêl-rwber wrth daro'r styllod pren. Cododd tri Llychlynnwr cyhyrog a'i helpu i eistedd, ac ymunodd Rici ag o wedi iddi godi rhagor o'r gwirod.

Llyncwyd rhagor o'r ddiod biws a rhoddodd Huw ei ben yn ôl ar y wal a syllu i ben draw'r stafell. Roedd Rhys erbyn hyn yn chwyrnu'n ddistaw â'i ben yn dynn ar y bwrdd pîn ac Agi yn prysur golli diddordeb ynddo.

Yn sydyn daeth y barman draw a golwg mor wyllt ag Eric Goch arno. Gwaeddai a chwifiai ei freichiau ar Rici a'r Huw llonydd. Deffrôdd Rhys. 'Be sydd?'

'Mae dyn y bar yn flin efo Nain,' meddai Siri.

'Pam?'

'Mae hi'n chwarae gyda pidlan Huw . . . a hynny yn gyhoeddus.' Ac aeth Rhys yn ôl i gysgu.

Ond bu raid gadael y *Dancing Dingo*. Cododd Huw ar ei draed wedi iddo ddeall beth oedd y broblem ond bu raid i Rici frysio i wthio ei gwd o'r golwg cyn iddo gerdded allan i wynt oer strydoedd Götenborg.

'Rhys. Mi rydyn ni nawr yn mynd i gartref Nain,' meddai Siri wrth Rhys oedd yn hongian ar sgwyddau Agi.

Gwelodd Rolff dram yn dod i'w cyfeiriad a chododd ei law i'r gyrrwr gael eu gweld. Cysgodd Rhys bob cam tra syllai Huw fel petai mewn trans ar y golau llachar yn gwibio heibio'r ffenest. Wedi chwarter awr o deithio, a'r goleuadau'n mynd yn brinnach, daeth yn amser i adael y tram. Cydiai'r ddau Gymro yn dynn yn eu cariadon newydd; yn fwy rhag y gwynt oer na dim arall.

Cyrhaeddwyd y fflat ac aeth pawb i mewn. Gwelodd Rhys fat croen arth ar lawr; aeth ato, gorweddodd arno, a rhowliodd y mat amdano cyn syrthio i drwmgwsg. Estynnodd Agi am lyfr gan Strindberg.

Doedd Huw Cris ddim mor ffodus. Llusgwyd o gan Rici i'w hystafell wely, a thra bu Siri a Rolff yn sgwrsio dros baned o goffi, clywyd ei duchan yn mynd yn llai ac yn llai ac yn llai . . .

* * *

Pan ddeffrôdd Huw, roedd ei ben a'i gwd yn brifo. Doedd ei gefn ddim yn rhy dda chwaith, a doedd ryfedd. Gorweddai ar lawr pren wrth droed y gwely, heb gerpyn amdano. Clywodd y drws yn agor, a chododd ar ei eistedd. Daeth Rici i mewn, yn noethlymun, yn cario dau gwpanaid o goffi, un ymhob llaw.

Wedi cynnig y coffi i Huw Cris, eisteddodd ar erchwyn y gwely. Roedd Huw wedi ei phlesio'n eitha, meddai, ond pe bai hi'n cael rhyw wythnos gyfan efo fo mi fyddai gystal ag Eroll Flynn.

Wythnos, meddai Huw Cris wrtho'i hun, a fyddai dim ohona i ar ôl. Yn sydyn, cofiodd mai ond am noson roedd o a Rhys yn Götenborg. Neidiodd ar ei draed a chwiliodd am ei watsh. Roedd hi'n ddeg o'r gloch.

Rhedodd o'r stafell. 'Rhys! Rhys! Mae'r llong yn gadael mewn tri chwarter awr!'

Cododd Rhys o blith y blew. 'Llong!? Pa long?' Roedd gweld Huw Cris yn noeth o'i flaen wedi'i ddrysu'n llwyr. Ond wnaeth Huw mo'i ateb, dim ond ei godi gerfydd ei sgrepan a'i lusgo allan o'r blew arth. 'Dos i ddeud wrth Siri fod rhaid i ni gyrraedd y docia ar frys,' a brysiodd yn ôl i'r stafell wely i nôl ei ddillad.

Doedd Rici ddim am iddo fynd, a cheisiodd ei dynnu'n ôl i'r gwely. 'No, no môr secs, Rici. Aim ffycd and aim going hôm.'

Roedd Siri wedi ordro tacsi ac roedd Folfo du y tu allan i'r fflat o fewn deng munud. Neidiodd y ddau iddo a phwyso ar y gyrrwr i bwyso ar y sbardun. Roedd gweithwyr y dociau'n paratoi i godi'r gangwê pan stopiodd y tacsi yn y terminal. Taflodd y ddau weddill y Krona oedd yn eu pocedi i'r gyrrwr cyn brysio i fyny'r grisiau.

Un o'r ddau homo oedd y cyntaf i'w cyfarch. 'Had e gwd taim, bois?' Ond roedd Huw Cris yn rhy wan i'w daro . . .

10. Hwyl yn yr ŵyl

'Ellwch chi wneud rwbath yn iawn? Blydi radio rafins ydy hon! Radio gymunedol ydy hi fod, yn gwasanaethu'r gymuned. Ond be dwi'n gael – jyncis yn methu canu, alcis yn chwalu sioe amaethyddol a . . . Os na fysa sioe Huw Cris gynnon ni, mi fysan ni wedi'n cau i lawr erstalwm. Dw'isio syniad. Rwbath i godi proffail Radio'r Ardal. Rhys?'

'Ym . . . Dic,' meddai Huw Cris tra oedd Rhys yn tyrchu i ddyfnderoedd ei feddwl i geisio cael syniad i achub yr orsaf. 'Be am sioe roc-a-rôl . . . i gapitaleisio ar lwyddiant y rhaglen. Sioe awyr-agored, efo'r goreuon o'r ardal yma. Mae 'na ddigon o ryw sioea gwerin a chanu gwlad o gwmpas yma, ond dim roc-a-rôl. Ac mi lenwith hi Sadwrn cyfa i ti. Mi wnawn ni ddarlledu drwy'r dydd o'r ŵyl.'

'Uffar o syniad, Huw. Dwi isio chdi, Rhys, i gael nawdd i'r sioe. Dwi isio cyfro bob sentan mae hi'n mynd i gostio i mi, ac os wna i elw, gora byd . . . A dwi isio chdi Gwendolyn ddarlledu dy fwletins o'r sioe ar yr awr. Mae angan codi dy broffeil di. O'n i'n meddwl 'mod i'n cael darlledwraig ora'r gogladd 'ma, talu arian mawr, ond ti 'di gneud fawr o farc hyd yma.'

Yn amlwg, doedd hyn ddim yn plesio. Roedd Gwendolyn yn arfer mynd i ffwrdd bob penwythnos efo Dan Dŵr. Roedd o wedi dweud wrth ei wraig bod ganddo uffar o joban plymio fawr yn Bytlins. Ond y penwythnos yma, byddai raid iddi anghofio am y plynjar.

Doedd dim prinder talent roc-a-rôl yn yr ardal, yn ôl Huw. Dim ond rhoi cyfle iddyn nhw oedd eisiau. Soniodd am yr ŵyl ar ei raglen radio a daeth llythyrau lu i'r orsaf gan grwpiau'n cynnig eu gwasanaeth.

Pennwyd dyddiad a bu Rhys yn brysur yn ceisio perswadio gwŷr busnes yr ardal i noddi gwahanol agweddau o'r sioe. Cafodd gryn lwyddiant; yn amlwg roedd gan roc-a-rôl – a Huw Cris yn arbennig – ddilyniant brwd yn yr ardal.

Huw oedd y compêr a byddai gan Gwendolyn ddesg fechan ar gornel y llwyfan ymysg yr amps a'r meics a'r offerynnau. Yno, roedd hi i ddarllen y bwletinau ar yr awr, drwy'r dydd. Roedd hyn, wrth gwrs, yn sarhad mawr ar ddarlledwraig mor adnabyddus â hi. Bu raid i Dic Llwynog fygwth y byddai hi'n colli ei swydd pe byddai'n gwrthod cymryd rhan yn y sioe. Roedd o hyd yn oed wedi bygwth rhoi'r job i Rhys.

Cymerodd Dan Dŵr y newyddion drwg yn dda iawn. Mi roedd o wedi mynd i edrych fel 'tasai o'n bwyta gwellt ei wely ac roedd o'n edrych ymlaen at gael penwythnos distaw efo'i wraig, yn eistedd o boptu'r tân a slipars am ei draed.

Codwyd llwyfan mewn cae dros Bont Rabar a sicrhawyd cymorth hogia cyhyrog y clwb rygbi i gadw trefn ac i sicrhau bod gan bawb docyn. Deuai ceisiadau'n ddyddiol am docyn i'r sioe, ac roedd Dic Llwynog yn rhwbio'i ddwylo mewn gorfoledd. O'r diwedd, roedd arogl llwyddiant ar Radio'r Ardal.

Roedd Marilyn wedi awgrymu y dylai Radio'r Ardal gael crysau-T a beiros ac ati er mwyn hyrwyddo'r orsaf. 'Eu gwerthu, wrth gwrs – nid eu rhannu am ddim,' meddai Dic Llwynog wrth roi sêl bendith i'r syniad.

Un bore Sadwrn, cerddai Rhys a Marilyn i lawr Stryd Llyn. Clywyd cord gitâr mewn drws siop. Yna . . . 'Wan ffor ddy myni, tw ffor ddy siô . . . ' a chamodd Jango allan i'r goleuni.

'Rhys. Sgin ti le i fi ar sioe roc-a-rôl Huw Cris?' meddai a'i wallt hir seimllyd wedi'i gribo'n ôl gan adael cydyn yn cyrlio ar ei dalcen.

'Ym . . . ' Ceisiai Rhys ddweud 'na'. Gwyddai na fyddai Dic am weld Jango o fewn can milltir i'r ŵyl.

Torrodd Marilyn ar draws. 'Mae rhaglen y sioe yn llawn. Mae Huw wedi cael mwy na digon i lenwi'r dydd.'

'O,' meddai Jango â'i wyneb wedi syrthio. 'A finna wedi bod yn practisio caneuon roc-a-rôl ers dyddia,' a thorrodd allan i ganu unwaith eto. Doedd roc-a-rôl ddim yn un o gryfderau Jango; roedd yn fwy o ganwr gwerin, jazz neu flŵs a daeth hynny'n amlwg wrth i ast Wil Sliwan ddechrau udo dros y stryd. Edrychodd Rhys o'i gwmpas yn anghyffyrddus.

Stopiodd y canu gan ei bod yn anodd cystadlu ag udo'r ast. 'Ffansi peint?' gofynnodd Jango wrth dynnu strap y gitâr oddi ar ei sgwyddau.

Edrychodd Rhys ar Marilyn. 'Cer di am un,' meddai. 'Mi af i siopa ac mi wela i ti yn ôl yn y fflat ganol dydd.'

Doedd gan Jango'r un sentan. Doedd trigolion y dre ddim yn gwerthfawrogi ei dalent a bu raid i Rhys dalu am y cwrw. Roedd sgwrs Jango'n ddigon difyr. Traethai am ei deithiau ar draws Ewrop efo'i gitâr, a hyd yn oed cyn belled â Chatmandŵ. Daeth ar draws rhai o sêr y byd pop, meddai, a daeth yn rôdi i ambell un. Pitïai Rhys na fuasai ganddo ei beiriant recordio er mwyn cael yr hanes ar gof a chadw – ac yn arbennig ar gyfer ei raglen radio.

'Yli, bryna i beint arall i ti, os ga' i recordio dy hanas di.'

Nodiodd Jango. Codwyd peint arall iddo a rhuthrodd Rhys i'r fflat i nôl y peiriant. Pan gyrhaeddodd yn ôl, roedd peint llawn a thri gwydr gwag o flaen Jango. 'Ddoth 'na Iancs i mewn,' meddai. 'Oddan nhw isio clwad canu Cymraeg,' ychwanegodd gan orffen ei beint. ''Nes i ganu "Merch y Ffatri Wlân" ac mi ges i dri pheint a tenar ganddyn nhw.'

Ond doedd Jango ddim am dorri'r papur decpunt a Rhys dalodd am y rownd nesaf. Wrth i Jango gymryd cegaid, taniodd Rhys y peiriant recordio. 'Dechra'n dechra . . . ' meddai wrtho, ac aeth Jango'n ôl i'r dechrau, er bod y fersiwn yma braidd yn wahanol i'r fersiwn gafwyd hanner awr ynghynt.

Clywodd Rhys am yr amser y bu Jango'n dilyn y Rolling Stones ar draws Ewrop a'i fod wedi gwrthod mynd efo nhw i'r

Stêts am fod Brijit Bardo yn mynnu ei fod yn aros efo hi yn y Sowth-o-Ffrans. Clywodd sut y bu raid cario Jango oddi yno ar stretshar ac i Edith Piaf gymryd piti drosto ac iddo gael lle yn ei fflat i orffwys. Roedd Edith Piaf, yn ôl Jango, yn rhy fusgrell i feddwl am secs, a fedra hi ddim hyd yn oed ferwi ŵy. Jango fu'n edrych ar ei hôl hi, medda fo, yn ei bwydo a rhoi bàth iddi.

Fan'no fuodd o, meddai, nes cafodd deligram i ddweud bod ei dad wedi'i ladd yn y chwarel. Er i Edith Piaf gynnig miloedd iddo, adref ddaeth o. Roedd teulu i Jango yn bwysicach na phres ac enwogrwydd.

Pallai cof Jango bob hyn a hyn, a byddai raid cael rhagor o gwrw i gael yr olwynion i ail-droi. Cofiodd iddo gael galwad ffôn o Stiniog unwaith. Roedd perthynas o Awstralia'n dod i Brydain ac roedden nhw am i Jango ei rhoi hi ar ben ffordd. 'A dyna sut y daeth Caili Minôg yn enwog,' meddai Jango. 'Ond y rhai mwya enwog ddois i ar eu traws oedd Richard Burton ac Elizabeth Taylor. Ac yn y dre 'ma oedd hynny. O'n i'n ista ar y cei un diwrnod ac mi stopiodd y tacsi 'ma. Tacsi Harri oedd o. Dyma ben yn dod allan. Richard Burton, yn gofyn lle oedd y lle gora i gael peint. "Duw, ddo i efo chdi," medda fi wrtho fo, a nathon ni adal Elizabeth Taylor yn y tacsi efo Harri. Roedd hi isio sbio ar y môr, medda hi. Gathon ni dri neu bedwar, ond roedd Richard . . . neu Dic fel o'n i'n ei alw fo erbyn yr ail beint . . . yn methu dal i fyny efo fi, ac aethon ni'n ôl at y tacsi. Pan naethon ni gyrraedd, doedd dim posib gweld dim drwy'r ffenestri – roeddan nhw wedi stemio i gyd. Wnath Dic agor y drws . . . a ti'n gwbod be?'

Ysgydwodd Rhys ei ben.

'Roedd Harri Tacsi ar gefn Elizabeth Taylor yn y sêt ôl! Esu, oedd Dic wedi myllio ac isio cwffio efo Harri, ond mi es i rhyngddyn nhw ac achub bywyd Harri . . . '

Diffoddodd Rhys y peiriant; roedd bron yn llawn. 'A 'di'r storis 'ma i gyd yn wir, Jango?'

'Bob un wan jac.'

'Grêt, Jango. Fydd o i gyd ar y radio heno.'

Cododd Rhys, rhoddodd bres y tu ôl i'r bar ar gyfer Jango a brysiodd am stiwdios Radio'r Ardal.

Doedd dim rhaid dewis cymaint o recordiau ar gyfer y noson honno gan y byddai cyfweliad Jango'n llenwi hanner awr dda. Ar ddechrau'r rhaglen, cyn hyd yn oed chwarae'r record gyntaf, dywedodd wrth y gwrandawyr fod ganddo egsglwsif. Cyfweliad efo un o'r ardal oedd wedi bod yn cymysgu efo rhai o sêr mwya'r byd. Chwaraeodd dair record gyfarwydd cyn pwyso'r botwm i roi cyfweliad Jango ar yr awyr. Eisteddodd yn ôl yn ei gadair i ymlacio. Daeth awydd paned arno hanner ffordd drwy'r cyfweliad. Ni châi amser fel rheol i adael y stiwdio ond gyda hanner awr wedi'i llenwi'n ddi-dor mentrodd allan.

Canodd ffôn y swyddfa ac aeth i'w ateb. 'Siân Cunningham-Jones sydd yma o Radio Cymru. Mae ganddoch chi berson difyr iawn ar eich rhaglen heno.'

'Oes.'

'Tybed a fyswn i'n cael ei rif ffôn i ni ei gael o ar ein rhaglen ni?'

'Dos i chwara dy nain,' meddai Rhys cyn waldio'r ffôn yn ôl ar y ddesg.

Llanwodd weddill ei raglen â recordiau ac aeth adref at Marilyn i wagio potelaid o win wrth wylio ffilm hwyr cyn mynd i gysgu ar lawr y lolfa.

* * *

Roedd Rhys yn cysgu'n drwm, yn breuddwydio am Meic Stevens, peint o Ginis, Muddy Waters, Marilyn . . . pan deimlodd ddwy law yn ei lusgo allan o'i wely. Ai Marilyn oedd yno, yn methu gwrthsefyll y demtasiwn o'i lusgo i'w gwely a'i reibio . . . ?

'Y basdad gwirion!' Dic Llwynog oedd yno.

'B-b-b-b . . . be?' gofynnodd Rhys, yn eistedd yn ei drôns ar lawr y lolfa.

'Gadal i'r blydi jynci 'na ddeud bod Harri Tacsi wedi bod ar gefn Elizabeth Taylor!'

'Ond . . . ond mi fuodd o . . . '

'Ella wir . . . ond doedd dim angan deud wrth y byd a'r betws! Mae'i wraig o am 'i ladd o . . . ac mae o am ein sŵio ni am bob sentan sydd gynnon ni! Ti 'di cael sac. Dwi'm isio gweld dy blydi wynab di na chlwad dy blydi llais di byth eto!' A brasgamodd Dic Llwynog i lawr y grisiau a rhoi'r fath glep ar y drws nes oedd hyd yn oed castell y dre'n ysgwyd.

Bu Rhys â'i ben yn ei blu drwy'r dydd. Cael sac o'r Bîb, cael sac o Radio'r Ardal . . . lle câi o waith rŵan? Byddai raid iddo fynd yn ôl i weithio y tu ôl i'r bar. Fwytodd o ddim byd ddydd Sul ac aeth i'w wely tua wyth o'r gloch. Allai o ddim wynebu'r byd.

Canodd y ffôn; gwaeddodd Marilyn fod Huw Cris isio gair ag o.

'Mae Dic isio chdi fynd i'r stiwdio i neud dy raglan . . . '

'Ond . . . ond dwi wedi cal sac.'

'Mae o wedi madda i ti. Doedd ganddo ddim dewis. Mae Gwendolyn i ffwrdd efo'r plymar a deudis i na fedrwn i wneud dy raglan di gan y byddai'n gwneud drwg i fy ngyrfa, cael fy nghlywed yn rhy amal . . . wel, i ddeud y gwir, dwi 'di bod ar y lysh drwy'r pnawn a dwi ddim ffit i fynd o flaen meic. Felly, doedd ganddo ddim dewis.'

'Ond . . . ond be am Harri Tacsi?'

'Dwi 'di gneud dîl efo fo; mae o'n cael hysbýs am ddim bob nos am fis . . . ac i ddeud y gwir, mae'i wraig o wedi bod yn mynd rownd dre 'ma'n brolio bod 'i gŵr hi wedi bod ar gefn Elizabeth Taylor . . . er na fuodd o ddim, wrth gwrs.'

Brysiodd Rhys i wisgo a gwibiodd am y stiwdio. Roedd o'n ôl ar yr awyr . . .

* * *

Roedd Dic Llwynog wedi tynnu ei dei ar gyfer yr ŵyl roc-a-rôl.

Camai'n ôl ac ymlaen o'r llwyfan i'r fynedfa gan geisio sicrhau bod pob dim yn mynd fel watsh. Cadwai Rhys yn ddigon pell oddi wrtho; doedd pethau ddim yn rhy dda ers cyfweliad Jango ac roedd ganddo ofn drwy'i din i Jango ddod i'r ŵyl.

Ddiwrnod cyn yr ŵyl a Dic ar ras wyllt yn gadael y swyddfa, gwaeddodd Huw Cris ar ei ôl. 'Ti 'di trefnu i gael bar ar y cae, 'ndo?'

'Bar! Cwrw! Wrth gwrs, naddo. Dwi'm yn mynd i gael rhyw betha meddw yn fy ngŵyl i! Cofia'n bod ni'n fyw ar yr awyr drwy'r dydd . . . '

Daeth y diwrnod mawr. Agorwyd y giatiau am hanner awr wedi naw, a dechreuodd y gynulleidfa ymlwybro'n araf i'r cae, pob un yn drwm dan ganiau cwrw. Roedd rhybudd Huw Cris am ddiffyg bar wedi mynd fel tân gwyllt trwy'r dref.

'Hei! Chdi!' Roedd Dic wedi gweld y caniau. 'Dim cwrw yn yr ŵyl yma . . . !'

'Ond alla i ddim gwrando ar roc-a-rôl drwy'r dydd heb gael lysh,' meddai un barfog.

Camodd Dic tuag ato. 'Does neb yn cael dod â chwrw i'r cae. Mae stondin te Merched y Wawr yn fan'cw.'

Paratôdd y gynulleidfa i droi ar eu sodlau. 'Rho dy roc-a-rôl yn dy din, Dic Llwynog. 'Dan ni ddim yn mynd i yfad te trw'r dydd . . . ti'n gall?'

Gwagiodd cae'r ŵyl ar unwaith. 'Y . . . y . . . gewch chi ddod . . . â chydig . . . Ond dwi ddim isio meddwi a chwffio a rhegi . . . ocê?'

'Iawn,' meddai un hirwallt, oedd eisoes wedi agor can cynta'r dydd.

Buan iawn y llanwodd y cae ac am unwaith roedd gwên ar wyneb Dic. Oedd, roedd hon yn mynd i fod yn ŵyl lwyddiannus.

Don a'r Deinamos oedd y band cynta i gael eu croesawu ar y llwyfan gan Huw Cris. Roc-a-rôl henffasiwn oedd gan yr hogia. Bill Hayley, yr Elvis cynnar a Jerry Lee. Roedd pawb mewn hwyliau da; yr haul yn tywynnu a'r gerddoriaeth at ddant y gynulleidfa.

Dilynwyd Dic gan y *Ravens*, pob un yn ei siwt ddu a'r canwr Cris yn crawcian caneuon Chuck Berry. Buan iawn y daeth hi'n un ar ddeg o'r gloch a neidiodd Dic ar y llwyfan i geisio atal Cris. Roedd hi'n amser y bwletin newyddion!

Doedd hyn ddim wrth fodd y gynulleidfa. Doedden nhw ddim eisiau gwybod beth oedd polisi diweddara'r Cynulliad na bod y Cyngor Sir wedi creu dwsinau o swyddi ym Mhen Llŷn. Taflwyd ambell gan – gwag wrth gwrs – at Dic.

Gwelai Huw Cris fod pethau'n dechrau mynd yn flêr a gwaeddodd ar Gwendolyn i frysio at y meic. 'Dos, brysia, ac ysgwyda dy din wrth gerdded,' oedd y gorchymyn. Daeth dim rhagor o ganiau gwag i'r llwyfan. Roedd y bechgyn i gyd â'u bysedd yn eu cegau yn chwibanu ar Gwendolyn.

'Dyma'r newyddion am un ar ddeg o'r gloch ar Radio'r Ardal. Cyhoeddodd Banc Lloegr fod llogau'n mynd i godi . . . '

'Mae hon yn mynd i godi, hefyd, del,' meddai un mewn siwt felfed â choler ddu o flaen y gynulleidfa.

'Ac mi all hyn arwain at chwyddiant . . . '

'Ti'n iawn, hefyd, del,' meddai un arall gan afael yn dynn yn ei falog.

Roedd Dic bron â ffrwydro. Gwnaeth stumiau ar Gwendolyn i ddod â'r bwletin i ben. Allai o ddim gweiddi ar y gynulleidfa; byddai'n mynd allan ar yr awyr. 'Mae'n rhaid i ni gael bwletinau newyddion neu gawn ni ddim trwydded i ddarlledu. Be uffar wnawn ni, Huw?'

'Yli, Dic, mi rown ni fwletin am ddau a phump. Mi ofynnan ni i bwy bynnag fydd ar y llwyfan i chwarae'n ddistaw ac mi geith Gwendolyn ddarllan y newyddion dros y miwsig.'

'Huw, syniad gwych. Da iawn,' ac aeth Dic i babell Merched y Wawr i gael paned.

Âi'r dydd o dda i well. Roedd cae'r ŵyl yn llawn i'w ymylon, ac er bod y cwrw'n llifo o'r caniau, roedd pawb mewn hwyliau da a'r un gair croes gan neb.

Uchafbwynt y pnawn oedd Big Ben a'r Clociau. Ac roedd

Ben yn hogyn mawr. Roedd y merched i gyd wedi symud i flaen y llwyfan i'w wylio – neu ran ohono, beth bynnag. Tra deuai 'Shaking All Over' o'r larincs, ceid 'Great Balls of Fire' o'r falog. Gwyliai Gwendolyn y cyfan o ochr y llwyfan. A gwyddai Ben hynny. Cerddodd yn araf tuag ati, cydiodd yn ei llaw a llusgodd hi i ganol y llwyfan. 'Love Me Tender' oedd y gân nesaf. Rhoddodd Ben un fraich yn dynn am ei chanol tra cydiai'r llaw arall mewn meic oedd fodfedd o'i chlust. Perai'r nodau pêr iddi fynd i berlewyg. Aeth ei phengliniau'n wan a bu raid iddi bwyso'n drwm ar Ben.

Hon oedd cân olaf Ben, ac i gymeradwyaeth frwd y gynulleidfa llusgodd Gwendolyn o'r llwyfan. Hi oedd yn mynd i gael yr encôr, nid y gynulleidfa.

Buan iawn y daeth hi'n bump o'r gloch. 'Lle mae Gwendolyn?' gofynnodd Dic yn wyllt. 'Mae'n amser bwletin.' Ond doedd dim golwg o Gwendolyn. 'Dos i chwilio amdani,' rhuodd ar Rhys, ac aeth Rhys o gwmpas y cae.

Gwthiodd drwy'r gynulleidfa ond doedd dim golwg ohoni. Mentrodd i'r maes parcio. Roedd fan Big Ben a'r Clociau yn amlwg yn ei lliwiau llachar ym mhen draw'r cae. Cerddodd Rhys tuag ati. Ysgydwai'r fan fel jeli ar blât ac roedd yr olwynion yn graddol suddo i'r ddaear. Ceisiodd Rhys edrych drwy'r ffenestri, ond roedden nhw wedi stemio. Clywai sŵn fel llif-gadwyn yn rhuo y tu mewn i'r cerbyd. Cydiodd yn handlen y drws a'i agor o'n araf. Yno, gwelodd ben-ôl Ben yn pwmpio fel injan V8 a phâr o ewinedd cochion, hirion yn gwthio i groen ei gefn.

Gwelodd Rhys gudynnau melyn gwallt Gwendolyn yn un swp dan gorff Ben. Pesychodd. 'Y-y-y . . . Gwendolyn . . . mae hi'n amser y bwletin.'

Stopiodd y pwmpio. Trodd Ben ato. 'Ffyc-off!' sgyrnygodd drwy ei ddannedd cyn ailddechrau gwasanaethu Gwendolyn.

Trodd Rhys ar ei sodlau a'i chychwyn yn ôl am y llwyfan. Yn amlwg, fyddai Gwendolyn ddim mewn stad i ddarllen y newyddion. 'Ia?' harthiodd y Llwynog.

'Y-y-y . . . dim golwg ohoni, mae'n rhaid ei bod hi'n sâl.'

Cydiodd Dic yn sgrepan Rhys a'i lusgo at y meic. 'Darllan di'r newyddion, 'ta . . . '

Camodd Dic at Helen oedd yn canu efo'r Helcats. 'Cana'n ddistaw. Mae'r newyddion ar ddechrau.'

Clywodd Rhys wich yn ei glust ar dop yr awr. 'Y . . . newyddion Radio'r Ardal . . . am . . . ' ac edrychodd ar ei watsh. 'Am . . . bump o'r gloch. Mae Cyngor Gwynedd wedi rhybuddio y byddan nhw'n erlyn pobol sy'n gadael i'w cŵn faeddu ar y palmentydd . . . '

Ar hynny, cafwyd nodau cyntaf, 'You ain't nothing but a houndog . . . crying all night', ac wrth i Rhys gario mlaen â gweddill y newyddion, ymunai'r gynulleidfa yn y gytgan gyda 'You ain't nothing but a houndog . . . shitting all night . . . ' Roedd y grŵp ar ganol 'Midnight Train' pan ddechreuodd Rhys sôn am drafferthion ar y rheilffyrdd ac roedd ar fin dechrau'r tywydd, pan gafwyd pennill cyntaf 'It's Raining in My Heart' gan Helen.

Nodiodd Huw Cris ei ben. 'Taiming da, 'ndê, Dic?' ond wnaeth y Llwynog mo'i ateb; roedd ei ben yn ei ddwylo, yn cael ei ysgwyd yn araf o un ochr i'r llall.

Penderfynwyd hepgor y bwletinau am weddill y dydd gan ei bod yn amlwg nad oedd y gynulleidfa â'i bryd ar glywed newyddion. Edrychai Dic Llwynog yn bryderus ar y pentyrrau caniau gwag a godai fel llosgfynyddoedd yma ac acw ar y cae. Deuai Merched y Wawr ato bob hyn a hyn i gwyno nad oedden nhw wedi gwneud yr un geiniog yn ystod y dydd a bod y sgons wedi mynd yn wastraff. Ond roedd y gynulleidfa'n mwynhau. Deuai sawl un at Huw Cris a'i guro ar ei gefn i'w longyfarch.

Big Ben oedd wedi gwneud yr argraff fwyaf ar y gynulleidfa, yn arbennig gyda'r merched. Fel yr âi'r noson yn ei blaen, dechreuai rhai weiddi amdano. 'Ti 'di gweld Big Ben yn rhwla?' gofynnodd Huw Cris.

'Ym . . . roedd o yn 'i fan tro dwytha welis i o,' atebodd

Rhys.

'Cadw allan o'r laimlait, mae'n siŵr. Fel'na ma'r roc-stars 'ma, sti. Oedd gynno fo roc-tshics efo fo?'

'Ym . . . wel . . . y . . . roedd Gwendolyn efo fo . . . '

'Gwendolyn! Blydi hel, mi fydd hi wedi'i ladd o. Fydd o'n da i ddim byd i ganu heno ac mi fydd yna reiat yma. Lle ma'r fan?'

'Ym mhen draw'r car-parc,' atebodd Rhys a brasgamodd Huw Cris i gyfeiriad y fan.

Roedd y cerbyd erbyn hyn at ei hechel yn y ddaear ond yn dal i ysgwyd a gwichian. Wnaeth Huw ddim trafferthu curo, dim ond agor y drws cefn ag un plwc. Tin Gwendolyn welodd o gynta, yna Big Ben fel lleden oddi tani, a'i dafod yn hongian yn llipa allan o gornel ei geg.

'Big Ben. Ti'n fyw?' gofynnodd Huw Cris â'i lygaid wedi'u hoelio ar din siapus Gwendolyn yn gwthio fel piston.

Chafwyd yr un gair gan y canwr, ond trodd Gwendolyn ei phen. 'Huw, ti sy 'na? Be t'isio?'

'Isio Big Ben. Wel, mae'r gynulleidfa isio Big Ben. Maen nhw isio iddo ganu eto. Mi ro i ddeg munud iti ei gael o farw i fyw,' ac yna y gadawodd o'r ddau gyda Gwendolyn yn gwneud ei gorau i roi cis-of-laiff iddo.

Roedd Dic Llwynog yn camu'n ôl ac ymlaen y tu cefn i'r llwyfan pan ddychwelodd Huw. 'Lle uffar ma'r Ben Bonc ddiawl 'na?' gofynnodd yn wyllt.

'Big Ben? Fydd o'm dau funud. Mae o'n gwneud ei hun yn barod.'

'Dos i ddeud wrth y mylliwrs 'na allan yn fan'na, 'ta, cyn iddyn nhw falu'r sioe 'ma.'

Camodd Huw Cris i'r llwyfan i floeddiadau o gymeradwyaeth. Roedden nhw wedi anghofio am Big Ben a'r Bandits am rywfaint. Cododd Huw Cris ei freichiau i'r awyr fel y gwnâi'r sêr roc yn Wembli. 'Ydach chi wedi enjoio'ch hunain?'

'Do,' meddai'r lleisiau islaw fel can côr adrodd.

''Nes i'm clwad chi!'
'Do . . . '

O gornel ei lygad dde gwelodd Huw Cris rywbeth yn symud. Big Ben oedd yna a golwg fel llinyn trôns arno. Yn cydio'n dynn ynddo roedd Gwendolyn.

'Dyma'r dyn rydach chi wedi bod yn disgwyl amdano . . . i gloi'r ŵyl . . . dyma nhw . . . Big Ben a'r Clocia . . . '

' . . . a Gwendolyn,' ychwanegodd Big Ben oedd wedi cyrraedd at y meic erbyn hyn ar ôl cael gair â'i organydd.

Clywyd nodau fel organ capel a distawodd y gynulleidfa. Pa gân oedd hon? Un o faledi Elvis neu Buddy Holly? Erbyn hyn roedd Gwendolyn wedi'i chlymu'i hun fel neidr am gorff Big Ben a chegau'r ddau'n dynn wrth y meic. Dim geiriau'r dîp-sowth ddaeth o geg Big Ben ond . . . Ffrangeg. Udai Gwendolyn wrth ei ochr fel cwrcath yn cael ei sbaddu.

'"Je t'aime", myn uffar i,' meddai Rhys. 'Dwi'm 'di clwad honna erstalwm.'

Huw Cris oedd y cynta ar y llwyfan. 'Hei, dim roc-a-rôl 'di hwnna . . . '

Roedd Dic Llwynog yn dynn wrth ei sodlau. 'Stopiwch, y moch, 'dach chi ar y radio. Ydach chi isio fi golli'n leisans?' Ond âi udo Gwendolyn yn uwch a chyflymach ac roedd ei dwylo'n tylino corff Big Ben.

Roedd y gynulleidfa wedi anghofio am roc-a-rôl ac wedi ymuno yn y gân – pob un â'i bartner yn dynwared Big Ben a Gwendolyn. Nid y nhw'u dau oedd yr unig rai'n chwysu chwartiau; roedd Dic hefyd. Roedd wedi mynd yn biws yn ei wyneb. Fwy nag unwaith roedd o wedi gweiddi ar Huw i wneud rhywbeth i'w hatal, ond gwyddai Huw nad peth call oedd mynd yn groes i'r gynulleidfa.

Gwelodd Dic Llwynog bentwr o blygiau mewn socets yng nghornel y llwyfan. Cythrodd tuag atynt a'u tynnu o'r wal. Aeth y lle'n ddistaw ac yn ddu. Yna, cydiodd sawl pâr o ddwylo yn Dic Llwynog a'i lusgo oddi ar y llwyfan.

Aeth Rhys ar ei bedwar at y plygiau a'u rhoi'n ôl fesul un.

Daeth y golau'n ôl. Gwelodd Big Ben a Gwendolyn yn crafangu'i gilydd ar ganol y llwyfan ac ym mhen draw'r cae gwelai Dic yn cael ei gario gan haid o rocars tuag at babell Merched y Wawr. Cafwyd cwmwl o stêm ac yng ngolau un o'r lampau cryfion a amgylchynai'r cae gwelai Dic wedi ei roi i eistedd ym moelar te Merched y Wawr.

'Great Balls on Fire,' meddai Huw wrtho'i hun.

11. Roial Radio'r Ardal

Roedd pawb wedi cael gorchymyn i ddod o gwmpas y bwrdd yn y swyddfa. Cerddai Dic Llwynog yn ôl ac ymlaen gan edrych allan drwy'r ffenest ar y Fenai islaw. Huw Cris oedd yr olaf i gyrraedd ac unwaith yr eisteddodd, stopiodd Dic gerdded a rhoi ei ddwy law ar y bwrdd a syllu ar y tri o'i flaen.

'Mae yna anrhydedd wedi dod i'n cyfeiriad ni. Mae yna basiant yn y castell.'

Sythodd Gwendolyn yn ei chadair pan glywodd y gair 'pasiant', ond chafodd hi ddim cyfle i ofyn gan i Dic roi'r ateb i'w chwestiwn.

'Ac oes, mae yna bobol bwysig o bob man, o bedwar ban y byd, yn dod i Gaernarfon.'

'Sôn am dywysogion Gwynedd a sut y bu i ddynion Owain Glyndŵr ymosod ar y castell a'n bod ni yma o hyd, ia Dic?'

Pwysodd Dic yn nes at y tri. 'Ylwch, dydw i ddim isio dim o'r blydi busnas Welsh nash 'ma. Pasiant ydy hwn yn sôn am gysylltiadau'r castell â'r teulu brenhinol.'

'Ond mae hi'n pwysig ein bod yn sôn am ein treftadaeth ni, Mr Llywelyn,' ychwanegodd Marilyn.

'Treftadaeth o ddiawl! Gan y Saeson a'r Iancs ma'r pres. Maen nhw isio'r roial ffamili a dyna be gawn nhw . . . ac mi rydan ni yn rhan o'r dathliadau.'

'Yli, Dic, dwi'n cymryd dim rhan mewn rhyw gachu felly. Os t'isio sacio fi, gwna hynny rŵan,' a chododd Huw Cris ar ei draed.

Roedd Dic ar fin colli seren yr orsaf. 'Ym, Huw. Y peth gora fysa i ti gario mlaen â'r roc-a-rôl a gadael i'r rhain drefnu'n cyfraniad ni i'r pasiant.'

Eisteddodd Huw.

'Ym, Mr Llywelyn, dwi ddim . . . ' ond torrodd Dic ar draws Rhys.

'Does yna ddim "dwi ddim" i chdi. Un gair croes ac mi wyt ti allan drwy'r drws 'na. Mae hyn yn fraint i'r orsaf ac mi fyddwn ni'n darlledu bedair awr ar hugain o'r dydd i'r byd. Ar yr internet neu rwbath am wn i.'

'Ym, Dic. Mr Llywelyn, pwy fydd yn arwain y gweithgaredda o'r castell, ar y radio felly?' gofynnodd Gwendolyn.

'Chdi'n bennaf, o'n i'n feddwl. Chdi sydd i fod â'r profiad yma, ond dwi'm isio dim o dy lol di. Dwi'm isio dy ffendio di o dan ryw lord neu ddiwc neu rwbath, fatha 'nest di efo'r blydi Big Bonc 'na.'

'Wrth gwrs, Mr Llywelyn, er mi fysa cael rhyw arglwydd neu ddug i gymryd rhan yn y sioe yn codi . . . y safon petha.'

'Bosib iawn, Gwendolyn, bosib iawn. Ond dwi'm isio dim secs . . . ' a throdd ei olygon at Rhys a Huw, ' . . . na meddwi.'

Rhoddodd Dic gam yn ôl. 'Dyma'r gweithgareddau . . . ' meddai a tharo ffeil drwchus gyda chlec ar y bwrdd. 'Dwi wedi nodi lle y gall Radio'r Ardal wneud ei gyfraniad. Dwi isio'ch sylwada a'ch awgrymiada chi erbyn bore fory er mwyn i ni allu dechra cynllunio petha,' ac allan â fo drwy'r drws.

Huw Cris oedd y cyntaf i siarad. 'Wel, stori goc ddyweda i, a dwi'n falch nad oes gen i ddim i'w wneud â'r blydi peth. A dwi'n synnu atat titha, Rhys . . . '

'Ond, ches i'm dewis! Wnaeth o fforsio fi.'

'Dwn i'm be ddudith cangen FWA yr ardal. Mi saethan nhw dy benaglinia di ffwrdd.'

'Ylwch, hogia, dwi'n cytuno efo Dic am unwaith. Mae o'n gyfle gwych i'r orsaf, 'mond i ni beidio gwneud bolsiach o betha. Meddyliwch yr holl bobol enwog yn y dre 'ma. Dynion ifanc, golygus, cyfoethog . . . '

'Ym, Gwendolyn, mae hi'n amsar dy fwletin deg di . . . '

'O shit!' a rhedodd Gwendolyn am y stiwdio i gyfarch y genedl, neu o leiaf y rhai oedd yn byw o fewn cyrraedd i Gaernarfon.

Roedd Dic Llwynog ar y pwyllgor oedd yn trefnu'r pasiant yn y castell. Sicrhawyd bandiau pres ac artistiaid o fri i ganu trwy'r dydd a byddai arddangosfa ar y Maes o gysylltiadau'r teulu brenhinol â'r dref. Roedd Radio'r Ardal i ddarlledu'r gweithgareddau'n fyw, nid yn unig o fewn yr ardal ond hefyd ar y we i'r byd. Huw Cris, fel yr unig un â rhyw glem am y byd technegol, gafodd y gwaith o drefnu i bethau fynd ar y we – ei unig gyfraniad. Doedd ganddo fawr o syniad ble i ddechrau, ar wahân i holi yn *Y Darian Fach*.

'Oes 'na rywun yn dallt rwbeth am gompiwtyrs yma?' gofynnodd un noson.

'Mi fydda i'n iwsio nhw weithia,' meddai un o'r selogion.

'Fyddi di'n mynd ar yr internet?'

'Y-y-y . . . bob hyn a hyn, yndê . . . y gwneud gwaith ymchwil yndê ac . . . y . . . ordro petha i'r musus 'cw. Ac mi fydda i'n gneud amball joban i Dic Sgrin, rhoi petha ar yr internet iddo fo, i gael pres peint, yndê.'

'Reit, ma gen i joban i ti. Mi ga' i sgwrs efo chdi ddeg o'r gloch bora fory, cyn i'r lle 'ma agor.'

* * *

Roedd Rhys a Marilyn yn cael peint distaw yn y *Castell*. Roedd Rhys wedi cael llond bol ar fynd i'r *Darian*; doedd hi'n mynd yn sesiwn bob nos ac roedd Marilyn yn dechrau cwyno? Beth uffar fysa hi'n ddweud pe byddai hi'n gorfod llnau ar ei ôl o fath â roedd Sonia wedi gwneud sawl tro? Ond nid Sonia oedd Marilyn, diolch i'r nefoedd, er bod Rhys erbyn hyn yn dechrau colli'r flewog. Roedd wedi sôn sawl gwaith wrth Marilyn, gan eu bod yn byw efo'i gilydd erbyn hyn, y buasai'n syniad iddo gael dod i'r gwely ati hi bob hyn a hyn. Ond roedd Marilyn yn glynu'n gaeth at ei hegwyddorion Pabyddol.

Roedd Rhys ar fin codi ei ail beint a shandi i Marilyn, pan ddaeth dyn barfog ato ac eistedd ar y sedd gyferbyn ag o. 'Rhys Huws?'

'Ia.'

'Radio'r Ardal?'

'Ia.'

'Y radio sy'n mynd i ddarlledu'r pasiant brenhinol o'r castall?'

'Y-y-y . . . ia.'

'Na, dydach chi ddim . . . '

'Y-y-y-y . . . '

'Os wyt ti isio byw yn hen, fysa hi ddim yn syniad rhy dda i chi ddarlledu'r cachu 'na yn y castall,' a chododd y barfog a diflannu drwy ddrws y dafarn.

Edrychodd Rhys ar Marilyn. 'B . . . b . . . be dwi'n mynd i neud?'

Doedd Marilyn ddim cweit wedi dilyn y sgwrs. 'Beth oedd ganddo i'w ddweud, Rhys?'

'M . . . mi wnath o 'mygwth i petawn i'n gwneud unrhyw beth efo pasiant Dic yn y castall.'

'Ond nid wyt ti, Rhys.'

'Ydw, dwi'n blydi darlledu – yn comentetio – ar y gweithgareddau. Fi yn y bora a Gwendolyn yn pnawn.'

Doedd gan Rhys fawr o awydd peint arall, ac awgrymodd i Marilyn y dylen nhw fynd adref. Doedd y baned gynigiodd Marilyn iddo'n gwneud fawr o les, a phenderfynodd fynd draw i'r *Darian* i chwilio am Huw Cris.

'Huw,' meddai, wedi iddo gyrraedd at y bar. 'D . . . dwi isio gair efo chdi.'

Ond doedd Huw ddim am symud o'r bar nes oedd Sam wedi tynnu dau beint. Cydiodd yn y ddau wydr a cherdded tuag at un o'r byrddau yng nghornel y dafarn. 'Be sydd? Ti'n debyg fel tasat ti wedi gweld corff.'

Gwnaeth y gair i Rhys grynu drwyddo, a chythrodd am ei beint a gwagio sawl modfedd.

'Mi fydda i'n gorff . . . os . . . os na . . . ,' meddai a chymryd cegaid sylweddol arall.

'Dechra'n dechra, bendith dduw i ti.'

'O'n . . . o'n i'n cael peint yn y *Castall* a dyma'r boi yma efo locsyn a combat jacet yn dod ataf i a deud os oeddwn i isio byw yn hen na ddylwn i wneud dim efo pasiant Dic yn y castall ac os na wna i, ga i sac a . . . ' Gorffennodd Rhys weddill ei beint.

'Sam Tecs oedd o, un o hen fois yr FWA, medda fo, 'ndê. Er dwi'm yn credu iddo roi dim byd ar dân ar wahân i flwmars ei nain unwaith am fod honno'n gwrthod gadael iddo fynd i pictiwrs i weld John Wayne. Roedd hi'n grefyddol ac yn pasiffist, sti, yn erbyn cwffio a ballu.'

Ond doedd hyn wedi lleddfu dim ar bryderon Rhys a brysiodd at y bar i nôl dau beint arall. 'Be wna i, Huw?' gofynnodd wedi dychwelyd â dau beint.

'Duw, anwybyddu o, siŵr dduw. Wneith o ddim byd i chdi, ond wedi deud hynny, fel ti'n gwbod, dwi wedi gwrthod gwneud dim â'r cachu yn y castall.'

'Ia, ond ti'n cael getawê efo hynny, chdi ydy seren yr orsaf, chdi a dy roc-a-rôl. Fedar Dic ddim fforddio dy golli di. Fedar o gael rhyw stiwdant bach yn fy lle i.'

'Rhyngach chdi a dy gydwybod, Rhys,' meddai Huw cyn codi a mynd yn ôl am y bar.

Roedd Rhys eisiau anghofio am y byd a'i bryderon ac ar ôl sawl gwydr a mesur helaeth o rỳm ynddo felly y bu hi. Roedd o, hefyd, wedi colli'r gallu i siarad i raddau helaeth. 'Ff'cio, prins jals, ff'cio cwin, ff'cio Dic, ff'cio pawb . . . ' Methodd â gorffen ei restr gan iddo ddisgyn yn un swp ar y llawr.

'Dos â'r blydi alci adra, Huw,' meddai Sam yn ddiamynedd gan iddo fod yn dyst i'r sefyllfa yma sawl gwaith.

Edrychodd Huw ar y cloc. 'Un bach arall, Sam, ac mi a' i â fo wedyn.'

Yn ffodus, doedd gan Marilyn ddim coco-matin ar lawr y gegin, a doedd hi ddim yn waith rhy anodd i llnau y chŵd oddi ar deils y gegin. Marilyn yrrodd y car i'r gwaith yn y bore gyda

Rhys â'i ben dros ochr y drws yn ceisio cael gwared â'r pwys yn ei stumog. Wedi sawl coffi du yn y swyddfa, cododd i geisio rhoi trefn ar ei recordiau ar gyfer rhaglen y nos.

Cyrhaeddodd Dic ganol dydd a ffeil arall drwchus dan ei fraich. 'Dyma'r shediwl. Rhys i ddarlledu yn y bore pan fydd yna ddim llawer yn gwrando . . . '

Diolch byth, meddai Rhys dan ei wynt.

'A Gwendolyn yn y pnawn a'r nos. Dwi wedi paratoi'r nodiadau yma i chi eu darllen pan fyddwch ar yr awyr. Ychydig o gefndir yr artistiaid a nodiadau helaeth am y teulu brenhinol. Dwi isio chi'u darllen nhw fel y maen nhw. Dim newidiadau, maen nhw wedi cael eu llunio gan hanesydd o fri.' Ac ar hynny, aeth allan drwy'r drws yn chwibanu God-sef-ddy-cwîn, neu rywbeth digon tebyg iddi.

'Mae'r diawl yn syrt o MBE,' meddai Huw, ond chymrodd Rhys ddim sylw. Roedd yn pori ymysg nodiadau Dic.

'A . . . alla i ddim darllen hwn,' meddai. 'Fyddan nhw wedi'n saethu i . . . '

'Pwy?' gofynnodd Gwendolyn heb godi ei phen o'r nodiadau.

'FWA. Dydi hyn yn brolio'r teulu brenhinol?'

'Ddudis i, 'ndo,' meddai Huw. 'Lê bac, clôs ior ais and thinc of Ingland fydd hi myn uffar i.'

'Fedr Rhys dim darllen os bydd o'n cau ei llygaid,' meddai Marilyn.

'Os wnawn ni joban dda o hyn, ella y daw yna anrhydedd i ni i gyd,' meddai Gwendolyn. 'Ella y byddwn ni bai roial apointment. Roial Radio'r Ardal . . . '

'Mi eith i lawr fel bom,' meddai Huw. 'Neu i fyny . . . '

Roedd dydd y pasiant yn agosáu. Roedd y trefniadau i gyd yn eu lle. Roedd Dic wedi llogi offer arbennig ar gyfer y darllediadau a chan fod Huw Cris yn gwrthod mynd yn agos at y castell bu raid cael technegwyr o Lerpwl i'w gosod. Cyfraniad Huw, o hirbell, oedd cysylltu'r holl beth â'r we. Roedd Gwendolyn wedi bod yn ymarfer ei pherfformiad hyd syrffed.

A doedd Rhys heb fod am beint ers pythefnos. Cymaint oedd o ofn i'r 'fyddin' ddod ar ei warthaf, fel y gwibiai yn ei gar o fflat Marilyn i'r gwaith ac yn ôl gyda'r nos heb stopio'n unman.

'Rhys, mae yna llythyr i ti,' meddai Marilyn un bore. Ychydig iawn o lythyrau a gâi Rhys gan ddilynwyr o'i gymharu â Huw Cris.

'Watsha, ella mai letyr-bom ydy o,' a chwarddodd Huw Cris dros y stafell. Gollyngodd Rhys yr amlen ar y bwrdd. 'Malu cachu o'n i, siŵr dduw. Mae hi'n rhy dena i gynnwys bom.'

Agorodd Rhys yr amlen yn ofalus. Trodd hi drosodd a disgynnodd pluen wen allan a chwifio'n araf, yn ôl ac ymlaen, nes cyrraedd y ddesg. 'B . . . blydi hel . . . !'

Cydiodd Huw yn yr amlen. 'Does yna ddim nodyn yna,' meddai.

'Pam dy fod ti yn cael pluen gwyn?' gofynnodd Marilyn.

'*Chicken*,' eglurodd Huw. 'Cachwr, bradwr . . .'

Bu raid i Rhys eistedd.

'Mi ffoniwn ni'r heddlu,' meddai Gwendolyn. 'Mi wnân nhw roi twenti-ffôr awyr protecsiyn i ti.'

'No wê,' meddai Rhys. 'Fedrwn i ddim codi 'mhen yng Nghaernarfon byth eto. Na, dwi'n mynd i wrthod darlledu. Does dim arall amdani. 'Na i jest ddim dod i'r golwg fora Gwenar. Geith Dic neud o'i hun . . . neu chdi, os ti mor cîn i gael bod yn ledi . . .'

* * *

Roedd y dref yn prysur lenwi ar gyfer y pasiant. Roedd y pwysigion wedi meddiannu'r gwestai moethus ar y cyrion, tra oedd y gweddill yn aros yn *Y Brython*. Er mwyn gwneud 'gwaith ymchwil' roedd Gwendolyn wedi dechrau mynychu'r *Brython* ac wedi dod i adnabod sawl un oedd yn y dref ar gyfer y 'cachu yn y castall' fel y gelwid y pasiant gan Huw Cris.

Roedd un yn arbennig wedi tynnu sylw Gwendolyn. Gŵr main, golygus. Rodney Kedor-Barrington. Plentyn siawns i ryw ddug o bwys yn Lloegr meddai wrthi'r noson gyntaf iddyn nhw gyfarfod. Yn hanu o deulu Kedors Powys, medda fo. Gallai ddilyn ei achau'n ôl i Rhodri Fawr. Yn sicr ddigon, nid i Hywel Dda. Roedd o yno fel ymgynghorydd ac arbenigwr ar y frenhiniaeth. Gŵr gwerth ei adnabod, am resymau proffesiynol os nad fel arall, meddai Gwendolyn. Gwyddai bopeth am y brenhinwyr. Pwy oedd yn perthyn i bwy, pwy oedd ar gefn pwy a phwy oedd yn *ceisio* mynd ar gefn pwy.

Roedd Rodney yn pwyso ar far *Y Brython* pan gerddodd Gwendolyn i mewn noson cyn y pasiant. Gwisgai flesyr glas tywyll, crafat a thrywsus golau. Roedd pwt o fwstásh dan ei drwyn. Cydiodd yn llaw Gwendolyn, ei chodi at ei wefusau a'i chusanu. Yna anelodd am wyneb Gwendolyn.

'Dim yn fan'ma, Rodney. Nes ymlaen, nes ymlaen.'

'Wrth gwrs, cariad. Jin an tonic?'

Nodiodd Gwendolyn gan wenu'r un pryd.

'Tw larj jin an tonics, plîs. Down tw rŵm thyrti-wan,' meddai Rodney, unwaith y cafodd sylw'r barman.

Cydiodd y ddau'n eu diodydd a mynd i eistedd wrth un o'r byrddau bychain. Rhestrodd Rodney'r pwysigion yr oedd wedi cael gair â nhw'r diwrnod hwnnw ac oedd am ymweld â thref Caernarfon y diwrnod canlynol.

'Ydyn nhw wedi cyrraedd, Rodney?' gofynnodd Gwendolyn gan obeithio y câi gyfarfod â rhai ohonyn nhw.

'Na, cariad. Pawb yn hedfan i mewn bore fory. Mi fydd yr awyr yn ddu o helicopters.'

'O.'

'Ond mi wna i dy gyflwyno di iddyn nhw bore fory. Gyda llaw, mi rydw i wedi ordro potel o shampers. Mae hi'n disgwyl amdanon ni yn fy stafell.'

Rhoddodd Gwendolyn ei llaw ar ben-glin aristocrataidd Rodney ac edrychodd i'w lygaid gleision. 'Wel be 'dan ni'n neud yn fan hyn, 'ta?'

Pesychodd Rodney a llaciodd ei grafat. Yna cododd ar ei draed ac estyn ei law iddi. 'Mi fyddai'n bleser mawr i mi pe baech yn derbyn fy ngwahoddiad a dod gyda mi i'm bŵdwar.'

Rhoddodd Gwendolyn glec i weddill y jin a thonic, cododd ar ei thraed a cherddodd fraich yn fraich â Rodney tuag at y lifft. Roedd ei ystafell ym mhen pellaf y gwesty, ymysg y stafelloedd drutaf. Tynnodd Rodney y goriad o boced uchaf ei flesyr. Agorodd y drws a hanner ymgrymodd wrth estyn ei law allan i Gwendolyn fynd i mewn. Ac yn wir, roedd bwced arian ac ynddo botel anferth o siampên ar fwrdd bychan ar ganol y stafell. A phob ochr iddo, dau dusw mawr o flodau o bob lliw a llun.

'Rodney! Mae hyn yn lyfli!' meddai Gwendolyn gan droi ato i'w gusanu. Gwthiodd Rodney yn erbyn y drws ac ymosododd arno â'i gwefusau llawn, cochion.

Llaciodd ei gafael wedi pum munud a chymerodd Rodney gegaid anferth o aer. 'Gwendolyn . . . Gwendolyn, mae'r siampers yn cynhesu,' ac aeth i eistedd ar gadair cyn i'w goesau ollwng oddi tano. Wedi iddo gael ei wynt ato, cydiodd yn y botel, ysgydwodd hi ac wedi i'r corcyn ffrwydro tua'r nenfwd, tywalltodd ddogn bob un. Roeddent wedi gweu eu breichiau yfed drwy'i gilydd ac yn sipian y siampers a llygaid y ddau ar ei gilydd.

Ni fuont fawr o dro'n gwagio'r botel. Bu un llaw Gwendolyn ar y gwydr bychan tra oedd y llall yn araf agor botymau'r crys Jermyn Street. Erbyn y gwydraid olaf, roedd y llaw yn is i lawr ac yn halio sip y trywsus Geeves & Holland yn agored. Rhoddwyd y gwydrau gwag ar y bwrdd a gorffennwyd y gwaith o ddadwisgo. Camodd Gwendolyn yn ôl. 'Waw . . . Rodney Mawr!' Roedd Rodney yn salwtio â dau aelod o'i gorff. Fel llewes, llamodd Gwendolyn am y gwron gan ei wasgu i gwrlid porffor gwesty'r *Brython*. Crafangai Gwendolyn fel cath wyllt. Griddfanai Rodney fel gŵr mewn poen. Ac yn wir, mi roedd o. Doedd yna ddim stopio ar Gwendolyn unwaith y dechreuai.

'Ym . . . cariad . . . cariad.' Gwyddai Rodney na fuasai'n para'n hir fel hyn. 'Cariad, mae gen i rywbeth . . . anrheg bach i ni . . . yn y swtcês wrth y ffenest.' Bu raid ail-ddweud wrth Gwendolyn gan na chymerodd sylw'r tro cyntaf.

'Anrheg?'

'Ie, 'nghariad.'

Aeth Gwendolyn at y cês er mwyn i Rodney gael ei wynt ato. Agorodd o. Ynddo, roedd dau drôns lledr a chwip. 'I mi mae'r rhain?' gofynnodd Gwendolyn mewn penbleth.

'I ni, cariad. Tyrd â nhw yma.'

Gwisgodd y ddau'r tronsiau ond ar hynny dyma gnoc ar y drws. 'Ms Prydderch.'

'Pis-off, shîs busi,' gwaeddodd Rodney gan estyn y chwip i Gwendolyn. Aeth Rodney ar ei gwrcwd ar y gwely. 'Chwipia fi, cariad.'

Ar hynny, taflodd Gwendolyn flaen y chwip at yn ôl fel y gwelodd feistr syrcas yn gwneud slawer dydd dros bont yr Abar. Yna rhoddodd flaen y chwip ar gefn Rodney. 'Yn galetach, Gwendolyn, yn galetach.' Gwnaeth eto'r un modd ond y tro yma cafwyd clec wrth i flaen y chwip daro cefn y pendefig. 'Awww . . . dyna welliant. Ond yn galetach eto, cariad.'

Taflodd Gwendolyn flaen y chwip y tu ôl iddi, ac yna, â'i holl nerth, chwipiwyd cefn Rodney. Cafwyd clec fel taran. 'Yyyyyyy . . . ' Cymerodd Rodney rai eiliadau cyn canmol. 'Da iawn, da iawn, Gwendolyn. Fan'ma rŵan,' meddai gan dynnu ei drôns lledr i lawr i ddangos ei din.

Unwaith eto, aeth y chwip am yn ôl. Cododd Gwendolyn hi uwch ei phen ac roedd ar fin ei gosod mor filain â phosib ar draws din noeth Rodney pan glywodd glec. Roedd blaen y chwip yn dal yn yr awyr. Edrychodd y ddau i gyfeiriad y drws. Yno safai Huw Cris, gyda dwrn y drws yn ei law.

'Gwendolyn, 'nest ti'm gwrando'r tro cyntaf. Mae Dic Llwynog isio chdi yn y castall ar gyfar rihyrsals munud ola . . . '

* * *

Pan gyrhaeddodd Gwendolyn y castell, roedd Rhys yno'n ei disgwyl. 'O'n i'n meddwl dy fod ti am jibio?' meddai wrtho.

'Nath Dic Llwynog ddod i fflat Marilyn efo dau ddyn mawr cry a llusgo fi allan a dod â fi i fan'ma. Mae Marilyn wedi mynd i chwilio am Sam Tecs i ddeud 'mod i wedi cael fy nghidnapio ac iddyn nhw ddod yma i f'achub i.'

Doedd yr artistiaid ddim yn cyrraedd tan y bore, ond roedd pob un wedi gyrru tâp ar gyfer yr ymarfer. Chwaraeai Dic bwt o bob cân er mwyn sicrhau bod Rhys a Gwendolyn yn darllen eu llinellau'n gywir, yn y lle cywir. Am dri y bore roedd popeth wrth ei fodd a chafodd y ddau fynd adref.

Sleifiodd Rhys yn llechwraidd i fyny Stryd Menai gan obeithio nad oedd rhai o ddynion Sam Tecs yn chwilio amdano. Cyrhaeddodd ddrws y fflat. Curodd dair gwaith ac agorodd Marilyn iddo er mwyn iddo gael rhuthro i mewn. Wedi cael ei wynt ato, gofynnodd, 'Gest ti afal ar Sam Tecs?'

'Mi gwnes i gweld un oedd yn ei adnabod o a gwnes i rhoi neges iddo.'

Gobeithiai Rhys y byddai hynny'n ddigon iddo allu cadw ei bengliniau'n gyfan. Chysgodd Rhys fawr y noson honno. Gwelai ddynion yn dod tuag ato, gynnau'n eu dwylo, ac yn ceisio saethu ei bengliniau. Ond methu roedd pob un. O'r diwedd tarodd un fwled o yn ei gwd a neidiodd o'r sach gysgu mewn poen. Deffrôdd. Roedd Marilyn yn sefyll wrth ei ochr a phaned o goffi iddo. 'Mae'n amser i ti godi, Rhys.' Ond pan welodd o'n cydio'n dynn yn ei gwd, ychwanegodd, 'Am beth oeddet ti'n breuddwydio, Rhys?'

'Y-y-y . . . dim . . . diolch am y banad. Dwi'm yn ffansïo dim i fyta. Wna i jyst brysio i'r castall. Fydd hogia'r FWA ddim wedi codi rŵan.'

Brysiodd Rhys i wisgo amdano. Doedd dim rhaid rhoi ei ddillad gorau gan ei fod wedi cael ei wthio i gwt oedd rhyw lathen o ddwnjwn y castell. Yno y byddai o a Gwendolyn yn darlledu.

Roedd y castell yn llawn erbyn un ar ddeg. Crach yn bennaf;

roedd y gweddill ar y cei mewn cadeiriau plastig. Cafwyd prif artistiaid Cymru, artistiaid na chanent flŵs na chaneuon Meic Stevens, felly doedd gan Rhys ddim y syniad lleiaf pwy oedden nhw. Rhwng pob cân darllenai o nodiadau Dic Llwynog a chodai hynny bwys arno, cymaint oedd y brolio ar y brenhinwyr.

Cyrhaeddodd Gwendolyn ganol dydd. Er ei bod o olwg y cyhoedd, roedd yn gwisgo ffasiynau diweddaraf Caer a chododd cwmwl o bersawr Coco Chanel i gyfeiriad Rhys wrth iddi nesáu ato. Tynnai'n wyllt ar ei sigarét. Doedd hi ddim mewn tymer rhy dda.

'Gysgist di neithiwr, ar ôl y . . . ?'

'Ar ôl be?'

Wnaeth Rhys ddim ateb. Yn amlwg doedd hi ddim isio sôn am Rodney a'i chwip. 'Mi ges i fore uffernol os ti isio gwybod.'

Doedd Rhys ddim, ond doedd ganddo ddim dewis.

'Mi wnaeth y basdad ddwyn petha o fy handbag. Mae o wedi iwsio fy nghredid card i i dalu ei fil yn *Y Brython* a fy mhàs i i ddod i fan'ma. Mae'r basdad yn y gynulleidfa yn rhywle. Faint o amser sydd gen i tan 'mod i ar yr awyr?'

'Y-y-y . . . chwarter awr,' meddai Rhys gan edrych ar ei watsh.

'Reit, mi fydda i'n ôl mewn chwarter awr. Dwi'n mynd i chwilio am y basdad.' A brasgamodd Gwendolyn o'r cwt ar drywydd y Kedor cyfrwys.

Roedd Dic wedi gosod cyfrifiadur yng nghornel y cwt er mwyn i Rhys gael sicrhau bod darllediad Radio'r Ardal yn mynd allan dros y byd. Chofiodd Rhys ddim amdano. Fuodd o erioed yn un am gyfrifiaduron. Wedi i Gwendolyn ddiflannu, cyrhaeddodd Dic yn ei ddici-bô. 'Popeth yn iawn, Rhys?'

'Ydy, Mr Llywelyn. Dwi'n darllan pob gair fel sydd i lawr yn fan'ma.'

'Da iawn.' Edrychodd Dic tua'r gornel. 'Be am y blydi compiwtyr yma? 'Dio'm on!'

'Y-y-y . . . sori, Mr Llywelyn. 'Doeddwn i'n consentretio

gymaint ar ddarllan y stwff yma?'

'Switshia fo on rŵan!'

Chwiliodd Rhys am fotwm. Cafodd hyd i un o'r diwedd a daeth bywyd i'r peiriant. Pwysodd fotwm arall a daeth y sgrîn yn fyw. Aeth i'w boced i chwilio am y cyfarwyddiadau roddodd Huw Cris iddo ar sut i gael hyd i Radio'r Ardal ar y we. Cliciodd y llygoden a gwibiodd un dudalen ar ôl y llall ar y sgrîn.

'Brysia!' meddai Dic yn ddiamynedd. 'Sgen i'm trwy'r dydd!'

'Dyma fo rŵan, Mr Llywelyn . . . ' ond ar hynny clywodd Rhys un o'r cantorion yn y castell yn cyrraedd ei nodyn olaf. Neidiodd oddi wrth y cyfrifiadur at y meic a dechreuodd ddarllen ei nodiadau.

'B . . . b . . . blydi HEL!'

Methodd Rhys â chanolbwyntio ar ei nodiadau gan fod Dic wedi dechrau gweiddi.

'Dim blydi Radio'r Ardal sydd yna ar y sgrîn! Yli!' a llusgodd Rhys gerfydd ei sgrepan oddi wrth y meic a'i sodro o flaen y sgrîn.

Edrychodd Rhys yn syn ar y cyfrifiadur. Er bod synau disylwebydd y castell i'w clywed, dim logo Radio'r Ardal oedd yn llenwi'r sgrîn . . . ond . . . safle *Sexy Sue's Shagging Shed* . . .

Cydiodd Dic yn ei ben â'i ddwy law. 'Mae hi ar ben arnon ni . . . ' a dechreuodd grio'n hidl . . .

12. Carol, coc a chŵd

'Be 'dan ni'n neud dros y Dolig?' Huw Cris ofynnodd y cwestiwn. Edrychodd Rhys a Marilyn ar ei gilydd gan godi'u hysgwyddau. Yna edrychodd pawb ar Gwendolyn.

'Mi . . . mi rydw i wedi cael nifer o wahoddiadau i fynd i aros efo pobol. Dewis pa un ydy'r broblem. 'Does yna gymaint ohonyn nhw?'

'Wel, mi ges i lond bol llynadd,' meddai Huw. 'Hynna dwi'n ei gofio. 'Nes i'm deffro tan pnawn a phan rois i'r telifishyn mlaen, be oedd 'na ond y blydi cwîn. Felly, es i'n ôl i gysgu. I ddeud y gwir, dwi'm yn ffansïo bod ar 'mhen fy hun y Dolig yma.'

'Mi cei di dod atom ni, Huw,' meddai Marilyn gan gydio'n dyner yn ei fraich.

'Ia,' ychwanegodd Rhys. 'Mi gawn ni sesh . . . '

'Nadolig distaw Cymraeg oedd gen i dan sylw. Canu carolau a gŵydd i cinio,' meddai Marilyn gan ollwng braich Huw.

'Uffar o beth seimllyd ydy gŵydd; dwi'n cofio fi'n cael un yn tŷ Nain ers talwm. Basa tyrci'n well o beth ddiawl,' meddai Rhys.

'Yli, 'sa uffar ots gen i tasan ni'n cael corn bîff, 'mond i ni gael chydig o hwyl dros y Dolig.'

Erbyn hyn roedd Gwendolyn wedi mynd am y stiwdio i ddarllen ei bwletin.

'Dwi'n dal i ddeud mai tyrci fysa ora,' meddai Rhys, ond roedd Marilyn wedi mynnu mai gŵydd oedd hi i fod.

Ni pharhawyd â'r drafodaeth am ddofednod, oherwydd

roedd yna Lwynog o gwmpas. 'Pawb i'r swyddfa,' meddai Dic. "Dan ni isio trafod rhaglenni'r Dolig. Cyfle i wneud chydig o bre- . . . y . . . cofio be ddigwyddodd ym Methlehem, Jiwdea, ddwy fil o flynyddoedd yn ôl, yndê.'

Marilyn oedd y gyntaf i gynnig syniad. 'Mae fy grŵp dysgwyr i yn mynd o gwmpas yn canu carolau. Mi fyddai hi yn syniad da i Radio'r Ardal eu recordio nhw ar gyfer rhaglen.'

'Campus!' meddai Dic gan rwbio'i ddwylo. 'Canwch selecshyn reit dda ac mi gawn ni'r siopa recordia a'r capeli i hysbysebu. Huw, chwilia di am records roc-a-rôl Dolig. Rhys, dwi isio syniad gen ti.'

Aeth Rhys yn fud. 'Ym . . . '

'Chditha, hefyd,' meddai wrth Gwendolyn oedd newydd gyrraedd yn ôl o'r stiwdio. 'Rhywbeth hard-hitting, rhyw elfen o newyddion a Dolig ynddo.'

Roedd y ddau'n ddistaw.

'Rhyw waith ymchwil. Be ma pobol yn neud Dolig?'

'Ym . . . lysho?'

'Maen nhw'n gneud hynny rownd y flwyddyn ffor'ma. Beth bynnag, ella bod yna syniad yna. Chdi a Gwendolyn i fynd rownd tafarna'r dre yn gwneud gwaith ymchwil. Mi neith hi raglan ddwyawr. Ond dim lladd ar y tafarnwrs, cofiwch, 'dan ni isio'u hadfyrts nhw.'

'Wrth gwrs, mi dalith Radio'r Ardal ein treuliau ni? Am y diod?' gofynnodd Gwendolyn.

'Ti'n gall?' harthiodd Dic. 'Mi fysach chi'n gallu bancryptio'r cwmni 'ma!'

Doedd dim pwrpas aros tan y Dolig i fynd rownd tafarnau'r dre i wneud y gwaith ymchwil. Byddai'n amhosib mynd at y bar erbyn hynny, felly un nos Fawrth – wedi rhoi'r bwletinau a sioe *Rhys yn y Tywyllwch* ar dâp – cychwynnodd y ddau gan ddechrau yn *Y Darian*. Er mai ond saith o'r gloch oedd hi, roedd y dafarn yn lled lawn. Cafodd Rhys fwy o groeso nag arfer. Efallai y cafodd o groeso, ond chafodd o fawr o sylw. Doedd yna fawr o ferched fel Gwendolyn yn tywyllu'r *Darian*, ac er mawr syndod i Rhys cynigiodd Sam y Barman ddiod am ddim iddyn nhw – am ei bod hi'n Dolig, yndê! Nid hwn oedd yr olaf o'r diodydd am ddim, yn sicr nid i Gwendolyn. Câi Rhys ambell beint a Gwendolyn sawl dwbwl fodca, ac ambell drebl gan un neu ddau oedd wedi colli arni'n lân.

Ond er yr holl ddiodydd, roedd Gwendolyn yn cofio beth oedd pwrpas yr ymweliad. 'Rhys, tynna'r meic allan,' a phan drosglwyddwyd y teclyn i ddwylo Gwendolyn, heidiodd pob dyn o'i chwmpas fel pryfed rownd pot jam. Doedd Gwendolyn ddim wedi paratoi ei chwestiynau, ond fel un oedd wedi hen arfer â delio â chynulleidfa châi hi ddim trafferth i dynnu'r wybodaeth am arferion yfed y Cofis o'r haid a'i hamgylchynai.

'Hogia bach,' meddai Gwendolyn ar ôl gorffen, wrth wthio ei thin yn erbyn y bar rhag iddo gael ei fwytho am y degfed tro. 'Mae hi wedi bod yn bleser bod yma efo chi, ond mae'n rhaid i ni fynd. Mae gwaith yn galw.'

Gwyddai Gwendolyn ei bod wedi gwagio sawl waled a phoced ac felly gwell fyddai symud i borfa lasach. Roedd yna yfwyr cyfoethocach yn *Nhafarn Morgan*, yn ôl Rhys beth bynnag, gan mai anaml y mentrai Gwendolyn o far *Y Brython* os nad âi hi i un o'r tai bwyta bychain allan yn y wlad. Roedd Rhys yn teimlo y dylid cael gwell balans i'r cyfweliadau; bod angen dynion busnes i roi eu safbwynt nhw'n hytrach na dim ond dihirod *Y Darian*.

Roedd nos Fawrth yn noson i ffwrdd i Harri Tacsis a'i griw, fel nifer o nosweithiau eraill yn yr wythnos. Roedd Harri yn adnabod Gwendolyn gan iddo'i chludo adref o'r *Brython* sawl gwaith, a chododd i geisio'i chusanu fel hen ffrind. Ond dylai Gwendolyn gael lle yn nhîm rygbi Cymru, cystal oedd ei gallu i gamu'n daclus i'r ochr, a syrthiodd Harri ar ei hyd ar draws bwrdd cyfagos. Estynnodd Parri Peintar am boced tin Harri a halio'i waled allan. 'Be gymrwch chi, Gwendolyn? Mae Harri'n talu.'

Roedd Gwendolyn wedi penderfynu sticio i'r fodca a phan gyrhaeddodd Parri'r bar, gwaeddodd Rhys ar ei ôl y byddai yntau'n hoffi peint o lagyr. Mynnodd Harri fod Gwendolyn yn eistedd wrth ei ochr, a gwaeddai orchmynion bob hyn a hyn i weddill y criw godi diod i Gwendolyn, ac ambell beint i Rhys. 'Gwendolyn, mae'n rhaid i chi ddod yma'n amlach, 'dydan ni'n cael cymaint o hwyl?' meddai Harri a'r gwydr yn ei law'n llawn at ei ymyl o frandi.

'Dod yma ar fusnas wnaethon ni, Harri. Wedi clywed bod rhai o wŷr busnes amlyca'r dre 'ma yn y . . . cymdeithasu yma. Ac isio sgwrs bach efo chi.'

Rhoddodd Rhys ei wydr peint ar y bwrdd ac estynnodd y teclyn recordio i Gwendolyn. 'Reit, Mr Harri . . . '

'Harri Huws, Tacsis Seiont, ffor ôl oceshyns, drync or sobyr. Be 'dach chi isio wybod, 'mechan i?' gofynnodd gan glosio ati. Pwysodd y pedwar arall fel bacing-singers tuag at y meic. Âi'r meicroffon o un i un, ac er efallai bod yna fwy o arian ym mhocedi'r rhain na selogion *Y Darian*, doedd yna fawr mwy yn eu pennau.

'Diolch, diolch i chi gyd,' meddai Gwendolyn gan baratoi i godi.

'Ond, 'dach chi ddim yn mynd rŵan, Gwendolyn?'

'Harri, mae'n rhaid i mi . . . '

'Does yna ddim ffasiwn beth â "rhaid",' torrodd Harri ar ei thraws gan roi ei fraich yn dynn amdani.

'Harri, dwi isio pi-pi.'

'Ddo i efo chdi. Fydda i fawr o dro'n tynnu dy flwmar di lawr,' meddai, ac yn wir roedd am ddechrau ar yr orchwyl yn lownj y dafarn.

'Peidiwch, Harri!' meddai Gwendolyn gan gydio'n dynn yn ei lastig. Ond roedd Harri wedi ymgolli'n lân. Pwysodd drosti, a chan ei fod gryn bedair stôn yn drymach na Gwendolyn, disgynnodd y ddau'n glewt ar lawr y dafarn.

'Tacsi! Tacsi, Harri!' Gwraig Harri oedd yno. Chwiliai ddyfnderoedd y dafarn am ei chwsmer; yna syrthiodd ei llygaid ar y llawr ac yno roedd ei gŵr hanner cant oed yn gorwedd fel llyffant ar gefn merch benfelen.

'Harri!' gwaeddodd cyn rhoi cic iddo yn ei ben â'i Doc Martens. 'Y basdad! Y sglyfath! Y mochyn! Yr hwrgi! Y . . . '
Ond doedd Harri'n clywed yr un o'r geiriau. Roedd y gic wedi ei yrru'n anymwybodol a gorweddai fel sach o datws ar gefn Gwendolyn.

'Rhys! Rhys!' ceisiodd Gwendolyn weiddi, yn brin o wynt. 'Tynna . . . tynna . . . hwn oddi arna i . . . cyn i mi . . . gael fy . . . sgwashio i farwolaeth.'

Cymerwyd tri dyn cryf i halio Harri oddi arni, a thri arall cryfach i ddal ei wraig yn ôl rhag ei ladd. Rhoddwyd Harri i bwyso yn erbyn y wal a rhoddwyd gwydraid o ddŵr iddo. Ond gwaethygu wnaeth Harri gan wneud sŵn fel trên newydd gyrraedd gorsaf.

'Brandi wellith o,' meddai Parri. 'Gas gynno fo ddŵr. Gwna fo'n un mawr. A tyrd ag un bob un i'r hogia hefyd, mae'r rheiny bron wedi ymlâdd.'

Ond Harri oedd yr unig un gafodd y gwirod, a doedd ond rhaid rhoi'r brandi dan ei drwyn nad oedd lliw'n dod yn ôl i'w wyneb o.

'Be sy? Be ddigwyddodd? Lle ma'r slym 'na? Gwendolyn . . . Gwendolyn,' ond daeth ei wraig yn rhydd o freichiau'r tri gwarchodwr a chafodd Harri gic arall ar ochr ei ben.

'Brandi arall, brysia!' gwaeddodd Parri ar y barman, ond roedd hi'n rhy hwyr. Roedd dau blisman wedi cyrraedd.

Sythodd Parri. 'Sarjant, sudachi? Does dim o'ch angan chi yma. Domestig ydy o. Gwraig yn waldio'i gŵr. Dim byd newydd ffor'ma.'

Edrychodd y Sarjant yn bryderus tuag at Harri oedd yn gorwedd yn erbyn y wal â doluriau, un bob ochr i'w ben. Roedd Mrs Huws wedi distewi erbyn hyn; wel o leiaf roedd hi wedi rhoi'r gorau i weiddi pethau hyll. Roedd hi'n crio'n ddistaw a'i phen ar y bwrdd ac un o ferched y dafarn yn ceisio'i chysuro hi.

Edrychodd y Sarjant o'i gwmpas. 'Rhywun i ffonio'r tacsi i fynd â nhw adra.'

'Ym, fo ydy'r dyn tacsi,' medda Rhys. 'A honna 'di'i wraig o
. . . '

Camodd y Sarjant tuag at Musus Huws. ''Dach chi am fynd
â fo adra, 'ta s'isio ffonio'r ambiwlans?'

'Cerwch â'r basdad i'r jêl,' meddai Musus Huws cyn rhoi ei
phen yn ôl ar y bwrdd.

Roedd Gwendolyn wedi codi erbyn hyn, wedi tacluso ei
dillad a rhoi clec i weddill y fodca. Llithrodd yn araf at Rhys a
chydio yn ei fraich. 'Rhys, 'sa'n well i ni fynd o'ma reit
ddistaw,' a thywyswyd o allan i'r awyr iach.

'Ydan ni wedi llenwi'r tâp erbyn hyn?' gofynnodd Rhys gan
ei fod wedi cael llond bol ar fynd i dafarnau ble nad oedd o'n
cael rhoi ei big i mewn.

'I fyny bo'r nod,' meddai Gwendolyn oedd yn dal i gydio yn
ei fraich er mwyn sadio'i hun. ''Dan ni'n mynd at y crach,'
meddai gan gydio'n dynnach ym mraich Rhys. ''Dan ni'n mynd
i'r seling clyb . . . '

'Ond . . . ond ella bod Dic Llwynog yno, fan'no mae o'n
yfad.'

'Uffar otsh. Ti'm isio dod efo fi?' gofynnodd gan syllu i'w
lygaid.

Cynhyrfodd Rhys drwyddo. 'O . . . o . . . oes.'

'Tyrd, 'ta,' meddai gan gydio yn ei law'n dynn a'i dynnu
tuag at y doc.

Curodd Gwendolyn ar ddrws y clwb hwylio a daeth pen i'r
ffenest. 'A! Ms Prydderch, chi sydd yna. Dewch i mewn,' ac
aeth Rhys i mewn wrth ei sodlau. Tywyswyd y ddau tuag at y
bar ac archebwyd shortyn mawr bob un iddyn nhw. Doedd yna
neb yn yfed peintiau yn y clwb hwylio. Ceisiodd Gwendolyn
egluro pam bod y ddau yno, ond roedd llaw y Llo Aur yn
mwytho'i chefn yn gwneud iddi giglo fel geneth bymtheg oed.

Mab cyfoethoca'r dre oedd y Llo Aur. Ei dad oedd berchen
hanner tai a busnesau'r dre, ac roedd y Llo'n ceisio'i orau i
lenwi sgidiau ei dad. Ond tra oedd ei dad wedi gallu
canolbwyntio ar adeiladu'r busnes o ddim, canolbwynt bywyd

y Llo oedd diod a merched a bywyd bras. Diflannai o'r dre bob hyn a hyn ac, yn ôl y Llo, byddai'n ymuno â'r jet-set ar draws y byd. Beth bynnag, roedd ganddo liw haul byth a beunydd ac roedd ei ddillad yn well na dim y gellid ei brynu yr ochr yma i Gaer. Roedd Gwendolyn yn ei fras gofio flynyddoedd yn ôl ond gan mai i ysgol breifat yr aeth o, doedd eu llwybrau ddim wedi croesi tan hyn.

'Tynna . . . tynna dy . . . beth allan!' meddai wrth Rhys a'i thafod cyn dewed â waled y Llo.

Edrychodd Rhys o'i gwmpas. Pe byddai wedi gofyn hynny yn y tywyllwch ar y ffordd i'r clwb, byddai wedi ystyried gwneud. Ond yn fan'ma?

'Y meicroffon,' ychwanegodd, 'i mi gael holi Damien.'

'Beth am ffendio cwaiyt cornyr ar gyfer yr interfiw?' gofynnodd y Llo Aur a'i drwyn o fewn modfedd i drwyn Gwendolyn. Chafodd hi ddim cyfle i ateb, gan i Damien roi ei fraich yn dynn amdani a'i llusgo i'r stafell lle cedwid gwobrau'r clwb.

Chafodd Gwendolyn fawr o gyfle i holi Damien gan i'r Llo blannu ei wefusau ar ei rhai hi. Collwyd y meic a'r peiriant recordio yn y pentwr dillad isaf ar lawr y stafell.

'Be uffar ti'n da yma?' Roedd Rhys yn syllu ar ddrws y Trophi Rwm pan dorrodd Dic Llwynog ar draws ei feddyliau.

'Ym, Mr Llywelyn. Mae Gwendolyn a finna yma'n gneud cyfweliada . . . efo bobol busnas y dre 'ma . . . ar gyfer y rhaglan Dolig.'

'Wela i'm golwg o Gwendolyn?'

'Mae hi yn fan'na efo'r Llo A . . . y . . . Damien . . . '

'Yn y Trophi Rwm, efo'r Llo Aur! Blydi hel!' a brasgamodd Dic am y drws.

Tarodd y drws silff â'r fath rym fel y disgynnodd dau gwpan arian i'r llawr. 'Be ddiawl 'dach chi'n neud yn potshan carpad y Trophi Rwm?' Trodd Damien i gyfeiriad y llais bygythiol, ond methodd ag yngan gair na symud gan ei fod ar fin dŵad. Wedi hynny, syrthiodd fel lleden dros Gwendolyn.

Cododd Gwendolyn ei phen. 'Dic, su'ma'i? Mae gynnoch chi dipyn go lew o wobrau ar y waliau yma . . . '

Camodd Dic yn ôl i'r lownj. 'Brian!' gwaeddodd ar y stiward. 'Dos â'r blydi secs-meniacs yma allan!'

Erbyn i Brian gyrraedd, roedd Gwendolyn wedi gwisgo'i dillad, ond roedd Damien â'i din at y nenfwd yn gorwedd yn ddiymadferth ar garped y stafell gwpanau.

'Rhys, tyrd,' meddai. 'Mae ganddon ni waith paratoi rhaglen i'w wneud,' a chydiodd yn llaw Rhys a'i dynnu allan cyn iddo gael cyfle i orffen ei ddiod.

* * *

Doedd Dic ddim mewn tymer rhy dda'r bore canlynol. 'Ellwch chi wneud rhywbeth yn iawn? Gwendolyn, ti fath â chwningan! Wyt ti un ai ar gefn neu o dan ryw ddyn bob tro dwi'n dy weld di! Pam ddiawl 'sat ti'n stopio hi, Rhys?'

'Y-y-y-y . . . o'n i'n gneud cyfweliada . . . '

'Nag oeddat, tad. Roedd y peiriant recordio ar drôns y Llo Aur, yn recordio'r ddau wrthi fel dau wiped.'

Edrychodd Gwendolyn ar ei watsh. 'Mae hi'n amser y bwletin . . . ' meddai a chododd i adael y stafell.

'Dwi isio'r rhaglen yma'n barod erbyn diwadd yr wythnos . . . a gwna'n siŵr nad ydy'r sŵn tuchan yna ar y tâp.' Trodd Dic at Marilyn. 'Heno mae'r gwasanaeth carolau?'

'Ie, Mr Llywelyn. Rydyn ni'n dechrau ar y Maes.'

'Wel, gwna'n siŵr nad ydy Gwendolyn efo chi, neu mi fydd hi'n *O deuwch ffyddloniaid* . . . ' a chwarddodd Dic ar ei jôc ei hun.

Doedd Marilyn ddim wedi deall. 'O bydd, mi bydd y ffyddloniaid i gyd yn dŵad yna.'

Trodd Dic at Rhys. 'Chdi sy'n recordio'r canu?'

'Ia,' atebodd Rhys.

'Gwna'n siŵr nad oes yna ddim secs, dim yfad, dim chwydu . . . dim dim byd. Cofia mai gwasanaeth carolau ydy hwn, ac y bydd o'n mynd allan nos Sul cyn y Dolig.'

'Iawn, Mr Llywelyn. Mi wna i.'

Canodd y ffôn, rhywun i'r Llwynog oedd yno a rhoddodd hyn gyfle i'r gweddill wagio'r stafell.

Roedd Rhys a Marilyn ar y Maes am saith. Rhys â'i beiriant recordio a Marilyn â'i llyfr carolau. Roedd Gwendolyn wedi sôn rhywbeth am fod yn brysur, cyfarfod efo rhyw ddyn busnes lleol neu rywbeth, ond roedd Rhys yn credu'n gryf mai cael ei dobio gan Damien oedd hi, neu'r ffordd arall o bosib.

Fesul un a dau daeth y dysgwyr, pob un â'i lyfr carolau a'i eiriadur a chyfarchion megis 'Noswaith da, cyfaill.' Yr arweinydd oedd Rhygyfarch. Doedd hi ddim yn noson arbennig o oer ond roedd Rhygyfarch wedi dod â hip-fflasg gydag o. 'Rhag ofn i mi cael oer,' eglurodd. Cafwyd dwy garol ar y Maes cyn cychwyn am rai o'r strydoedd cefn.

'Rydyn ni rŵan yn canu "Tawel Nos",' meddai Rhygyfarch ar ganol Stryd Seiont tra safai Rhys wrth ei ochr yn dal y meic i gyfeiriad y cantorion. Dechreuodd y dysgwyr yn ddistaw. 'Tawel nos . . . '

'Dos o'ma'r basdad! Dwi'm isio dy weld di eto!' Ac ar hynny, daeth côt a thrywsus allan o un o'r drysau yn cael eu dilyn gan ddyn yn ei drôns. Tarfwyd ar y canu.

'Blydi hel, Jango!' meddai Rhys i'r meic.

'Y-y-y-y . . . Rhys,' atebodd Jango wrth stryffaglio i'w drywsus. 'Fodan 'na ddim yn licio posision thyrti-tŵ,' meddai gan ddangos copi o'r *Perfumed Garden* yn ei boced. 'Canu ydach chi? Duw, 'na i joinio chi,' ac aeth y canwr blŵs at ferch benfelen ofnus yr olwg ar gyrion y criw. 'Ga' i afal yn dy gopibwc di, del?' gofynnodd. Nodiodd y benfelen.

Cerddodd y criw i fyny'r stryd dan ganu ac i'r stryd nesa. 'Beth cawn ni nesaf?' gofynnodd Rhygyfarch.

'Beth am "Jingl Bells"?' awgrymodd Jango.

'Nid carol yw hwn ac mae o yn Saesneg,' eglurodd Rhygyfarch.

''Di hi uffar otsh, Dolig 'di hi, 'ndê,' ond roedd Rhygyfarch eisoes wedi gwneud ei ddewis. Carol yr oedd o wedi'i chyfansoddi ei hun.

'Rŵan, te. Yn distaw . . . ' meddai, a dechreuodd y criw ganu, 'Mae Babi Iesu yn y beudy a'r hotel yn ffwli-bwcd . . . '

Camdreiglodd y criw o nodyn i nodyn nes cyrraedd, 'Ac meddai y tri dyn clyfar . . . '

"Cin-hel, 'gia, sgin rywun rwbath i agor y botal 'ma?' a stagrodd Bando i'r golwg gyda photel fawr o win coch yn ei law.

'Lle uffar gest ti honna, Bando?' gofynnodd Rhys.

'Presant Dolig, yndê.'

Doedd Rhygyfarch ddim cweit wedi deall beth ddywedodd Bando, ond roedd yn amlwg o'i stumiau mai eisiau agor y botel roedd o. 'Byddwch pripêrd,' meddai Rhygyfarch ac fel hen foisgowt mi dynnodd declyn agor potel o'i boced. 'Dyna ti, cyfaill,' meddai wrth Bando. 'Tyrd i ganu gyda ni.'

Drachtiodd Bando'n helaeth o'r botel, cyn ei chynnig i'r cantorion. Er bod eu cegau'n sych wedi'r holl ganu, doedd yr un ffansi rhoi ei weflau ar y botel wedi i rai Bando fod yna – ar wahân i Jango. Cymerodd yntau gegaid helaeth ac ymunodd Rhygyfarch â nhw drwy yfed o'i hip-fflasg.

Roedd y dysgwyr yn tynnu tua therfyn eu repertwâr ac wedi cyrraedd cyrion Coed Gwyn lle cartrefai crach Caernarfon. 'Un cân bach arall, cyfeillion,' meddai Rhygyfarch a'i dafod yn dew a'i fflasg yn wag.

Pwysai Jango a Bando ar ei gilydd gan ddal y botel wag i olau'r stryd. 'Be . . . am . . . ganu . . . "Yfwn ni . . . ddwsin o boteli"?' awgrymodd Bando.

'Pam llai?' meddai Rhygyfarch gan daflu ei lyfr carolau i'r gwynt. 'Pawb canu "Yfwn ni",' meddai a chan ei bod yn gân yr arferent ei chanu yn y gwersi yn *Y Llew* doedd dim angen y llyfr carolau.

'Musus Defis bach, fel'na mae bywyd. Mi fydd Robat yn llawer gwell lle mae o,' meddai llais cyfarwydd ar stepen drws un o dai'r crach.

Rhoddodd Rhys bwniad i Marilyn. 'Blydi hel, Dic!' A sleifiodd y ddau'n araf bach oddi wrth y carolwyr ac yn ôl am y dref cyn i Dic eu gweld.

'Brenin mawr!' meddai'r Llwynog pan glywodd y corws. 'Oes gennddoch chi ddim cywilydd a gŵr Musus Defis bach wedi'i hel i'r seilam bora 'ma! Sgynnoch chi ddim carolau i'w canu?'

'Rydyn ni . . . yn canu . . . carolau,' meddai Rhygyfarch.

'A ni . . . a ni,' meddai Jango a Bando'n cydadrodd. 'Yfwn ni . . . '

Ond chafwyd ddim rhagor o yfed; plygodd Bando at Dic. Gwenodd arno a thrwy'r bylchau yn ei ddannedd duon daeth tair ffrwd o chŵd coch i gyfeiriad Dic. Doedd y Llwynog ddim mor ysgafndroed ag y bu a methodd ag osgoi cyfraniad Bando. Sblatrwyd ei siwt ddrud â chynnwys bol yr alci.

Am unwaith, methodd Dic ag yngan yr un gair. Roedd atal dweud mawr arno. 'Ail côl ddy polîs, ail côl ddy polîs, Mr Llywelyn!' meddai Musus Defis gan frysio'n ôl i'r tŷ. Nid ar gyfer y dysgwyr yr oedd yr iaith fain, ond yn Saesneg yr arferai Musus Defis siarad pan gâi ei chynhyrfu.

Cydiodd dwy ferch yn Rhygyfarch a'i lusgo o Goed Gwyn gyda gweddill y cantorion, ac o fewn eiliadau doedd dim ar ôl o flaen tŷ Musus Defis ond pentwr o lyfrau carolau a dau feddwyn yn gorwedd yn chwil ar y llawr.

* * *

Roedd raid i Dic gael dweud yr hanes bore drannoeth. Alci yn chwydu ar ben un o ddynion busnes pennaf y dref! Ysgydwodd y pedwar eu pennau mewn cydymdeimlad. 'Mae hi wedi mynd i'r diawl yn dre 'ma, Dic,' meddai Huw Cris, a nodiodd Rhys ei ben mewn cytundeb llwyr.

'Sut aeth y canu carolau neithiwr?'

'Y-y-y-y . . . '

Ond torrodd Marilyn ar draws Rhys. 'Mi aeth o'n gwych,

Mr Llywelyn, ac mae gan Rhys lond tâp i gwneud rhaglen.'

'Da iawn, da iawn! O leiaf mae un peth wedi mynd yn iawn. Mae'n edrych yn debyg y bydd ganddon ni raglenni difyr iawn ar gyfer y Dolig.'

Nodiodd pawb.

'A chan eich bod wedi gweithio mor galed, dwi am roi'r Diwrnod Dolig yn wyliau i chi.'

Edrychodd pawb ar ei gilydd. 'Diolch, Dic.' 'Diolch, Mr Llywelyn,' meddai'r pedwar cyn i Dic ddiflannu i gyfarfod arall.

Trodd Gwendolyn at y tri arall. 'Diwrnod Dolig . . . ydach chi'n dal i fynd i gael cinio yn fflat Marilyn?'

'Wel, yndan . . . ond 'dan ni'n methu penderfynu a 'dan ni'n mynd i gael gŵydd neu dyrci,' meddai Rhys gan edrych tuag at Marilyn.

'A mae hi'n rhy hwyr i gael gŵydd rŵan,' meddai honno.
'Lle ti'n mynd?' gofynnodd Huw Cris i Gwendolyn. 'Wyt ti wedi penderfynu pa wahoddiad i'w dderbyn?'

Edrychodd Gwendolyn ar ei hewinedd. 'Ym . . . na. Mi . . . mi rydw i wedi penderfynu peidio mynd i nunlle. Aros adra ydy'r gora dwi'n meddwl.'

'Wyt ti am joinio ni?' gofynnodd Rhys, a goleuodd llygaid Gwendolyn.

Edrychodd Marilyn yn bryderus i gyfeiriad Gwendolyn. 'Nid oes lle i pedwar yn cegin fy fflat i. Fflat bach yw hi.'

'O,' meddai Gwendolyn.

'Beth am . . . beth am fynd allan i fyta?' meddai Huw. 'Fydd dim raid i Marilyn gwcio na Rhys orfod golchi llestri,' a gwyddai Huw Cris y byddai yna lawer mwy o ddiod ar gael mewn gwesty nag yn fflat Marilyn.

'Syniad gwych!' meddai Gwendolyn. 'Mi wna i fwcio bwrdd i bedwar ym Mryn Llwgfa; mae o wedi ennill sawl gwobr am ei fwyd eleni. Mi wna i ddeud ein bod ni o Radio'r Ardal yn gneud têst-test. Ella gawn ni o am ddim wedyn, neu o leia'n rhatach.'

Pan glywodd Rhys y geiriau 'am ddim' daeth gwên i'w wyneb. Roedd rhestr siopa bwyd Dolig Marilyn yn un anferth a fyddai fawr o arian ar ôl wedyn i brynu diod.

* * *

Roedd Gwendolyn wedi bwcio lle i bedwar fwyta ac aros noson ym Mryn Llwgfa, ac mi gynigiodd hyd yn oed fynd â nhw yn ei char i'r gwesty fore Dolig. Gwisgai pawb eu dillad gorau gyda sbrigyn o gelyn ynghlwm wrth bob un ac roedd Huw Cris hyd yn oed wedi trimio ei farf a gwisgo jîns newydd. Parciwyd yr Audi mor agos i ddrws y gwesty â phosib ac aeth Gwendolyn yn syth at y dderbynwraig. 'Pedwar o Radio'r Ardal, bwyd ac aros.'

Cafodd y ferch bwl o atal dweud a chamodd i'r drws y tu ôl iddi gan weiddi, 'Manijyr!'

Rhai eiliadau'n ddiweddarach, daeth dyn â dici-bô i'r golwg. 'Ms Prydderch. Mae gen i bit of e problem, aim affrêd.'

Edrychodd Gwendolyn fel twrcas arno. 'Problem?'

'Dybl-bwcd, aim affrêd. Ddrwg iawn gen i.'

Camodd Huw Cris ymlaen. 'Dybl-bwcd! Mae hi'n Ddolig, cwd. 'Dan ni isio cinio Dolig a thrimins,' a chydiodd yn llabed cot ddu'r rheolwr. 'Dim lle yn y gwesty! Pwy uffar ti'n feddwl ydw i? Joseff?'

'Ym . . . Miss Huws,' meddai'r rheolwr gan edrych o'i gwmpas am gymorth. 'Set ddy têbl in ddy said-rwm.' Trodd at Gwendolyn. 'Wrth gwrs bod yna le i chi. Camgymeriad bach. Mae gennyn ni ystafell egsglwsif i chi,' a gollyngodd Huw Cris o. 'Dewch gyda mi,' meddai a dilynodd y pedwar o i stafell i'r chwith lle'r oedd dwy ferch ifanc yn prysur hwylio bwrdd.

'Dyma chi, tebl ffor ffôr. Dyma'r meniw ac wrth gwrs y wain list.

'Twrci a'r trimins a phwdin Dolig i mi,' meddai Huw Cris heb edrych ar y fwydlen gan ei fod yn brysur yn astudio'r rhestr win. 'Rarglwydd mae'r gwin 'ma'n ddrud gen ti. Mi ddechreua i efo peint o Ginis i mi a Rhys, ac mi geith y genod ddewis y gwin.'

Mi gafodd Marilyn ei gŵydd a Rhys ei dwrci. Anghofiodd Gwendolyn bopeth am y deiet ac ymosododd ar y ceiliog ar ei phlât. Câi Huw a Rhys beint o Ginis rhwng pob cwrs a gwin tra oeddent yn bwyta. Chafwyd fawr o siarad ar wahân i archebu diod ac i ddadlau pwy oedd am dynnu'r cracyrs.

Drwy lwc roedd y pisty y drws nesaf a doedd dim rhaid cerdded yn bell ac roedd y weinyddes yn cael ei chadw'n brysur yn cludo'r diodydd o'r bar i'r bwrdd. Cliriwyd y bwyd a daeth yn amser coffi a phenderfynwyd cael brandi bob un i helpu dreulio'r bwyd. Awgrymodd Huw Cris, os oedd y ferch am arbed ei thraed, mai'r peth gorau oedd gadael y botel frandi ar y bwrdd. Cafwyd llwncdestun i'r orsaf, i'r staff, i Dic Llwynog, i Gymru . . . ac yna, tuag at ddiwedd y botel, hyd yn oed i'r cwîn.

Ddiwedd y pnawn, daeth y llawferch i mewn gan ofyn a hoffen nhw gael mins peis. 'Dim ond os cawn ni botel arall o frandi . . . na, rỳm tro yma, Harri Morgan wrth gwrs.'

Wedi i'r danteithion gyrraedd, cododd Huw Cris ar ei draed a gorchmynnodd y gweddill i wneud yr un modd. Roedd ganddo fins pei yn un llaw a glasaid o rỳm yn y llall. 'Fel'ma . . . fel'ma oedd . . . Harri Morgan . . . yn dathlu Dolig . . . yn y Caribî,' a thaflodd y rỳm i lawr ei gorn gwddw cyn stwffio mins pei i'w geg.

Doedd gan Marilyn ddim syniad pwy oedd Harri Morgan ond ar erchiad Huw a Rhys aeth mwy o alcohol i lawr ei chorn gwddw ar un tro nag a aeth erioed o'r blaen gan gael ei ddilyn gan fins pei. Trodd y rỳm fochau Marilyn yn fflamgoch and diffoddwyd y lliw pan ddilynwyd o gan y fins pei, a gwelwodd. Dechreuodd ei llygaid droi yn ei phen, a rhoddodd ei llaw dros ei cheg.

'Isio . . . chwydu mae hi,' meddai Gwendolyn oedd yn paratoi i daflu Harri Morgan i lawr ei chorn gwddw.

Roedd Rhys yn gorwedd â'i gefn ar gefn ei sedd. Pwyntiodd

i gyfeiriad y drws. 'Ma'r . . . ma'r bòg . . . ar y dde,' a rhuthrodd Marilyn allan.

Ond i'r chwith oedd y pisty a phan redodd Marilyn i'r dde aeth yn syth chwap i griw oedd ar fin gadael y gwesty wedi dathlu'r Dolig mewn steil. 'Dic, mi roedd hwnna'n bryd ardderchog,' meddai un. 'Mi fydd raid i mi drefnu un y Dolig nesaf.'

Chafwyd mo ymateb Dic gan i Marilyn redeg yn syth i mewn iddo. 'Marilyn!' meddai.

Ond chafodd Marilyn ddim cyfle i gyfarch ei bòs Dic Llwynog er iddi agor ei cheg. Ffrwydrodd lafa o fins pei, gŵydd a gwirod dros Dic. 'Brenin mawr!' meddai Mrs Llywelyn. 'Eich siwt orau chi!'

Allai Dic gael yr un gair allan. Dim ond edrych yn ôl ac ymlaen o'i siwt i Marilyn oedd ar ei phedwar ar lawr y gwesty yn gwagio gweddill ei chinio Dolig ar y carped. Roedd y tri arall wedi clywed y gweiddi ac wedi mentro i weld beth oedd yn digwydd. Pwysai'r tri'n drwm ar ffrâm y drws. 'Dic . . . ' meddai Huw Cris. 'D . . . Dolig llawan . . . '

13. Lle crafa'r iâr

'Dwi wedi cael gwahoddiad i hen-parti,' oedd geiriau cyntaf Gwendolyn pan ddaeth i'r gwaith un bore.

'Braf iawn,' meddai Huw. 'Gawn ni ddod?'

'Hen-parti, Huw. Parti genod. Mae hen ffrind ysgol imi'n dod adref i briodi, ac mae hi wedi rhoi gwahoddiad i mi ymuno yn y gweithgareddau efo hi a'i ffrindiau.'

Daeth Marilyn â'r post i mewn. 'Mae yna arogl persawr ar un o dy lythyrau di, Huw.'

Cochodd Huw wrth iddo godi'r amlen i'w drwyn.

'Wel, agora hi, Huw . . . ' anogodd Gwendolyn.

Syllai'r tri ar Huw tra agorai'r pecyn persawrus. Tynnodd ddarn o bapur allan yn ofalus a'i agor i'w ddarllen. Ond ar hynny, llithrodd pâr o nicyrs pinc allan.

'Nicyrs!' ebychodd Rhys. 'Pwy uffar fysa'n gyrru nicyrs i chdi? O'n i'n meddwl mai ond Tom Jones oedd yn cael petha felly.'

Am unwaith roedd Huw Cris yn fud. Edrychodd yn ôl ac ymlaen o'r dilledyn ar y bwrdd i'r llythyr yn ei law.

'Mae rhywun yn caru ti,' meddai Marilyn.

Cipiodd Gwendolyn y llythyr o law Huw. ' . . . *ac rwyf i wrth fy modd efo'ch rhaglen ac eisiau eich cyfarfod. Fy rhif ffôn yw* . . . '

'Esu, fydd raid i ti ei ffonio hi, Huw. Ydy hi wedi gyrru'i llun?'

Atebodd Huw mohono, dim ond cipio'r llythyr yn ôl. Cydiodd yn y nicyrs, cododd ar ei draed a diflannodd i'r stiwdio i orffen gwaith trwsio un o'r peiriannau.

'Wel, wel!' meddai Gwendolyn. 'Secs, drygs and roc-a-rôl . . . '

"Dio'm yn cymryd drygs,' neidiodd Rhys i achub cam Huw Cris.

'Be ti'n feddwl 'di'r holl alcohol yna mae o'n yfed? Mowthwash?'

Fu gan Huw Cris fawr i'w ddweud am weddill y dydd, na gweddill yr wythnos i ddweud y gwir. A phan aeth Rhys i'r *Darian* am beint ganol yr wythnos, pum peint gafodd Huw Cris ac aeth adref toc wedi canu'r gloch am un ar ddeg.

'Ti'n sâl, Huw?' gofynnodd Rhys iddo un bore.

'Pam?'

'Gweld . . . chdi'n ddistawach nag arfer.'

'Dydw i'n brysur, yn tydw? Cadw'r stiwdio 'ma i fynd, sioe nos Wener . . . ' ac ar hynny diflannodd i'r pisty.

* * *

Roedd Marilyn yn mynnu nad oedd hi'n mynd i wneud dim ond salad i swper nos Sadwrn.

'Ond all dyn ddim jest byta salad. Mae hi'n nos Sadwrn, Marilyn. Mae rhywun ffansi chydig o jips bob hyn a hyn.'

Ond doedd dim troi ar Marilyn. 'Mae sglodion yn drwg i ti. Fi eisiau ti fod yn iach. Os ti eisiau trawiad ar y calon, busnes ti yw hynny. Ond fi ddim yn mynd i gwneud sglodion yn fflat fi.'

Doedd dim amdani ond mynd i siop jips Nobi ac efallai y câi o beint ar y ffordd yn ôl i'r fflat. Ond cyn cyrraedd siop Nobi, gwelodd rywun tebyg i Huw Cris yn cerdded i lawr y stryd. Ond allai o ddim fod yn Huw Cris, oherwydd roedd ganddo siwt a chrys a thei a bwnsiad o flodau yn ei law.

Cerddodd yn gynt a daliodd y dyn i fyny. Huw Cris oedd o! Roedd ar fin ei gyfarch ond gwelodd o'n troi at yr arhosfan bysys ac yn cerdded at ddynes ganol-oed, drwsiadus. Cyflwynodd y tusw iddi. Gwenodd hithau a chychwynnodd y ddau gerdded tuag at y Maes ac i mewn i'r *Castell*. Dilynodd Rhys hwy; erbyn hyn roedd wedi colli pob diddordeb yn ei jips.

Gwelodd mai i'r lownj yr aeth y ddau, ac aeth yntau i'r pyblic. Pwysodd ar gornel y bar, yn sipian ei beint ac yn taro cipolwg i'r lownj bob hyn a hyn i ble'r eisteddai Huw Cris a'r ffansi-ledi wrth fwrdd bychan ger y ffenest.

Oedd o am fynd draw i gyflwyno'i hun, neu'n bwysicach fyth, ddarganfod pwy oedd hi? Penderfynodd beidio. Doedd o erioed yn cofio Huw Cris efo dynes o'r blaen, ar wahân i'r nain yn Sweden, ac efallai y gwnâi hyn les iddo. Efallai y byddai'n yfed llai ac yn hudo Rhys yn llai aml. Penderfynodd ddychwelyd adref at Marilyn a chan ei fod wedi anghofio popeth am ei jips bu raid iddo fodloni ar salad a thiwna.

Doedd Huw Cris ddim yr un dyn yn y gwaith. Chwibanai rhai o glasuron y pum degau, baledi'n aml a'r rheiny'n rhai rhamantus. 'Mewn hwylia da, Huw?' gofynnodd Gwendolyn un bore.

'Ydw,' oedd yr unig ateb gafodd hi.

Mentrodd Rhys i'r *Darian* ganol wythnos. 'Lle mae Huw Cris?' oedd cyfarchiad Sam y Barman. 'Ydy o wedi marw?'

'Na, mae o'n dal yn fyw. Ydy o ddim yma heno?'

'Heno! Dwi'm 'di weld o ers dyddia. Mae 'nhecins i lawr. Os na ddaw o yma'n o fuan fydd raid i mi fynd ar y plwy.'

Roedd Rhys hanner ffordd drwy'i beint pan ruthrodd un o'r selogion i mewn. 'Dwi 'di . . . dwi 'di . . . 'dwi 'di gweld Huw Cris efo dynas!'

'Dynas!' meddai pawb fel côr adrodd gan atal yr yfed am ennyd. 'Huw Cris efo dynas!'

'Oedd hi'n beth handi?'

'Oedd duw, rhy ddel i Huw Cris o beth uffar!'

'Lle welist ti o?'

'Mynd ar draws Maes oedd o, law yn llaw efo hi. Wedi gwisgo'n ei ddillad gora.'

Penderfynodd Rhys fynd i chwilio am Huw Cris a'i fodan. Roedd o bellach wedi cael digon o amser i ddweud wrtho bod ganddo un. Felly, rhoddodd glec i'w beint a'i chychwyn am y *Castell*. Aeth i mewn i'r lownj, ac yno'n eistedd wrth un o'r byrddau bychain roedd Huw Cris a'i ddynes.

'Esu, Huw. Be ti'n da'n fan'ma?'

Cochodd Huw. Yna trodd at y ddynes. 'Rhys 'di hwn. Mae o'n gweithio efo fi.'

Nodiodd Rhys.

'Ac . . . ym . . . Christine ydy hon.'

'Be gymerwch chi i yfad, Christine?' gofynnodd Rhys.

''Yf fi'n hoffi dybl jin an tonic, plîs.'

'Ginis 'ta lagyr, Huw?'

'Ym, na, mi gymra i beint o bityr.'

'Bityr, ia?'

'Ia,' meddai Huw gan wgu ar Rhys.

Daeth Rhys yn ôl efo'r diodydd a'u rhoi ar y bwrdd.

''Ych chi'n dî-jê, 'fyd, Rhys?' gofynnodd Christine.

'Ydw. 'Dach chi'n gwrando ar Radio'r Ardal?'

'Newydd ddechre. Gwrando ar Huwi, wrth gwrs,' atebodd gan wasgu braich Huw Cris, 'ond newydd symud i'r ardal 'yf fi, o Cardigan. A wnes i glwed show Huwi un nosweth, a Wow! Roedd rhaid i fi gwrdd ag e.'

Roedd Huw Cris wedi codi'r gwydr peint cyn uched ag y gellid wrth ei wagio, rhag i Rhys ei weld yn cochi rhagor.

'Pam ddaethoch chi i fyw i'r dre 'ma, felly? Mae o'n bell braidd o Cardigan?'

'Mi . . . mi golles i 'ngŵr. Cwmpo o dan lorri wnaeth e. A gallwn i ddim aros 'na wedyn, chwel.' Erbyn hyn, roedd wedi estyn hances o'i bag ac wedi'i godi i'w llygaid. 'Ac o'n i wedi gweld llunie o Gaernarfon, ac o'n i'n lico beth weles i, ac felly wnes i ffendio fflat yma. Ac mae'n fflat neis iawn, yn dyw e, Huwi?'

Nodiodd Huw, yr un pryd ag yr yfai ei beint.

'Deud wrth Rhys, Huwi, llun be sy 'da fi ar y bedspred?'

'Ym . . . llun o Elvis.'

'A ma 'da fi showyr-cyrten Elvis, 'fyd, yn 'dos e, Huwi?'

Cododd Huw. Roedd wedi gorffen ei beint, a mwmbliodd 'Oes' ar ei ffordd i'r bar.

'Ma Huwi yn ffêmys ffor hyn, on'd yw e?'

'Wel ydi, mae pawb yn licio'i sioe roc-a-rôl o.'

Cafodd Rhys beint arall efo'r ddau ac yna penderfynodd fynd am adre gan mai prin iawn oedd sgwrs Huw, ac yn amlwg roedd o'n teimlo'n anghyffyrddus o gael ei hen fêt yfed yno.

***

Roedd Rhys ar yr awyr a rhyw hanner awr arall i fynd cyn diwedd ei raglen, pan welodd law yn chwifio arno o ochr arall i'r ffenest. Blydi hel! Christine! Be mae hi'n da yma? A bu bron iddo bwyso'r botwm anghywir a chwarae 'Dawnsio ar y Dibyn' eilwaith.

Pan ddaeth allan wedi diwedd ei raglen, roedd Huw Cris a Christine law yn llaw y tu allan i ddrws y stiwdio. 'Fi'n cal mynd i'r stiwdio heno pan mae Huwi'n gwneud ei raglen,' meddai wrtho gyda Huw Cris yn sefyll yn anghysurus wrth ei hochr. 'A ma Huwi a fi isie ti a dy gariad ddod am ddrinc 'da ni nos fory.'

'O, diolch yn fawr.'

Gwrandawodd Rhys ar raglen Huw Cris ar y ffordd adref yn y car. Roedd ei ddewis o gerddoriaeth yn wahanol i'r arfer. Llawer rhagor o faledi sentimental. 'Ac efo rhestr o'r digwyddiadau roc-a-rôl yn ein hardal ni, dyma Christine Mathias . . . '

'Blydi hel! Mae hi ar yr awyr!' meddai Rhys wrtho'i hun. 'Be uffar ddudith Dic Llwynog?'

Ac mi roedd gan Dic rywbeth i'w ddweud. Roedd o eisiau gair bach efo Huw pan gyrhaeddodd fore trannoeth. Aeth y ddau i'r swyddfa ond gadawyd y drws yn agored.

'Pwy ddiawl oedd y ddynas 'na o sowth Wêls oedd gen ti neithiwr? Radio i'r ardal yma ydy hon. Mi dwi isio acenion lleol. Acenion mae pobol yn eu dallt!'

'Meddwl oeddwn i y bysa cael llais arall weithia yn rhoi

rhywfaint o amrywiaeth.'

'Yli, Huw, chdi 'di seren yr orsaf 'ma. Hebddat ti mi fysa hi'n o fain arnan ni. Well i ti sdicio at be oeddat ti'n neud o'r blaen. Dydy bobol ddim isio llais arall.'

'Ella bo chdi'n iawn, Dic.'

Ni chafwyd gwybod sut y cymerodd Christine y newyddion drwg, ond roedd hi mewn hwyliau da pan ymunodd Rhys a Marilyn â nhw yn y *Castell*. 'Mae Huwi a minne'n mynd am wylie'r mis nesaf.'

'Neis iawn,' meddai Rhys. 'I lle 'dach chi'n mynd?'

'I Memphis, i gartref roc-a-rôl,' atebodd.

'Wel, ym, ella, 'ndê. Meddwl am y peth ydan ni ar hyn o bryd. Mae'n dibynnu os ca' i holidês a phetha felly,' ychwanegodd Huw.

'Jiw, naiff Rhys gyflwyno dy brogram di.'

'Gawn ni weld, gawn ni weld,' a chododd Huw i godi rownd.

Trodd Christine at Rhys. 'Jiw, ma fe'n fachan ffein.'

'Pwy?'

'Wel, Huwi, 'ndê. Ac ma fe'n dî-jê da. A medde fe,' a phwysodd Christine yn nes ato, 'mae e'n gwneud lot o arian.'

Edrychodd Rhys yn syn arni.

'A ma 'da fe arian ar ôl bod ar y môr.'

'Ew, dwi'm yn meddwl, Christine. Mae'r pres hwnnw wedi mynd ar lysh erstalwm.'

Chafodd Christine ddim holi rhagor gan fod Huw wedi dychwelyd efo'r diodydd. Pan gododd Christine i fynd i bowdro'i thrwyn, trodd Rhys at Huw. 'Ti 'di bod yn deud wrthi bod gen ti lot o bres?'

'Naddo, siŵr dduw. Hi sydd wedi cymryd arni bod gen i beth, am 'mod i'n dî-je ac yn boblogaidd ffor' hyn, 'dê. A rŵan ma hi'n malu cachu am fynd i Memphis. Iawn, os 'di hi'n talu . . .' Ond daeth Christine yn ôl cyn iddo orffen ei gŵyn.

Tri pheint gafodd Huw ac roedd o eisiau gadael; doedd y gloch un ar ddeg ddim wedi canu eto. 'Am 'i throi hi. Diwrnod prysur fory,' a chododd gan gydio yn llaw Christine. 'Hwyl,' a diflannodd y ddau drwy'r drws.

* * *

'Rhy-ys,' meddai Gwendolyn un bore gan gau drws y swyddfa ar ei hôl. Camodd yn nes ato. "Nei di ffafr i mi?'

'Ym, dibynnu be.'

Roedd Gwendolyn o fewn rhai modfeddi iddo erbyn hyn. 'Rhyw drafferth bach sydd gen i.'

'O?'

'Ie, Dan . . . '

'Dan Dŵr? Ddy bigest plynjar in town? Dipyn o broblem 'swn i'n ddeud.'

Anwybyddwyd ei sylw tra gwthiodd Gwendolyn ei chorff yn nes ato. 'Ei . . . ei wraig o ydy'r broblem.'

Llanwyd ffroenau Rhys â phersawr drud Paris. Câi drafferth i gael ei wynt ac atal ei gwd rhag caledu. 'O . . . '

'Ia, ma hi'n ama bod yna . . . rwbath . . . rhyngddo i a Dan.'

'O . . . oes yna?'

'Wel,' meddai gan wenu a symud ei gwefusau nes oeddynt gyferbyn â rhai Rhys. 'Mae hi . . . mae hi'n cadw golwg fanwl ar Dan ac yn ei ddilyn i bobman.'

Ddywedodd Rhys ddim, dim ond gollwng ochenaid.

'A dwi . . . a dwi isio i chdi'n helpu ni. Cadw golwg arni hi, a dweud wrthan ni pan mae hi ar ein trywydd ni.'

Ceisiodd Rhys ofyn 'Sut?' ond roedd ei weflau'n crynu gymaint. Symudodd Gwendolyn ei gwefusau'n nes at ei glust dde a sibrydodd, 'Mae Dan yn dod i'r fflat heno . . . Mi fydd wedi parcio ei fan yn ddigon pell ac wedi . . . ac wedi cerdded ar hyd y llwybr cefn a . . . dod i mewn drwy ffenest fy . . . fy mathrwm . . . '

Bu raid i Rhys sadio ei hun yn erbyn ei ddesg gan fod ei goesau wedi rhoi wrth i anadl boeth, bersawrus Gwendolyn dreiddio i'w ffroenau. Roedd wedi ei ddal fel cwningen yn llygaid wenci. 'Ia . . . iawn, G . . . g . . . Gwendolyn.'

'Dwi isio i chdi sefyll y tu allan i fy fflat . . . a mobail yn dy law . . . ac os gweli di wraig Dan . . . ffonia fi.' Ar hynny symudodd Gwendolyn yn ôl. Chwythodd gusan tuag at Rhys ac aeth allan drwy'r drws.

Am saith o'r gloch y noson honno, roedd Rhys yn pwyso ar gornel Stryd y Cregyn ble gallai weld y drws a arweiniai i fflat Gwendolyn yn Newborough Villas. Doedd yna ddim llawer o bobol yn mynd heibio, ond roedd y rheiny welodd Rhys yn edrych yn amheus iawn arno a nifer yn croesi'r stryd rhag dod yn rhy agos ato. Edrychai tuag at ffenest y fflat bob hyn a hyn ond doedd dim i'w weld ond y llenni wedi'u cau.

Aeth hanner awr heibio, wedyn awr, wedyn dwyawr. Ym mhen draw'r stryd gwelodd Rhys ddynes ganol oed, drwsiadus yn cerdded yn araf gan edrych ar bob drws yn fanwl. Tybed ai hon oedd Mrs Dŵr, neu beth bynnag oedd enw'r greadures? Cerddodd y ddynes i ben y stryd ac yna'n ôl. Yna arhosodd o flaen drws fflat Gwendolyn. Blydi hel! Hi ydy hi! Estynnodd Rhys i'w boced a chythru am ei ffôn symudol. Roedd ar bwyso'r botwm ble'r oedd rhif Gwendolyn wedi'i storio pan ddaeth llaw drom ar ei ysgwydd. Plisman oedd yno.

'Be ti'n da'n fan'ma?'

'Y-y-y . . .'

'Tyrd efo fi i'r stesion. Mae 'na nifer o bobol wedi cwyno bod yna rywun amheus yn sefyll ar gornel y stryd.'

'Ond . . .'

Llusgwyd Rhys gerfydd ei goler rownd y gornel i swyddfa'r heddlu. Yno, ceisiodd egluro mai gwarchod Gwendolyn rhag gwraig Dan Dŵr oedd o. Mi gymerodd hi hanner awr i berswadio'r heddlu mai diniwed oedd ei fwriad, a hynny ond wedi i sarjant ymuno â nhw oedd wedi clywed am wendidau cnawdol y ddau.

Wedi iddo gael ei ryddhau a brysio'n ôl am Newborough Villas roedd yn rhy hwyr. Clywai'r sŵn sgrechian a gweiddi o bell. Pan gyrhaeddodd roedd Dan yn gorwedd yn anymwybodol yn erbyn wal a Mrs Dŵr ar gefn Gwendolyn yn ei waldio'n ddidrugaredd. Brysiodd Rhys i geisio achub ei gydweithiwr ond pan oedd o fewn cyrraedd i Mrs Dŵr cafodd ddwrn yn ei geilliau ganddi a suddodd i'r llawr.

'Gwna rwbath! Ffonia'r polîs! Brysia, neu mi fydd hi wedi fy lladd i!' gwaeddodd Gwendolyn â'i hwyneb yn waed i gyd.

Cythrodd Rhys am ei ffôn symudol a ffoniodd yr heddlu. Yr un plisman a fu yno hanner awr ynghynt ddaeth yno. 'Roeddat ti'n dweud y gwir felly,' meddai wrth Rhys. 'Reit 'ta, genod, dyna ddigon,' a phlygodd i godi Mrs Dŵr oddi ar Gwendolyn. Ond doedd hi ddim wedi gorffen â Gwendolyn a chafodd y plisman ddwrn yn yr un lle ag y cafodd Rhys un. Pan ddaeth ato'i hun, tynnodd ei drynshyn allan. 'Ocê, Musus, dyna ddigon.' Ond ni fu raid defnyddio'r trynshyn; roedd Mrs Dŵr wedi ymlâdd a disgynnodd yn swp ar y stryd gan grio'n hidl. Erbyn hyn roedd Dan wedi dod ato'i hun.

'Mi a' i â hi adra, offiser,' meddai gan gydio'n dyner yn ei wraig oedd rai munudau'n ôl wedi rhoi noc-owt-pynsh iddo.

Roedd Gwendolyn yn gorwedd fel lleden ar y pafin. Roedd ei hwyneb yn waed ac yn gripiadau drosto a'i dillad yn rhacs.

'Ydach chi'n iawn, Miss?' gofynnodd y PC. 'Ydach chi ddim isio cis-of-laiff neu rwbath?'

Ysgydwodd Gwendolyn ei phen. O leiaf roedd hi'n dal yn fyw. Cododd yn ara deg gan gydio yn un o'i hesgidiau. 'Dwi'n iawn, offiser,' ac ymlusgodd yn simsan i mewn i rif 6 Newborough Villas.

* * *

Wedi noson o gwsg a thunnell o golur, doedd Gwendolyn fawr gwaeth fore trannoeth. 'Ym, Marilyn,' meddai pan oedd yn cael ei phaned ganol bore. 'Be wyt ti'n neud Sadwrn nesaf?'

'Dim byd arbennig,' atebodd honno.

'Sut fasat ti'n licio dod ar y lysh . . . cael pnawn bach difyr efo fi a'm ffrindiau?'

'Diolch yn fawr, Gwendolyn. I ble rydych chi'n mynd. I siopa?'

'Ym, na. Mi rydyn ni'n mynd i gael rhyw ginio bach i ddechrau, ac yna rhyw ddiod neu ddau a . . . tipyn o hwyl, yndê.'

'Dim y Sadwrn nesaf oedd dy hen-parti di i fod?' gofynnodd Huw Cris.

'Ia. Mi ges i gynnig dod â rhywun efo fi . . . ac . . . ac o'n i'n meddwl y bysa fo'n help i Marilyn loywi ei Chymraeg.'

'Diolch, Gwendolyn,' meddai Marilyn. 'Faint o'r gloch ac ym mhle?'

'Yn y *Brython*, rhyw un ar ddeg.'

'Mae hi'n mynd i fod yn uffar o sesh felly?'

Anwybyddodd Gwendolyn sylw Huw Cris. 'Rhyw ddiwrnod bach i'r genod, yndê.'

Ond diwrnod mawr oedd hi. Roedd Gwendolyn wedi siarsio Marilyn i fod yn y *Brython* erbyn un ar ddeg a chafodd bàs gan Rhys yno. Roedd Gwendolyn a'i ffrindiau yno eisoes gan fod rhai wedi aros noson yn y gwesty. Roedd pob un â gwydraid mawr o jin yn ei ddwylo pan gyrhaeddodd Marilyn. Gwthiwyd un tebyg i'w llaw hithau . . . ac un arall . . . ac un arall.

Doedd Rhys ddim yn gwybod be i'w wneud â'i hun. Ddydd Sadwrn byddai un ai'n mynd am beint efo Huw Cris neu'n mynd am dro efo Marilyn. Ond doedd yr un ar gael y Sadwrn yma. Bu bron iawn iddo fynd i'r gwaith, ond penderfynodd beidio. Cerddodd o gwmpas y dref, prynodd baced o jips a sgodyn ac aeth yn ôl i'r fflat. Doedd dim o ddiddordeb iddo ar y teledu, felly penderfynodd fynd am beint. Er bod *Y Darian* yn lled lawn, doedd dim sgwrs gall i'w chael yno, ac wedi dau beint penderfynodd fentro am *Y Brython* i weld sut siâp oedd ar Marilyn a Gwendolyn.

Roedd Marilyn eisoes wedi bod yn cysgu unwaith, ond erbyn hyn wedi deffro ac wedi mynnu mai dŵr roedd hi eisiau i'w yfed. Doedd y genod ddim wedi ei deall, nid oherwydd mai dysgwraig oedd hi ond am fod ei thafod yn dew. Jin gafodd hi, ddim dŵr. 'Rhaid iti beidio mynd i gysgu eto, Marilyn,' meddai Gwendolyn, 'mae'r stripar yn dod yma unrhyw funud.' Ond mynd i gysgu wnaeth Marilyn.

'Genod, dwi'n mynd am bisiad,' meddai Gwendolyn. 'Os daw'r stripar, dudwch wrtho am ddal arni nes ddo i'n ôl.'

Rai munudau'n ddiweddarach cerddodd Rhys i'r *Brython*. Clywodd sŵn merched yn gweiddi yn dod o un o'r stafelloedd cefn. Rhoddodd ei ben i mewn drwy'r drws a daeth llaw gref ato a'i lusgo gerfydd ei war i ganol y merched. 'Mae'r stripar wedi cyrraedd,' meddai un hogan reit nobl.

'Ond . . . ' ond boddwyd 'ond' Rhys gan y merched yn gweiddi 'Hwrê!'

Chafodd o ddim cyfle i egluro mai dod yno i weld Marilyn a Gwendolyn roedd o. Roedd y merched wedi dechrau rhwygo'i ddillad i ffwrdd fesul un. 'Hei, hold-on rŵan, genod . . . dim fi ydy . . . ' ond cyn iddo gael gorffen ei frawddeg roedd ei drôns wedi cael ei daflu tuag at y siandelïyr. Safai'n noethlymun ynghanol cylch o ferched chwildrins.

'Marilyn! Deffra, neu mi fyddi di wedi colli'r stripar.'

Ar hynny agorodd ei llygaid ac edrych tuag at ganol y llawr. Rhwbiodd ei llygaid. 'Rhys! Rhys, pam dy bod ti heb dillad?'

'A dyma nhw fy ffrindiau,' meddai Gwendolyn gan dywys y Llo Aur i'r stafell. 'Blydi hel! Rhys yn noeth!'

'Fedrwch chi ddim fforddio stripar gwell na hwnna?' meddai'r Llo Aur, a thynnodd Damien ei grys drudfawr gan ddangos ei groen brown i'r genod.

'Waw!' meddent ag un llais, ac anghofiwyd am Rhys. Rhoddodd hyn gyfle iddo gydio yn ei ddillad, eu gwisgo ar frys a rhedeg allan o'r stafell ond roedd ei drôns yn dal i hongian oddi ar y siandelïyr.

Cariwyd Marilyn i'w fflat yn oriau mân bore Sul. Roedd Rhys eisoes yn cysgu ar lawr y lolfa. Pan gododd y bore wedyn, doedd dim siâp symud ar Marilyn, felly gwnaeth bwt o frecwast iddo'i hun ac aeth allan am dro i nôl papur.

Penderfynodd eistedd ar fainc ar y Maes i'w ddarllen. Roedd ond wedi cyrraedd yr ail dudalen pan glywodd sŵn canu. Trodd ei ben. Jango oedd yno, efo'i gitâr. 'Lle ti'n mynd?' gofynnodd Rhys.

'Mae 'na jam-sesiyn yn y *Darian*. Mae pethau'n fain yno ers i Huw Cris gadw draw ac maen nhw am gael miwsig pnawn Sul i ddenu pobol yno. Fydd raid iti ddod gan dy fod ti'n dî-jê.'

'Ond . . . ond, dwi'm yn meddwl y cei di fynd i'r *Darian*, Jango. Dydy Sam ddim yn meddwl llawar o dy ganu di.'

'Yli, sgynno fo ddim dewis. Dwi yno bai popiwlar ricwest. Pwy ydy'r miwsisian mwya ffemys yn dre?'

Atebodd Rhys mohono ond dilynodd o i gyfeiriad y *Darian*. Roedd Sam wedi gosod offer sain yng nghornel y dafarn a chafodd Rhys groeso mawr a gorchymyn i fod yng ngofal y gweithgareddau am y diwrnod. Ond nid oedd croeso i Jango.

'Ti'm yn dod â'r jynci yna i mewn,' meddai.

'Ond, Sam, fo ydy'r unig gerddor sydd gen ti yma ar hyn o bryd.'

Trodd Sam at Jango. 'Sgin ti ddrygs arnat ti?'

Ysgydwodd Jango ei ben.

'Reit, dos i ganu. Unrhyw lol a dwi'n ffonio'r plismyn.'

Camodd Rhys at y meic wedi iddo gael peint gan Sam. 'Croeso i bawb i sesiwn y *Darian*,' meddai wrth y dwsin oedd wedi dod yno i gael Sul distaw yn darllen eu papurau.

Cerddodd Jango i'r llwyfan, tynnodd stôl at y meic ac eistedd arni gan gydio yn ei gitâr. 'Oes gan rywun ricwest?'

'Oes,' meddai un â'i drwyn yn dynn yn ei Niws of ddy Wyrld. 'Ffwcia'i o'ma!'

Ond roedd Jango'n benderfynol o ddechrau'r gweithgareddau a chafwyd fersiwn blŵs o 'Pam fod yr eira'n wyn?'

Roedd Rhys wedi camu'n ôl at y bar ac ar fin archebu ei ail beint.

'Be uffar 'di'r sŵn yna?'

Trodd pawb at y drws. 'Blydi hel, Huw Cris!'

'Mae canu Jango mor uffernol, mae o wedi codi'r marw'n fyw,' meddai un cyn rhoi ei ben yn ôl yn ei bapur.

Llifodd y cwrw i gyfeiriad Huw Cris, cymaint oedd y croeso.

'Lle mae Christine?' gofynnodd Rhys wedi i'r dorf ddistewi.

'O'n i isio peint. Mi ddudis i wrthi fod gen i waith yn tŷ. Tydy dyn ddim isio dynas trwy'r amsar, sti.'

Nodiodd Rhys. Roedd hi fel yr hen amser. Âi'r Ginis i lawr eu gyddfau'n ddi-stop, a chaent falu cachu heb wylio be oedden nhw'n ddweud.

'Wyt ti . . . wyt in lyf efo Christine?' gofynnodd Rhys wedi i'r Ginis gael effaith ar ei leferydd.

'Wel, ti'n gwbod fel mae hi. Mae hi'n beth ddigon del . . . ac ma' rhywun isio tamad bob hyn a hyn, ond rarglwydd ma hi'n mynd ar fy nyrfs i weithia. Mae hi isio hyn a llall. Mae hi'n meddwl 'mod i'n graig o bres. A ma hi'n dal i falu cachu am fynd i Femphis. Rarglwydd, sgen i'm digon o bres i fynd i Fachynllath!'

Cododd Huw ar ei draed. 'Mae'n amser cael rỳm neu ddau. Dwi'm 'di cael un erstalwm. Sam, estyn at botal Capten Morgan i mi a Rhys.'

Doedd dim pwrpas symud oddi wrth y bar pan oedd yna rỳn am y rỳm. Aent i lawr lôn goch Huw Cris fel confoi o lorïau brown. Wedi tri gwydr mawr, roedd Rhys wedi rhoi ei ben ar y bar a syrthio i gysgu, ond doedd dim stop ar Huw Cris. Roedd Sam ar fin dweud wrtho bod y botel bron yn wag, pan ddaeth llais diarth o gyfeiriad y drws.

'Huwi! Fi 'di bod yn whilo amdanat ti bobman a wedodd rhyw foi mai yn fan hyn y byddet ti.'

Edrychodd Huw Cris ar Christine gydag un llygad wedi'i chau a'r llall yn lled agored. 'Chris . . . Christine . . . chdi sydd 'na. Tyd i ista efo fi . . . yn fan'ma . . . i gal rymsan bach.'

Ond chafodd Christine ddim cyfle i ymuno ag o ger y bar, gan i Huw Cris ddisgyn oddi ar ei stôl.

'Gwd god! Ti wedi meddwi'n rhacs! Dere, fi'n mynd â ti

gartre,' a cheisiodd Christine godi Huw Cris yn ôl ar ei draed.

'Dos o'ma, ddynas. Dwi isio . . . un . . . rymsan bach arall . . . ac mi ddo i efo chdi.'

'Dim un arall,' meddai Christine gan roi braich Huw Cris am ei sgwyddau a'i led-gario allan o'r dafarn. 'Wyt ti'n gywilydd i dy weld a tithe'n ddyn amlwg yn y dre 'ma.'

* * *

Doedd yr un o'r ddau yn eu gwaith yn gynnar fore trannoeth. Am unwaith roedd gan Huw Cris ben mawr, er nad oedd y cyflwr hwnnw'n ddiarth o gwbwl i Rhys.

'A be ddudodd hi wrthat ti cyn deud nos da?' gofynnodd Rhys.

'Sut uffar dwi'n gwybod? Dwi'n cofio dim ar ôl gadael y *Darian*.'

'Hogia bach! Dwn i'm be 'dach chi'n weld yn yr yfad yma,' meddai Gwendolyn. 'Mi adawa i chi i nyrsio'ch pennau. Mae gen i fwletin i'w baratoi.'

'Ac mae'n rhaid i mi fynd i'r stiwdio. Mae'n amsar fy rhaglan fora i,' meddai Rhys gan daro'i olwg ar y cloc.

Doedd Rhys ond wedi cyflwyno'i hun, pan agorwyd drws y ganolfan ddarlledu gan ddynes wyllt. Christine oedd yno.

'Huw! Rwyt ti wedi codi c'wilydd mawr arna i! Ro'n i'n credu bo' 'da fi ddyn o safon, dyn o'dd yn enwog . . . ond beth wyt ti ond . . . meddwyn! Meddwyn!'

Camodd Huw Cris yn ôl tuag at ddrws y stiwdio. Doedd dim yn waeth ganddo na merched yn gweiddi a chwyno. 'Wy'n mynd 'nôl i Cardigan, a so fi eisie dy weld ti byth 'to – yn enwedig ar ôl y pethe cas 'nest ti weud wrtha i nithwr.'

'Be ddudis i? Dwi'n cofio dim.'

Ond atebodd Christine mohono. Agorodd ddrws y stiwdio a gwaeddodd ar Rhys oedd â'i feic yn agored. 'Dwyt tithe ddim tamed gwell whaith! Ma pobol Caernarfon yn alcoholics i gyd, yn rhegi a . . . ' Caeodd y drws yn glep a cherddodd Christine allan o fywyd Huw Cris.

Canodd y ffôn. Dic Llwynog oedd yno. 'Mae'r blydi ddynas 'na o'r sowth ar y radio eto, yn pardduo enw Caernarfon y tro yma . . . '

14. Diwedd y gân . . .

'Mae hi'n shit or byst yma. Does yna fawr ddim byd rydan ni wedi'i drio wedi gneud pres. 'Dydach chi wedi meddwi, chwydu neu ar gefn rwbath bob tro rydan ni'n trio codi'r hen orsaf yma ar ei thraed? Os na wnawn ni bres y mis yma, dyna hi – ffinishd – capwt – ta-ta!'

'Ond Dic, mae gynnoch chi ddigon o bres yn barod,' meddai Gwendolyn gan geisio achub y sefyllfa.

'Pres! Ella bod gen i bres, ond nid o'r orsaf radio 'ma dwi wedi'i gael o. Dwi wedi gweithio'n galad ar hyd fy oes. Yn wahanol i chi i gyd. Ar wahân i Huw Chris, wrth gwrs. Heb yr adfyrts o gwmpas ei sioe o, mi fysa hi ar ben arnon ni erstalwm!'

Edrychodd pawb ar ei gilydd.

'Mi gwnaf i gweithio am dim, Mr Llywelyn, os gwnaiff hyn help,' meddai Marilyn.

Anwybyddodd Dic hi. 'Mae gynnoch chi fis i wella petha, neu . . . ' ac ar hynny cododd Dic a brysio o'r ganolfan ddarlledu.

Am weddill y dydd bu Rhys yn chwarae mwy o recordiau Hogia'r Wyddfa a John ac Alun nag a wnaeth erioed o'r blaen a bu i Gwendolyn wneud pob bwletin newyddion yn fyw yn hytrach na recordio pentwr ar y tro. Ond roedd pawb yn cytuno bod raid cael un digwyddiad mawr ar yr orsaf er mwyn denu gwylwyr a hysbysebion a chadw Dic Llwynog yn hapus. Addawodd pawb beidio meddwi a chambihafio am yr wythnosau oedd i ddod, a doedd hi ddim yn debyg y byddai Gwendolyn am gael gweld y cledda cig am dipyn gan fod pawb yn y dre'n gwybod ei hanes hi a Mrs Dŵr erbyn hyn.

Roedd Dic yn y swyddfa'n gynnar fore trannoeth. Eisteddai wrth ddesg a phentwr o gyfrifon o'i flaen. Tynnai ei wynt i mewn rhwng ei ddannedd bob hyn a hyn a gwlychai flaen ei bensel cyn rhoi tic neu groes yma ac acw. Daeth Rhys, Huw a Marilyn i mewn.

'Rydyn ni wedi bod yn meddwl am ffordd o godi pres,' meddai Huw ar ran y tri. 'Cyngerdd mawreddog . . . efo Hogia Llandegai, Hogia'r Wyddfa, Iona a Gandi . . . '

'A Bob Tri Melin,' ychwanegodd Marilyn.

'Mae o wedi marw,' meddai Rhys wrthi drwy ochr ei geg.

'Mi ddaw pawb yno os wnawn ni ddeud fod petha ddim yn dda ar Radio'r Ardal,' ychwanegodd Huw.

'Ddim yn dda!' Cododd Dic ar ei draed ac aeth ei lais yn uwch yr un pryd. 'Deud bod un o fy musnesau i mewn trafferth! Peidiwch â meiddio dweud hynna wrth neb!' A chaeodd ei lyfr cownts gyda chlep cyn brasgamu allan o'r swyddfa.

'Doedd Mr Llywelyn ddim yn hoffi y syniad yna, yn nac oedd,' meddai Marilyn ond ddywedodd yr un o'r ddau arall air o'u pennau – nes i Gwendolyn ddod i mewn gyda'r Llo Aur.

'Blydi hel! Y Llo . . . Damien, be ti'n da yn fan'ma?' gofynnodd Huw.

'Hai eferiwon,' meddai Damien gan nodio ar bawb.

'Mae Damien yma ar gyfer rhaglen newydd sydd gen i'n syth ar ôl y newyddion canol dydd. Rhaglen ydy hon yn sôn am bethau gorau bywyd. Teithio'r byd, cyfarfod â'r sêr, y bwyd a'r gwinoedd gorau, nain-star hotels, casinos, Concorde, y lot . . . a phwy well i sôn am hynny na Damien, wrth gwrs. Fydd dim isio i chdi chwara dy recordia pnawn 'ma, Rhys, mi fydd Damien a minnau yn y stiwdio drwy'r prynhawn,' meddai gan wenu'n gariadus ar y Llo.

'Ydy Dic yn gwbod?' gofynnodd Rhys.

'Pan glywith Dic lais Damien ar yr awyr mi fydd wrth ei fodd. Codi safon yr orsaf a busnesau gorau'r ardal yn heidio i hysbysebu.' Ac ar hynny daliodd ei llaw allan a thywys Damien i'r stiwdio.

Gan nad oedd yna fawr i'w wneud yn y pnawn tra oedd Damien a Gwendolyn yn llenwi tonfeddi'r awyr, penderfynodd y tri gloi eu hunain yn y swyddfa a cheisio meddwl am syniadau i achub yr orsaf.

Doedd dim yn tycio. Roedd pob syniad yn mynd i gostio arian ac roedden nhw'n gwybod na fyddai Dic yn gwario rhagor ar yr orsaf. Torrodd sŵn y ffôn ar draws eu meddyliau.

'Rhys! Pam ti'm yn chwarae dy recordia? Pam fod y coc-oen 'na'n y stiwdio efo Gwendolyn yn malu cachu? Mae o'n embarasment llwyr! Tynnwch o oddi ar yr awyr yn syth!' Ac aeth y ffôn yn farw.

Doedd dim rhaid i Rhys egluro, roedd y ddau arall wedi clywed Dic yn gweiddi i lawr y ffôn. 'Sut 'dan ni'n mynd i gael y Llo Aur allan o'r stiwdio?' gofynnodd Rhys. 'Mi fydd Gwendolyn yn wallgo.'

'Gad o i mi,' meddai Huw Cris a chychwynnodd gerdded tuag at y stiwdio. Roedd y golau coch ymlaen a cherddodd Huw at y ffenest. Gwelai'r ddau y tu ôl i'r gwydr wedi gosod dau feic wrth ei gilydd ar ganol y bwrdd ac yn sgwrsio wrth syllu i lygaid ei gilydd. Gwnaeth Huw arwydd ar i Gwendolyn ddod allan, ond chymerodd hi'r un sylw. Agorodd y drws yn ddistaw a gwnaeth arwyddion ar Gwendolyn na fedrai mo'u hanwybyddu. Wedi i frawddeg Damien ddod i ben, pwysodd Gwendolyn fotwm a chafwyd nodau cyntaf Frank Sinatra'n canu 'New York, New York'. Cododd Gwendolyn o'i sedd a daeth allan at Huw.

'Be uffar t'isio?'

Eglurodd Huw nad oedd Dic yn rhy blês o gael Damien ar yr awyr.

'Dwi'n meddwl ei fod o'n briliant!' meddai Gwendolyn ac aeth yn ôl i'r stiwdio.

'Huw, mae Dic wedi bod ar y ffôn eto. Mae o'n wallgo,' meddai Rhys.

'Wel, does yna ddim amdani. Mi awn ni'n dau i mewn. Comandîria di'r meic a phwysa fotwm i gael record ac mi wna i halio'r hwrgi allan.'

Roedd Damien wrthi'n sôn am Jina Lolobrijida pan gerddodd y ddau i mewn. Neidiodd Rhys at y botwm oedd yn cau'r ddau feic a phwysodd fotwm arall a daniodd gân 'Y Chwarelwr'. Yn y cyfamser, roedd Huw wedi cydio yn Damien rownd ei ganol ac wedi'i lusgo allan o'r stiwdio. Rhedodd Gwendolyn allan ar ôl y ddau.

'Be 'dach chi'n drio'i neud? Difetha'n rhaglen i!'

'Dic roddodd ordors i ni. Doedd o ddim isio'r Llo Aur ar ei radio o.'

'Ond . . . '

Llusgwyd y Llo Aur allan o'r adeilad a'i ollwng y tu allan i'r drws a rhedodd Gwendolyn allan ar ei ôl. Erbyn hyn roedd Dic wedi cyrraedd. 'Damien,' meddai wrth weld y Llo ar y llawr. 'Mae'n ddrwg iawn gen i am hyn, a minnau a'ch tad yn gymaint o ffrindia. Huw wedi arfar ar y môr w'chi . . . '

'Ond chdi ddywedodd wrth Huw Cris am ei daflu allan o'r stiwdio,' gwaeddodd Gwendolyn arno.

'Mmm . . . teimlo oeddwn i nad . . . oedd ein cynulleidfa'n barod am siarad a sgwrsio yn y pnawn . . . Maen nhw wedi arfar cael recordia a ballu.'

'Ydyn, a dyna pam nad oes yna uffar o neb yn gwrando ar dy blydi orsaf di!'

Cydiodd Dic ym mraich Gwendolyn a'i thywys i'r ochr. 'Un gair arall gen ti,' meddai dan ei wynt, 'ac mi fyddi di'n chwilio am job arall.'

Tawelodd Gwendolyn ac aeth at y Llo i'w gysuro. 'Dwi'n mynd efo Damien. Geith Rhys neu Marilyn neu rywun wneud y bwletinau newyddion,' a cherddodd law yn llaw â'r Llo Aur tuag at y Mercedes to-clwt â'r rhif preifat ARY9.

'Mae hi'n shambls! Yn blydi shambls yma!' meddai Dic wedi iddo gyrraedd y swyddfa. Ond canodd y ffôn cyn iddo allu cario ymlaen.

'Ie,' meddai'n flin, ond meddalodd ei lais wrth i'r un y pen arall i'r ffôn ddweud ei neges. Erbyn diwedd y sgwrs, roedd hi'n 'Diolch yn fawr iawn,' 'Wrth gwrs,' a 'Mi wna i, siŵr iawn.'

Trodd Dic at y tri. 'Achubiaeth! Mae 'na gwmni o Gaerdydd yn symud i fyny yma i agor canolfan ffitrwydd, *gym*, lle cael lliw haul a ballu ac maen nhw eisiau hysbysebion yn rheolaidd ar yr orsaf ynghyd â noddi ambell i raglen. Swm sylweddol o arian os ca i ddeud. Digon i achub yr orsaf. Reit, dydw i ddim isio i ddim byd fynd o'i le efo hyn . . . neu ar y clwt fyddwch chi i gyd. Dallt?'

Nodiodd pawb, er nad oedd Marilyn yn rhy siŵr beth oedd ystyr bod ar y clwt.

'Dwi am i chdi a Marilyn,' meddai gan gyfeirio at Rhys, 'fynd i lawr i'r ganolfan yma fory, sef y diwrnod mae hi'n agor, i wneud rhaglen ddwyawr arni. Dwi isio chi drio bob dim . . . bob dim, 'dach chi'n dallt, a gwneud rhaglen ddiddorol. Iawn?'

Nodiodd y ddau.

Hen gapel Bedyddwyr oedd *Dim Ffit*, gyda'r horwth adeilad wedi'i rannu'n ystafelloedd oedd yn cynnwys pob math o offer i gadw'n heini, gwelyau i gael lliw haul, byrddau i gael masaj a thwb mawr jacwsi i gael hwyl. Roedd Rhys wedi sicrhau bod ganddo drôns glân, di-dwll yn y tin, er y dyddiau hyn roedd Marilyn yn mynnu ei fod yn eu newid yn weddol aml. Cafodd gawod ac roedd yn barod i fynd gyda Marilyn a'i beiriant recordio i'r ganolfan ffitrwydd.

Blondan hirgoes agorodd y drws iddyn nhw, un â Chymraeg Glan Taf ar ei gwefusau. 'Croeso i ffitnes-senty ni. Beth hoffech chi gael gyntaf?' gofynnodd gan wthio darn o gerdyn a rhestr o'r gwasanaethau arno.

'Rydwyf i am fynd ar y gwely haul cyntaf,' meddai Marilyn.

Ond cyn i Rhys benderfynu, cydiodd Jayne Caradog – oherwydd dyna oedd ar y bathodyn ar ei chôt wen – yn nhop braich Rhys. 'Mi allet ti neud 'da wyrc-owt i gael rhagor o fysls,' meddai.

Doedd Rhys ddim wedi bod yn y *gym* ers dyddiau ysgol a

hyd yn oed yr adeg hynny un o'r hogia oedd yn eistedd yn y gornel am eu bod wedi anghofio'u shorts oedd o. Cyfeiriwyd Marilyn i'r stafell haul ac aeth Jayne Caradog i lawr i'r seler lle arferid bedyddio plant drwg y dre a lle roedd 'na, erbyn hyn, res o beiriannau chwysu. 'Cer ti i newid i shorts,' meddai Jayne Caradog.

'Lle, yn fan'ma?' gofynnodd Rhys gan edrych yn bryderus ar y ddeheuwraig, ond cyfeiriodd hithau at res o gabanau bychain a drysau fel rhai salŵn cowboi arnyn nhw.

'Fan yna,' meddai'r benfelen. 'Brysia ti.'

Aeth Rhys â'i fag drwy un o'r drysau salŵn. Dechreuodd dynnu amdano ond prin bod y drysau bychain yn cuddio dim. Wrth iddo blygu ei goesau i dynnu ei drôns, roedd yn sicr fod Jayne Caradog yn gallu gweld ei gwd. Yna mentrodd allan at y benfelen a'i pheiriannau ffitrwydd.

'Hoffet ti gael reid cyntaf?' gofynnodd iddo.

Yn wir, roedd Jayne Caradog yn beth smart ofnadwy. Roedd ei gwallt hir melyn yn disgyn fel rhaeadr dros ei hysgwyddau a chan fod rhai o fotymau uchaf ei gwisg wen wedi'u hagor, gallai Rhys weld rhych ei bronnau a phrin y gwnâi godrau ei gwisg wen guddio'r ynys afallon ar dop ei choesau.

Ond beth petai Marilyn yn dod i mewn wedi sesiwn ar y gwely haul a'i ddal ar gefn Jayne Caradog? Mi fuasai'n ddigartref . . . os nad oedd gan Jayne Caradog fflat rywle yn y dre? Ond torrodd Jayne ar draws ei feddyliau. 'Mi wna i gosod yr ecsyrsais baic rhywle yn y canol i ti,' meddai gan gyfeirio at feic mynd-i-nunlle ar ganol llawr y *gym*.

Doedd Rhys ddim wedi bod ar gefn beic ers blynyddoedd – ar wahân i Sonia, wrth gwrs, a bu raid i Jayne ostwng y nobyn i'r gwaelod gan mai prin y gallai Rhys droi'r pedalau.

'Ti ddim yn ffit,' meddai wrth Rhys pan welodd y chwys ar ei dalcen.

Ceisiodd Rhys ddweud 'Na' ond doedd ganddo ddim digon o wynt. Awgrymodd Jayne y buasai'n well i Rhys fynd ar y peiriant rhedeg-i-nunlle ond iddo gerdded arno. Roedd yn nes at ddant Rhys gan iddo gerdded digon o gwmpas y dref, yn arbennig o un dafarn i'r llall.

Wedi pum munud, roedd hyd yn oed y peiriant cerdded yn ormod i Rhys ac awgrymodd Jayne Caradog y dylai gael masaj a thywyswyd o i ystafell gul, hir a gwely yn y canol. 'Ti tynnu amdanat a gorwedd ar y gwely,' meddai Jayne gan estyn lliain iddo.

Safodd Rhys ar ganol y llawr gan ddisgwyl i Jayne Caradog un ai adael yr ystafell neu o leiaf droi ei chefn iddo gael tynnu amdano a rhoi'r lliain drosto ar y gwely. Ond wnaeth hi ddim a bu raid iddo stryffaglio o'i drôns a'i fest gan geisio cuddio'r tacl dan y lliain. Tra oedd Rhys yn dadwisgo roedd y benfelen wedi estyn poteli o hylifau a dechreuodd daenu rhywfaint ar ei dwylo. 'Ti gorwedd ar dy bol,' gorchmynnodd.

Ufuddhaodd Rhys a chwipiodd Jayne Caradog y lliain oddi arno. Brysiodd Rhys i roi ei ddwylo dros ei din ond tynnodd Jayne Caradog nhw oddi yno'n dyner a'u rhoi un bob ochr iddo. Tywalltodd rywfaint o'r hylif ar ei gefn ac yna dechreuodd dylino ei gorff, gan ddechrau ar ei ysgwyddau ac yna gweithio'n araf bach i waelod ei gefn ac yna at fochau ei din. Teimlai Rhys ei gwd yn caledu yn erbyn matres denau'r gwely a cheisiodd godi ei din i wneud lle iddi, ond gwthiai Jayne Caradog gyda'i dwylo tyner yn gadarn ar ei fochau a phrin oedd lle i'r cledda ymestyn.

Daeth y tylino i ben wedi iddi gyrraedd at ei draed. 'Reit, ti troi drosodd nawr,' meddai Jayne Caradog. Ond allai o ddim! Doedd ganddo fin fel byffalo? Ond doedd ganddo ddim dewis. Cydiodd Jayne Caradog yn ei ysgwydd a'i droi'n araf ar ei gefn. Ceisiodd Rhys guddio'r caledfwlch oedd yn gorwedd erbyn hyn ar hyd ei stumog. 'Ti yn mwynhau masaj,' meddai pan welodd y twlsyn yn cipedrych uwch ei ddwylo. Lledwenodd Rhys.

Rhoddwyd rhagor o'r hylif ar ei frest ac ailddechreuodd y tylino. Roedd y cala wedi codi gryn fodfedd arall ac roedd fel taflegryn egsoset ar fin gadael y ddaear. Gweddïai Rhys na fyddai'n dŵad yng ngŵydd Jayne Caradog. Stopiodd y tylino o fewn modfedd i'r benbiws.

'Dyna ti'r masaj. Fyset ti'n hoffi rhywfaint o ecstras?' gofynnodd Jayne.

'Ecstras?' gofynnodd Rhys mewn penbleth. Blydi hel, onid oedd hyn yn ddigon!

Dechreuodd Jayne Caradog restru'r ychwanegion. 'Hand-job . . . blo-job . . . ffwl-secs . . . '

Cafodd Rhys bwl drwg o atal-dweud. 'F-f-faint ydyn . . . nhw?'

'On ddy hows. Mae bòs fi wedi dweud bod pobol rêdio i cael bopeth am ddim.'

Er ei bod yn boeth yn yr ystafell masaj, aeth Rhys yn oer drosto. 'G . . . ga i ddechra efo . . . '

Ond chafodd Jayne Caradog ddim gwybod beth oedd ei ddewis cyntaf, gan i'r drws agor a cherddodd Marilyn i mewn. 'Mae hwn yn lle hyfryd,' meddai wrth i Rhys dynnu'r lliain dros ei ganol. 'Mae popeth i'w cael yma.'

'O . . . o . . . oes, Marilyn,' meddai.

'Mae'n rhaid i ni fynd yn ôl i'r stiwdio rŵan i paratoi rhaglen ar *Dim Ffit*. Tyrd, brysia, Rhys.'

A brysiodd Rhys i wisgo amdano. Ar y ffordd yn ôl i'r stiwdio, ofynnodd o ddim beth oedd Marilyn wedi cael ei gynnig a wnaeth o'n sicr ddim dweud wrthi beth oedd ar restr ecstras Jayne Caradog.

'Lle 'dach chi 'di bod?' gofynnodd Huw Cris pan gyrhaeddodd y ddau'n ôl.

'Yn y lle cadw'n ffit,' meddai Rhys.

Chwarddodd Huw. 'Be! Chdi?'

Roedd Marilyn wedi dychwelyd at ei dyletswyddau erbyn hyn a nesaodd Rhys ato. 'Huw, mae 'na uffar o le yna.'

'Mae'n siŵr bod yna. Pryd fuest ti'n *gym* ddwytha?'

'Na, na. Dim y petha cadw'n ffit. Y merchaid.'

Cododd clustiau Huw.

'Mi wnaeth Jayne Caradog roi masaj i mi . . . rhwbio fi'n bob man . . . '

'Be? Bob man?'

'Jyst iawn . . . a . . . wedyn . . . wnaeth hi ofyn o'n i isio ecstras.'

'A be oedd y rheiny? Secs a ballu?' Nodiodd Rhys gan geisio llyncu'i boer. 'Blydi hel! A gest ti fynd yna am ddim? Be am yr ecstras?'

'Rheiny hefyd.'

'Blydi hel! Ti'n meddwl y ca' i fynd yno?'

'Mae'n siŵr. Jyst deud dy fod ti o Radio'r Ardal. Mae bòs Jayne wedi deud bod bob dim am ddim i hogia'r radio.'

Cythrodd Huw Cris am y ffôn. 'Huw Cris, dî-jê gora Radio'r Ardal sydd yma. Oes 'na jans i mi gael dod acw i . . . i weld . . . eich ffasilitis chi . . . i mi gael sôn amdanyn nhw ar y rhaglan?'

Pan roddodd Huw Cris y ffôn i lawr, roedd yn crynu drwyddo. 'Ti'n iawn, Rhys. Mae bob dim am ddim i ni!'

* * *

'Sut aeth hi, Huw?' oedd cwestiwn cyntaf Rhys wedi iddo ddychwelyd o *Dim Ffit*.

'Bendigedig! Lle da iawn, pobol glên. Yn arbennig Jayne Caradog.'

'Gest ti . . . gest ti . . . ?' Ond roedd Huw wedi diflannu i'r stiwdio cyn i Rhys gael ateb.

Roedd Dic Llwynog mewn llawer gwell hwyliau'r dyddiau hyn. Roedd arian *Dim Ffit* wedi gwneud lles i gyfrif banc yr orsaf ac roedd rhyw ffresni ym mwletinau Gwendolyn a châi hyn ei adlewyrchu yn nifer yr hysbysebion gâi eu cynnwys bob pen iddyn nhw. Ar ôl pob bwletin byddai Gwendolyn ar y ffôn gyda'r Llo Aur ac unwaith y byddai'r bwletin olaf drosodd byddai'n brysio allan lle byddai Merc y Llo'n disgwyl amdani.

Ond un noson, yn lle aros y tu allan, daeth y Llo Aur i mewn i'r ganolfan. Cyfarchodd y pedwar. 'Ydach chi isio niws? Mae'r polîs wedi arestio'ch bòs chi!'

'Dic Llwynog?'

Nodiodd Damien. 'Mi wnaethon nhw rêd ar y y lle cîp-ffit newydd 'na. Mae 'na storis wedi bod rownd dre ers sefyral wîcs mai cyfyr am brothel oedd y lle.'

Edrychodd Huw Cris ar Rhys. Roedd y ddau'n cochi.

'A phan aethon nhw i mewn, roedd Mr Llywelyn yn totalineced yn y jacwsi efo un o'r masyrs!'

'Blydi hel!' meddai Gwendolyn. 'Y mochyn!'

* * *

Roedd enw Dic yn blastar dros bapurau'r ardal ac ar y tonfeddi – ar wahân i Radio'r Ardal, wrth gwrs. Gŵr busnes llwyddiannus, parchus yn cael ei ddal gan yr heddlu gyda phutain mewn jacwsi mewn puteindy! Roedd yn fêl ar fysedd gelynion Dic, ond doedd criw Radio'r Ardal ddim yn gwybod beth i'w wneud – crio ynteu chwerthin. Roedd hi'n hen bryd i rywun dynnu blewyn o drwyn y cadno, ond beth fyddai dyfodol yr orsaf? Fyddai Dic yn cael cadw'i drwydded ac, yn bwysicach fyth, fyddai'r pedwar yn cael cadw eu swyddi?

Bu hi'n rai dyddiau cyn i Dic ymddangos yn swyddfa'r orsaf radio. 'Ddrwg gen i glywad am dy broblema di, Dic,' meddai Huw Cris newydd iddo gyrraedd.

Anwybyddodd Dic o. 'Eisteddwch i lawr i gyd, mae gen i rywbeth pwysig i'w ddweud.' Daeth y pedwar rownd y bwrdd. 'Fel rydach chi'n gwybod, dydy pethau ddim wedi bod yn rhy dda'n ariannol ar yr orsaf yma, ac . . . ac rwyf i wedi penderfynu – gan fod gen i gymaint o fusnesau . . . y dylwn i ganolbwyntio ar y rhai mwyaf proffidiol, gan nad ydw i'n mynd ddim fengach. Felly, mi rydw i wedi gwerthu Radio'r Ardal i ddyn busnes o Sir y Fflint.'

Disgynnodd gwep y pedwar.

'Mae o wedi addo cadw'r orsaf i fynd ac mae'n siŵr y bydd yna waith i chi, er nad ydw i wedi cael y manylion i gyd. Mi wnaiff o gysylltu â chi yn y man,' a throdd Dic ar ei sawdl a diflannu allan o'r swyddfa.

Edrychodd y pedwar ar ei gilydd. Gwendolyn oedd y gyntaf i siarad. 'Mae hi wedi cachu arnon ni. Pwy sy'n mynd i'n cyflogi ni ar ôl y llanast 'dan ni wedi'i neud?'

'Siarada di drosta dy hun,' meddai Huw. 'Mae gan rai ohonan ni raglenni llwyddiannus.'

'Beth bynnag, mae Damien wedi bod yn pwyso arna i i ddod yn ysgrifenyddes bersonol iddo . . . a theithio rownd y byd efo fo. Efallai y gwna i dderbyn ei gynnig,' meddai gan godi i fynd i'r stiwdio ar gyfer ei bwletin.

'Be 'dan ni'n mynd i'w wneud, Huw?' gofynnodd Rhys yn bryderus.

'Cario mlaen, yndê. Gwneud ein gora a gobeithio y gwnaiff y dyn o Sir Fflint ein cadw ni mlaen.'

Ond doedd gan y dyn o Sir Fflint fawr o newyddion da. Wythnos yn ddiweddarach, cyrhaeddodd yr orsaf yn ei BMW mawr coch a gorchmynnodd bawb i ymgynnull yn y swyddfa i gael gwybod hynt yr orsaf.

'John B. Smith ydw i,' meddai heb gynnig ei law i'w hysgwyd. 'Fi sydd wedi prynu'r rêdio stesiyn yma. Mae gen i dair arall yn barod. Dyma'r sitiweshyn. Mae yna gormod o Gymraeg wedi bod ar y stesiyn yma; mae hyn wedi dychryn yr adfertaisyrs mawr. O hyn ymlaen, môr Inglish, les Welsh. Huw, iw cari on wudd ddy roc-an-rôl. Rhaglen da iawn. Ddy rest of iw, sori, dim gwaith i chi. Mi fydd y dî-jês a'r niwscasters o'r stesiyns eraill yn brodcastio ar draws y pedair stesiyn – i safio pres.'

Aeth y pedwar yn ddistaw.

Cododd John B. Smith i adael. 'A bai ddy wê, dim mwy o Radio'r Ardal. West Britain Radio fydd hi o hyn ymlaen . . . ' ac aeth allan i'r BMW mawr coch.

'Dyna hi, dwi'n mynd efo Damien,' meddai Gwendolyn oedd wedi codi ar ei thraed erbyn hyn, 'ac mi geith o stwffio'i West Britain Radio!'

'Mi rwyt ti'n iawn,' meddai Rhys wrth Huw.

'Wel ydw,' atebodd hwnnw'n anghyffordus. 'Am rŵan beth bynnag.'

'Mi fydd raid i mi drio cael gwaith y tu ôl i'r bar yn rhywle unwaith eto.'

'Duw, mi ddaw rhywbeth arall, 'sti.'

* * *

Fu Huw fawr o dro'n trefnu parti ffarwél i bawb. Roedd Gwendolyn – ac yn sicr Damien – yn gwrthod dod i'r *Darian*, a bu raid ei mentro i'r *Café du Nord-ouest* lle byddai 'na olygfa wych o'r Fenai pe na bai'r gwaith trin carthffosiaeth o'r ffordd. Roedd Gwendolyn wedi cadarnhau ei bod yn mynd i 'weithio' i'r Llo Aur ac am fod hwnnw mewn tymer mor dda roedd wedi cytuno i dalu am y bwyd ac, yn bwysicach, y diodydd i bawb.

Er bod yna gyfle i gael sesh am ddim, doedd Rhys ddim mewn hwyliau da. Nid yn unig yr oedd o i golli ei waith ond roedd Marilyn wedi penderfynu dychwelyd i Brestatyn i genhadu gan ei bod rŵan wedi dysgu'r iaith yn ddigon da, ac roedd wedi cael gwaith ar orsaf radio leol ger ei chartref.

Rhys, felly, oedd yr unig un na wyddai beth fyddai ei ddyfodol. Roedd wedi penderfynu meddwi'n gachu, doedd uffar o ots ganddo am neb – gan nad oedd ots gan neb amdano yntau. Roedd Huw a Rhys wedi cael sawl peint pan gyrhaeddon nhw'r caffi efo Marilyn. Yno yn eu disgwyl, yn pwyso ar y bar, Martini sych o'u blaenau, roedd Gwendolyn a'r Llo Aur.

'Beth gymerwch chi, gyfeillion?' gofynnodd Damien gan ymestyn ei law i ddangos gogoneddau gwlyb y bar.

'Cwadrwpl brandi,' meddai Rhys.

'Rhywbeth efo fo?' gofynnodd Damien.

'Oes,' atebodd Rhys. 'Un arall yr un fath.'

Ond un gafodd o gan fod Marilyn a Gwendolyn wedi dweud bod un mesur mawr yn hen ddigon iddo cyn bwyd. Doedd gan Rhys fawr o ddiddordeb yn y bwyd na Marilyn erbyn hyn. Onid oedd hi'n mynd i'w adael o fel y gwnaeth Siân?

Daeth rheolwraig y tŷ bwyta at y bwrdd. 'Popeth yn iawn?' Nodiodd pawb. Trodd at Rhys. 'Dim y chi ydy'r dî-jê ar y radio lleol? Dwi'n siŵr 'mod i'n nabod eich llais chi.'

'*Oedd*, del,' atebodd. 'Wsos arall i fynd a dyna hi wedyn. Ar y clwt. Dim job, dim byd.'

'O,' meddai'r ferch a throdd ar ei sawdl ar ôl sicrhau bod y bwyd at ddant pawb.

Prin gyffwrdd ei fwyd wnaeth Rhys ond roedd ei fraich yn estyn yn aml at y poteli gwin ar ganol y bwrdd. Rhwng y pryd cig a'r pwdin, daeth awydd piso arno a chododd ac anelu am y drws oedd â llun dyn bach â'i goesau ar led. Roedd y rheolwraig yn sefyll ger y bar.

'Rhys ydy'r enw, 'ndê?' meddai gan wenu'n ddel arno.

'Ia,' atebodd. 'Rhys Huws, dî-jê ôl-ddy-wê!'

'Ga' i air bach â chi?'

'Ylwch del, dwi jest â byrstio. Fydda i'n ôl mewn dau funud,' a diflannodd i'r geudy.

Roedd y rheolwraig yn dal yno pan ddychwelodd. 'Rhys, mi rydan ni wedi ystyried cael dî-jê yma. Chwarae cerddoriaeth soffistigedig – Frank Sinatra, Dean Martin, chydig o jazz ac ati.'

'Stwff da iawn,' meddai. 'Fel y brandi 'na sydd gynnoch chi y tu ôl i'r bar.'

'Fysach chi'n licio gwydraid?'

'Duw, baswn,' ac estynnodd y rheolwraig lond gwydr iddo.

'Rhyw feddwl oeddwn i y basach chi'n licio job dî-jê yma, rhyw dair noson yr wythnos? Gan gynnwys y penwythnos, wrth gwrs.'

'Blydi hel! Mi fyswn i wrth fy modd!' A chythrodd Rhys am y rheolwraig a phlannu cusan wlyb alcoholaidd ar ei boch. Yn amlwg, roedd hi wedi'i phlesio gan iddi sefyll yn stond a syllu'n gariadus i'w lygaid.

Brysiodd Rhys yn ôl i'r bwrdd. 'Dwi 'di cael job! Dwi 'di cael blydi job dî-jê!'

Wedi iddo egluro, cododd y Llo ar ei draed. 'Ddis côls ffor ê selibreshyn,' a chododd ei wydr i gynnig llwncdestun i Rhys. Llifodd y gwin, y brandis a phob dim arall weddill y noson.

'Hei, del!' gwaeddodd Rhys ar y rheolwraig. 'Tyrd draw i selibretio efo ni,' a cherddodd hi tuag ato. Roedd hi ar fin estyn cadair ond mynnodd Rhys ei bod yn eistedd ar ei lin. 'Be 'di d'enw di, del?' gofynnodd wedi rhai munudau.

'Cynthia.'

'Wel, Cynthia, mi rydan ni'n mynd i ddod ymlaen yn dda,' meddai wrthi gan ei gwasgu'n dynn â'r fraich nad oedd yn dal gwydr gwin.

'Beth am i ti chwarae chydig o gerddoriaeth i ni? Mae'r dec a'r discs yn y gornel acw,' a chyfeiriodd at un o gorneli tywyll y tŷ bwyta. Cydiodd yn llaw Cynthia a'i thywys i'r gornel. Cafodd help ganddi i roi 'Take the A-train', Duke Ellington, ar y dec. Gadawodd i'r ddisg droi a thywysodd Cynthia i'r llawr. Rhoddodd ei freichiau'n dynn amdani a hithau'r un modd iddo yntau a dechreuodd y ddau symud i guriad y gân.

Teimlai Rhys anadl gynnes Cynthia'n chwythu ar ei war ond teimlai hefyd y brandi'n pwyso ar ei stumog. Mi wellith, meddai wrtho'i hun. Ond wnaeth pethau ddim. Oddeutu bar ola'r gân daeth cynnwys bar y *Café du Nord-ouest* allan o'i stumog. Rhaeadrodd i lawr cefn gwisg goch Cynthia.

Safodd yn ôl a sychodd ei geg â'i law. 'Mae 'na rywbeth yn dda yn Piwc Ellington yn does . . . ?'